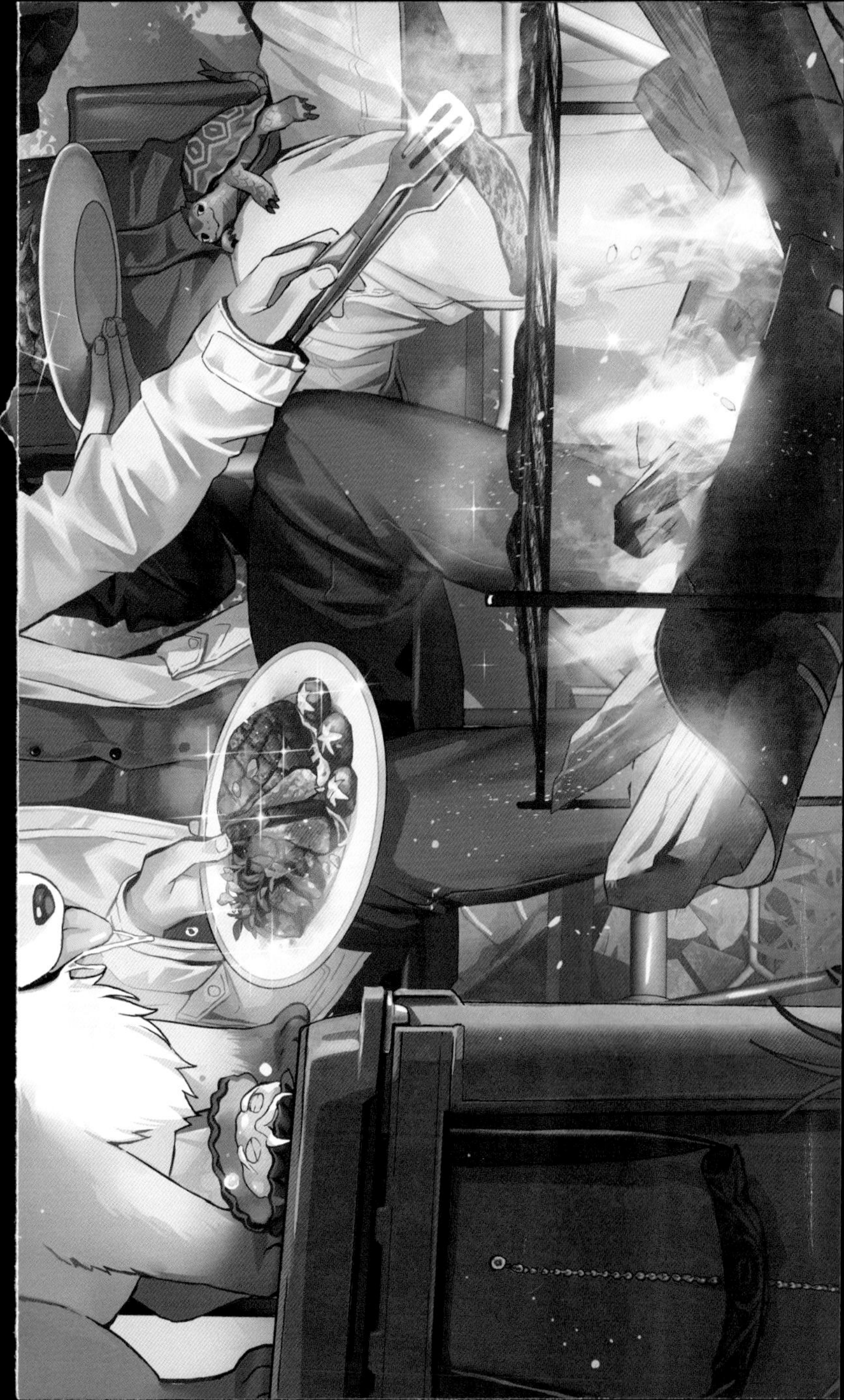

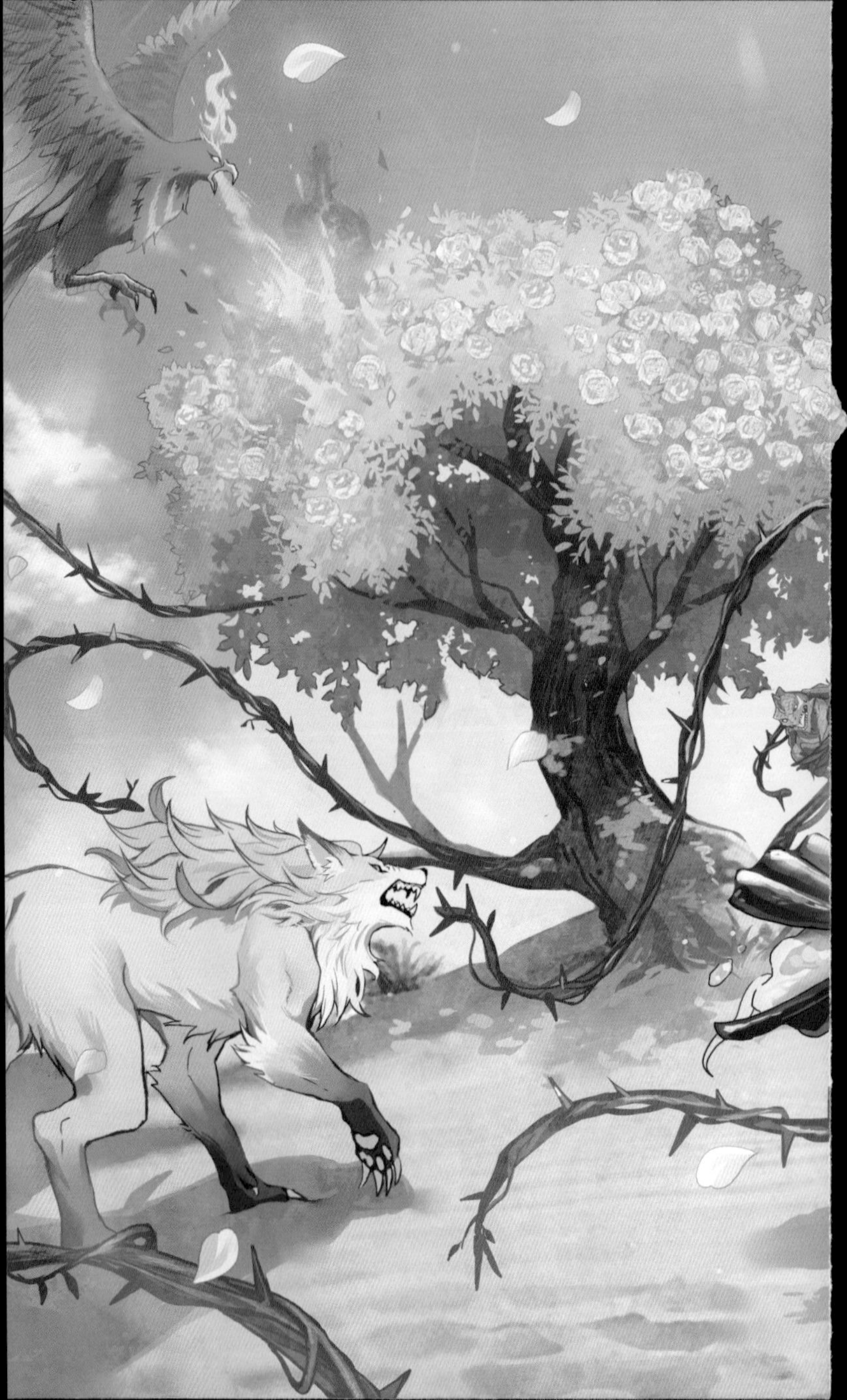

若隠居のススメ の、はず

ペットと家庭菜園で
気ままなのんびり生活。

WAKAINKYO
no
SUSUME

《3》

JUN

ill. LINO

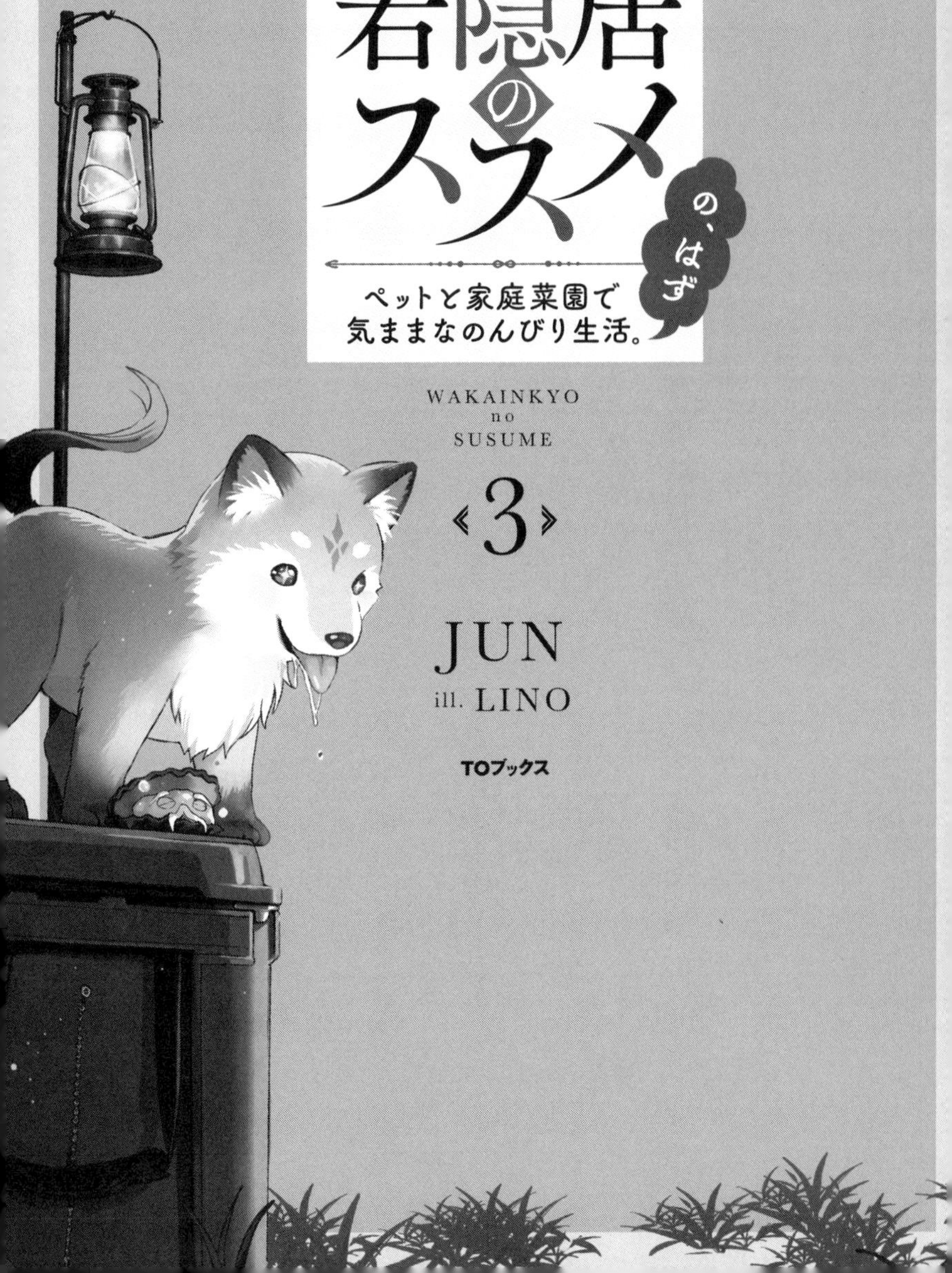

TOブックス

CONTENTS

illust:LINO

design:Hotal Ohno(musicagographics)

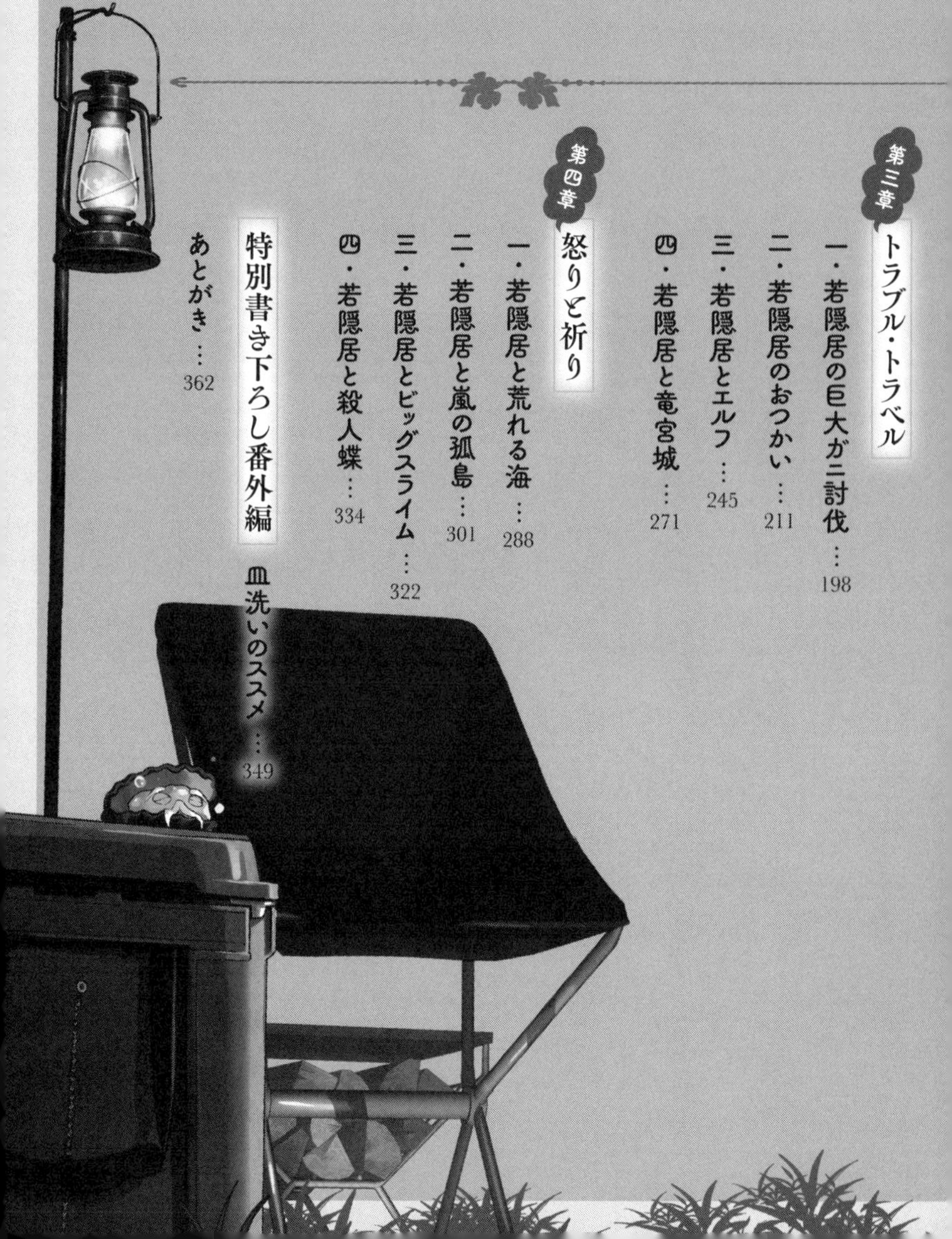

Character List
若隠居と仲間たち

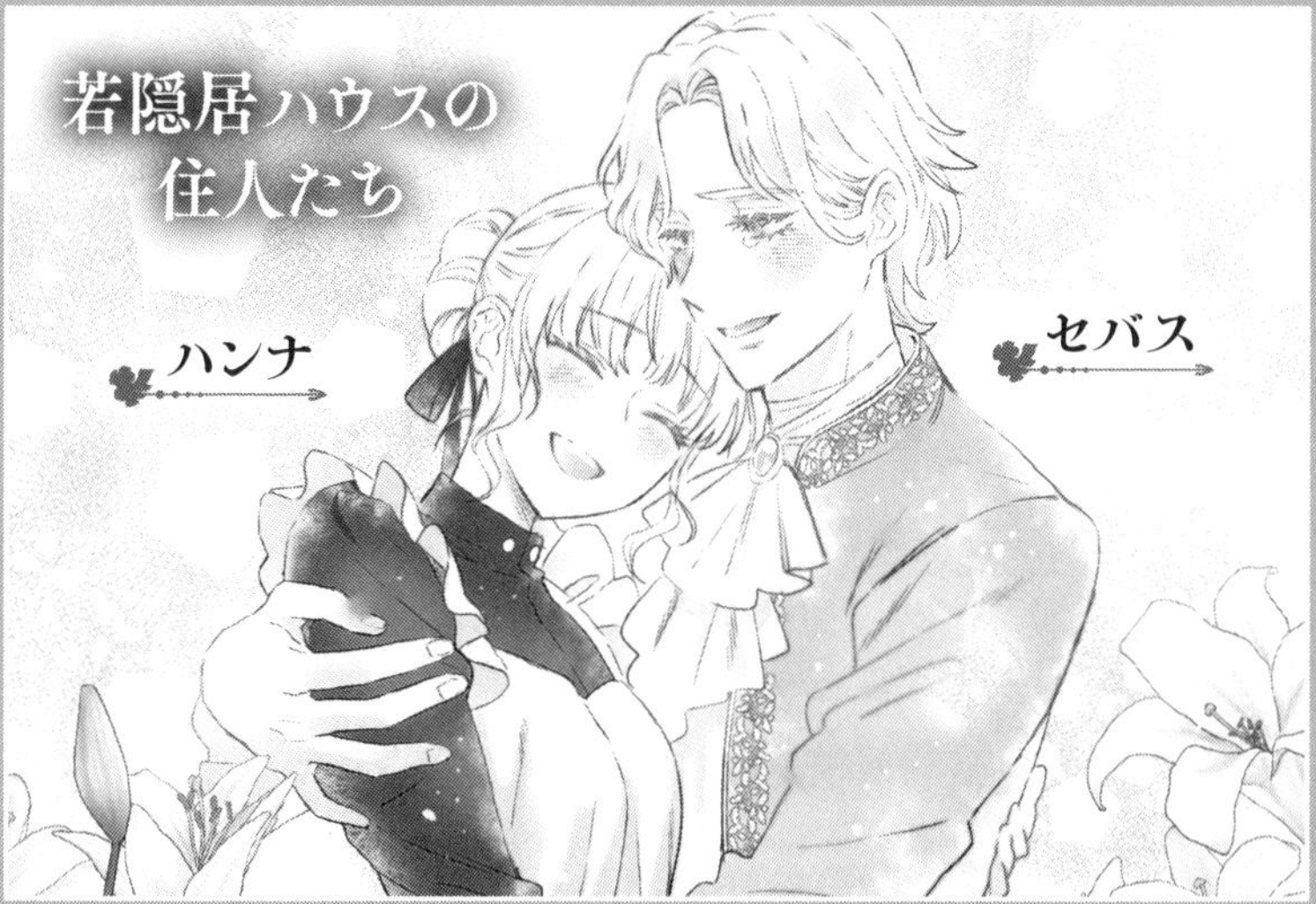
若隠居ハウスの
住人たち
ハンナ
セバス

異世界の住人たち

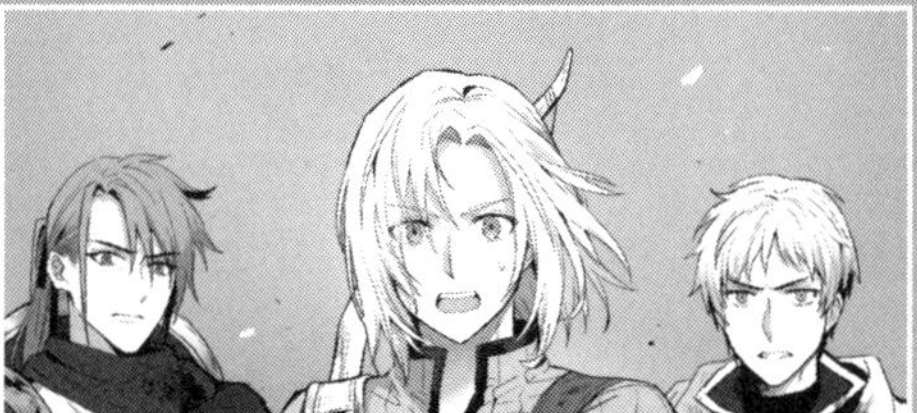
グレイ
エスタ
エイン

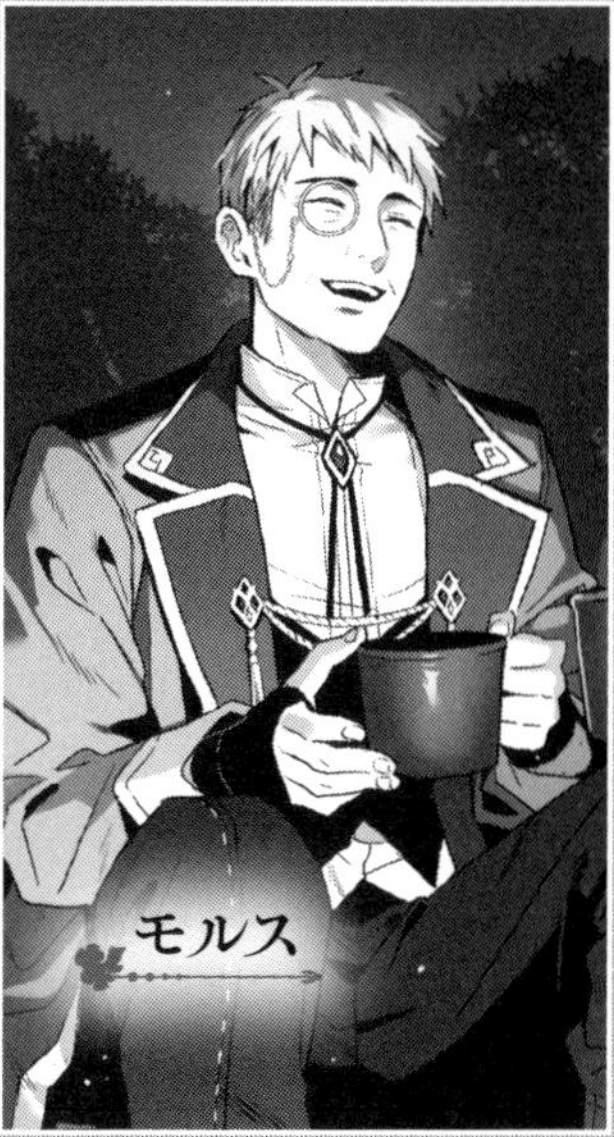
モルス

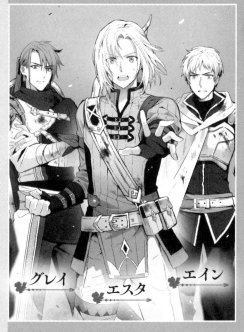

第一章
新たなる冒険の旅

一・若隠居の優雅な船旅

潮風が船の帆を押し、波は船を揺らしながら前へと進める。そして僕はデッキに出て遠くの水平線を眺めていたのだが……。

「き……気持ち悪いィ……」

完全な船酔いだった。

「大丈夫かよ。本当に乗り物に弱いよなあ」

幹彦が背中をさすってくれながら言うのに、僕はなけなしの言い訳をする。

「三半規管が発達してるんだよ。うっ」

だめだ。原始人なみの三半規管が羨ましい。

異世界とつながることでダンジョンができてしまった地球の、日本にある我が家の地下室。ここにはごく限られた人しか知らないが精霊樹がある。これを通じて異世界と地球との行き来ができていたのだが、魔素の流入が止まり、世界のつながりがたたれてしまった。そのため、もう行き来はできないものと思っていたので、「遠い祖国に帰る」とエルゼの知人に言ってしまった。しかしなぜか精霊樹を経由してなら異世界と地下室を行き来することができたのだ。だが、故郷日本は名前も知られぬ遠い辺境だとエルゼの知人に思われているため、エルゼにはしばらく顔を出しにくい。

それならばいっそ、獣人やドラゴンがいるという別の大陸へ観光旅行がてら行ってみようという事になり、港町から別の大陸へと向かう長距離客船に乗り込んだのである。

乗ったときはウキウキとしていた。

そう、乗り物に弱いが、日本産の乗り物酔い止めの薬を飲めば何とかなるだろうと思っていたのだ。大型のカーフェリーなどでは揺れが少なくて酔わないと聞いていたので。

だが、こちらでいう大型船は、あまり大型船ではなかった。それに設計が違うのか、よく揺れた。

それでも精一杯、遠くを見、酔い止めのツボを押し、卵や柑橘類は食べないようにし、スッキリするというハーブをしみこませたハンカチを準備した。

「寝転んだ方がましなんじゃねえか」

言われて、うつろな目で立ち上がった。

「そうする……」

そうして客室へ戻った。

一等客室は主賓室のほかに使用人のための控え室やベランダまである部屋で、船内に二つしかない。

二等客室はベッドしかないが一応個室で、動物も入室させることができる。

三等客室は雑魚寝の大広間だ。

僕たちは二等客室を取っている。鍵もかかるので、一ヶ月にも及ぶ船旅の間、適当に船旅を楽しんだり家に戻ったりするつもりだった。

客室へ戻ると、チビとピーコとガン助とじいが揃ってこちらを見た。動物も飼い主と一緒なら客室や檻から出ることはできるが、とりあえずここにいると言うので客室で留守番をさせていたのだ。

まあそれでなくとも、風で飛んではいけないし、デッキは揺れるので危ないだろう。

「風に当たってくると言っていたが……ダメだったようだな」

「治す？　治す？」

ピーコが言って飛んでくるが、幹彦が苦笑して言う。

「ああ……慣れた方がいいぞ、長い目で見ると」

僕は恨めしそうな目を幹彦に向けた。

「まあ、慣れるとかいうのは聞いた事はあるけどな。車には確かに慣れたし。でもそれまでが地獄だ……」

海上自衛隊員や海上保安庁職員や水上警察官なども、皆が最初から乗り物酔いしない人ばかりではない。それでも日々船に乗って酔い、ポリバケツ一杯分吐く頃には一人前になって台風の中でも平気になる、とか聞いた事がある。

「まあ、ギリギリまで慣れるようにしてみるよ。これで克服できたら儲けものだしな」

僕はそう言って、ベッドに倒れ込むようにして寝転んだ。

この世界の全貌はわかっていない。世界地図が存在していないからだ。

それでも、大きな大陸が二つあることはわかっており、片方がマルメラ王国などのあるヒトが占有している大陸、エスカベル大陸。

そしてもうひとつが獣人やドラゴンが棲む大陸、ラドライエ大陸だ。

昔はもっと交流があったらしいが、諍いや戦争も多く起こり、今は互いの大陸に行き来するための港を各々一カ所だけ造り、細々と交流がある程度らしい。

この船はその限られた珍しい船便で、買い付けや何かを向こうに売るための商人や、向こうの大陸に行く冒険者が乗っているだけだ。観光などという者はいないという。

僕たちも旅行の目的を聞かれたら、「仕事」と答えることにした。


地球でも、一ヶ月以上かけて世界一周する船旅がある。あれは大きな町がすっぽりと入るような大型の船なので、揺れも感じないと聞く。この船旅とは違いすぎる。

ほかの乗客にも船酔いしている人はおり、青い顔でふらふらしていたり、焦点の定まらない――あるいはすわった目つきで遠くの水平線に目を向けていた。

僕が客室でゴロゴロとして揺れに慣れ、座っていられるようになり、立ち上がって動くことができるようになったのは四日後だった。

魔術でやり過ごすことをしなかったので、船酔いは克服できたような気がする。

「船旅もたまにはのんびりとしていいな」

そんな事を言う余裕すら出てきた。

「毛が潮風でベタベタになるのが玉に瑕《きず》だがな」

チビは毛をなめて嫌そうに言う。ガン助とじいはずっと寝ているか窓際で日光浴をするかを繰り返して楽しんでおり、ピーコも窓際で日向ぼっこをしていた。

幹彦は暇を持て余し、揺れの中でも正確に動いて剣を振るう練習とやらに精を出している。揺れるデッキを走り、高所を飛び移り、ひもで吊るした人形を剣代わりの棒で叩くというもので、一部の船員と乗客からはタイムがどうなるかや落下するかしないかなどを賭けに使われ、声援を受けている。そしてほんの一部の者は、蔓植物で作ったわら人形ならぬ蔓人形がぶら下がるのを見て、おかしな宗教じゃないかと距離を置いているようだ。

だから言ったのだ。蔓人形はやめろと。見るからに不気味だから、と。

しかしそれ以外は快適な船旅を送っていた。

日本の家から持ってきたアイスクリームを皆でのんびりと食べながら、

「ラドライエ大陸だったたっけ。あとどれくらいなんだろうな」

「風向きや風の吹き具合によって変わるとか言ってたもんな。周りは海しか見えないしなあ」

などと僕と幹彦は話していた。

世界が離れてしまい、精霊樹と精霊樹のつながりだけになってしまったため、以前と違ってたとえ異世界でも行ったところならどこへでも転移するということはできなくなっていた。異世界へは互いの世界の精霊樹を介さないと渡ることができない。

それでも、一度精霊樹へ飛んでからもう一度日本の家の地下室へ飛べばいいだけなので、多少手間が増えたという程度の認識しかなく、気軽に入浴やゴミ出しをしたり、おやつなどを取りに行ったり、テレビを見に行ったりもしていた。日本から異世界へ行くのも、精霊樹へ一度飛べば、そこからは以前と同じように転移できるので問題は無い。

「トローリングとかできないのかな」

「ああ、ザ・船釣りって感じだよな」

「やってみたいよね、一度は」

呑気にそんなことを言って笑ったときだった。

ガーン、ガーン、ガーンとうるさいほどに鐘が鳴らされる。出航前に聞いていた、非常事態を知らせる鐘だ。ひたすら大きくてうるさい。

「何だ、何だ⁉」

アナウンスなんていうものはないので、自分で誰かに訊くか目で確認しに行くかだ。

「まさか沈没か。クジラにぶつけられて沈没とかいう事故、結構あるらしいじゃないか。海には大きな魔物がどうせいるんだろ」

言うと、チビがありがたくない事に肯定した。

「神獣のリヴァイアサンは大きなウミヘビだし、今は欠けているが同じく神獣のザラタンは大きなカニだそうだ。あと、大きなイカとかもいるらしいぞ」

チビが舌なめずりしそうな顔付きで言う。たぶん、カニの味を思い出しているに違いない。

「イカ……ああ、神話とかであるな。クラーケンとかいうやつ。本物もいるんだな」

呑気そうに言いながらも、危なそうなピーコとガン助とじいをポケットに入れる。

その間に幹彦は廊下に出て、案内のために立っている船員に事情を聞き込んできた。

「魔物が出たらしいぜ」

なぜそんなに嬉しそうなんだろう、幹彦は。そして、それを聞いたチビも。

「乗客は客室に入っているようにって言ってたけど、見たくねえ？」

幹彦がキラキラとした目で訊く。

「危ないだろう、けど、見たいのは見たいな」

僕は答え、お互いににやりとした。

「冒険者だしな」

「そうそう。何か手伝えることがあるかもしれないしな」

「そうと決まれば急ぐぞ」

チビが言いながらデッキに駆け出して行き、僕と幹彦もすぐにその後を追った。

客室に急いで戻る乗客に逆らってデッキに出ると、真剣な表情の船員たちが走り回り、ある者は手に槍や銛を持ち、船の後方を睨み付けている。

「お客さん、危ないから――ああ、冒険者か」

僕たちに気付いた船員がそう声を上げる。

デッキの後方からロープが垂らされており、数人がそれを引き上げようと必死になっていた。

「どうしたんだ？」

幹彦が訊くと、船員は顔をしかめながら小声で答える。

「デッキの掃除をしていた船員が足を滑らせて海に落ちたんです。幸い命綱をしていたのでそれだけならよかったんですが、そいつに近くにいた魔物が食いつきまして……」

僕と幹彦は、目を合わせた。

言いたいことはわかる。トローリングをしたいなんて言ったが、フラグになるなんて考えてもいなかったよ！


命綱は釣り糸に役割を変え、船員は生き餌として大きな魚に呑まれていた。その魚はテレビで見る「巨大魚」からはかけ離れた大きさで、この船より小さい程度はありそうだ。泳いでたてる波は船を不規則に揺らし、転覆するんじゃないかという恐怖すら起こさせるが、その前に慣れたはずの船酔いを確実に再発させそうだ。

ただ幸いなのは、その巨大魚には歯がなく、エサを丸呑みにするタイプだったことだ。あの船員を引き上げることができれば、助かるだろう。

となれば、急ぐべきだ。

「どうやって助けるつもりですか」

「あの魚を殺《や》れればいいんですが、それが無理なら命綱を切って船の安全を取ることになります」

その船員が言うと、聞こえていたらしい近くの別の船員がキッと彼を睨んだ。

「てめえら！　死ぬ気で引き上げろ！」

船長なのか、貫禄のある男がよく通る声で言えば、船員たちは、

「ヘイッ」

と声をそろえ、命綱を引く手に力を込める。

そして武器を構える男たちは号令と同時に攻撃を仕掛け、槍や銛が当たった魚が口を開けた隙に呑み込まれていた船員を勢いよく引っ張った。腕にロープのような筋肉の筋が浮かび上がり、ジリジリと海に投げ出された船員が船に近づいて来る。

それを見逃す気がないらしく、魚は再び口を開けて船員に接近して呑み込もうとする。

「あれを止めればいいんだよな」

「うむ。刺身がいいぞ」

チビがそうリクエストするので、雷などはやめた方がいいな。まあ、周囲のほかの魚も感電するかもしれないしな。

そこで、その魚の周囲を凍らせた。氷締めというところか。

「やっぱり締めねえとな！」

幹彦が氷の上に跳んで行き、魚のエラに深く刀を刺し込む。おそらく中で長く伸ばして、エラを掻き切っているのだろう。

チビも反対側に跳んで、エラの奥に氷を突き込んでいた。

魚がビチビチと苦しんで暴れる中、幹彦とチビが船足を落として停まった船に跳んで戻ってくる。

色物かと思いきや、幹彦のマントはなかなか役に立つな。

生き餌にされた船員の方も無事に引き上げられ、ゼイゼイと荒い息をしているが、ケガはなさそうだ。

「ここに引き上げろ、フミオ」

チビが興奮して言うので、

「よし、大物ゲットー！」

と言いながら、魔術を使って魚を海から引き揚げ、凍り付いた氷を溶かして落とす。

こうしてみると、かなり大きい。船に引き寄せると、船員が慌ててデッキを空けるので、そこに下ろした。

「おお。何人前だ、これ」

幹彦が目を輝かせる。

「深海魚かな。ちょっとあんこうに似てるかな」

「あん肝！」

幹彦が目を輝かせ、チビが、

「鍋だな、フミオ！」

と尻尾を振り、船のコックが、

「こいつはいい。高級魚だぞ！」

と両手を上げた。

食われそうになっていた船員は恨めしそうな顔をしていたが、概ねほかの皆は、よだれを垂らしそうな顔付きだ。

チビがしゃべったことにすら気付いていない有様だった。

ポケットからピーコが顔を出し、魚の大きさに驚いたようにポケットの中に再び潜り込む。

その後船長に礼を言われ、これは倒した僕たちのものだと言われたが、生き餌になった船員も気の毒なので、魔石や目玉、肝などの買い取りされる部分をもらい、後は皆で食べようということにした。

避難していた乗客たちの中の数人が覗きに来ており、大喜びで知らせに走って行ったようだ。

そしてコックがギラギラとした目つきで、魚を捌いて厨房へ運んで行く。

「今日はあの魚の料理だな」

「何が出るか楽しみだな」

客室へ戻って夕食を心待ちにしていると、数時間でお待ちかねの夕食だ。

生で食べる習慣がないのかあぶり焼きとフライに料理されており、チビたちにも料理を出してもらえた。

それを皆で分け合って食べたのだが、白身は脂ののりがよく、味が濃い。ぜひもう一度捕まえて、刺し身や塩焼き、しゃぶしゃぶで食べてみたいものだと盛り上がった。

「肝は薬の材料になるんだな」

「売らずに食べるか、幹彦」

幹彦とチビが目を輝かせ、バカ高い薬の材料になるはずの肝は、後日あん肝として僕たちの食卓に上ることになったのだった。

「あと一匹欲しいな」

チビが尻尾を振り、皿をきれいになめて言う。ピーコ、ガン助、じいも好みだったらしく、

「美味いでやんす」

「次は唐揚げがいい」

「わしは煮付けがいいのう」

と言っており、もう一匹欲しいというのには賛成らしい。

「また出たらな」

「船に危険がなければあと三回くらい出てもいいぜ」

「またぁ。フラグになったらどうするんだよ、幹彦」

笑い合っていたのだが、内心では、もうこれ以上はトラブルなんて起きないものと、何となく思っていたのだった。

しかし、そういう予想は外れるものである。


再び鐘が鳴らされたのは、入浴して精霊樹経由で戻って来、寝ようとしていた頃だった。

寝るのはこちらだったり日本だったりだが、事故などで誰かが客室に入ってきた時に無人だと思われて騒動になっても困るので、なるべく客室で寝ることにしていた。

ただ硬い上にチクチクするので、ベッドの上にマットレスを敷き、寝袋に入るというスタイルで寝ているが。

今も寝袋の中に入って、ファスナーに手を掛けているところだ。

「魚か！」

チビと幹彦が跳ね起き、僕も素早く寝袋を空間収納庫に突っ込む。

外に出ると真っ暗で、月明かりだけが辺りを照らしている。波が穏やかで、風もない。

その海上に、古そうな帆船が浮かんでいた。そしてそれは不気味にギイギイと音を立てて近づいて来る。

「ゆ、幽霊船だ！」

震えるような声で誰かが言った。

「そうか。幽霊船ってのは、船が幻で幽霊みたいという意味じゃないんだな。だったら、乗ってい
る人が幽霊なのか」

それに幹彦が唸りながら言う。

「いや、太刀魚が幽霊魚って呼ばれるそうだけど、太刀魚は群れで移動して、昨日たくさん居たと
ころでも今日はまったくいないなんてことがザラだからって聞いたぜ」

「ということは、居場所を自由自在に素早く移せるただの足の速い船の可能性もあるか」

僕と幹彦が真剣に悩み始めると、チビがじれたように唸った。

「調べてみればわかる」

確かに。

乗客のほとんどは客室へ入るように言われており、船員の他は乗り合わせた冒険者がデッキに残
って幽霊船を見るのみだ。

その皆の目の前で、幽霊船は静かに海上を滑るように近付いて来た。互いの舷側《げんそく》同士の間は狭く、思い切り跳ぶか板でも渡せば簡単に乗り込んでいける距離になった。船についた傷も、修理の跡も見えるくらいの距離しかない。

そこまで近くなると、いくら暗いとはいえ、デッキの様子が嫌でも目に入った。置物のように何かが並んでいるとは思っていたが、それが皆、人だった。

しかし、どこかおかしい。

よく見ると、そのどれもが、いやに肌の色合いが悪く、表情がなく、生気がない。中にはケガをしている人もいるが、放置されたままで、血液は流れていない。

「もしかして、乗員が幽霊とかゾンビとか」

言うと、チビは嫌そうに身を引き、乗員の誰かが教えてくれた。

「ここ何年か出るようになった船だ。乗っているのは死者のみで、あれに出会ったら、乗り込んで来られて荷も奪われ、船員もほとんど殺される。辛うじて生き残ったやつがそう言ってた」

「の、呪われた船だぁ」

「死にたくない、死にたくない」

震える船員がそう呟く。

「でも、ゾンビなら物理攻撃も効くから簡単だろう？」

幹彦が訊く。冒険者なら慣れていそうなものだし、屈強な船員なら戦えそうなものだ。

「何体も何体も出てきてきりがないそうだ。きっとあの船はあの世とつながっているんだよ」

船員がそう言って、不気味に並ぶゾンビたちに怯えたような目を向ける。

ゾンビたちも、一斉にこちらを見た。どんよりと濁って生気のない目が一斉に向けられるのは、やはり気持ちのいいものではない。

そしてどこからか鈴のような音がすると、こちらの船に面した舷側から板が突き出されて橋のように渡された。ゾンビはその上を通ってこちらの船に乗り移って来ようと一斉に動く。

「野郎ども！　乗り移らせるな！」

その力強い声に船員たちは剣や棒を握りしめ、

「うおお！」

と返事をして、片っ端からゾンビを海に叩き落とし始めた。

弓を持つ冒険者は弓を射るが、当たったところで足が止まらないので、弓は早々に飛ばなくなる。

舷側の二カ所に橋のようにかけられた板から乗船してこようとするゾンビは、とにかく殴ってでも海に叩き落とす。

橋の無いところから飛び移って来ようとするゾンビも出始め、ゾンビはどんなケガをしていようと動けるので、乗船したものは片っ端から殴りつけるか斬るかした後、魔石を外していくしかない。

大した脅威でも無く、むしろ、乗り移ろうと板の上に乗って体勢の崩れたところを襲えるので簡単だ。それよりも、終わりがないということなので、体力の方が問題らしい。

低ランク冒険者や船員が奮闘している背後に待機して交代の時を待っている僕たちだったが、気がついた。ゲームセンターにあるモグラたたきとかワニたたきに似ている。

「俺、高校の頃、ワニたたきは得意だったんだぜ」

「そう言えば最高得点を出したよな」

懐かしい。


しゃべりながらも前列の戦いを観察し、合図で前へ出て、今まで戦っていた人たちと交代する。

その間に、今まで戦っていた人員は休憩だ。

そうして、いつ終わるかわからないゾンビとの戦いをするのだそうだ。

こちらに来ようとするゾンビから魔石を弾き飛ばし、海に叩き落とす。大した戦闘ではないが、終わりはないのかといい加減飽きてくる。

どういう仕組みになっているんだろう。これだけ大量のゾンビを船に乗せるのは不可能だと断言できるだけのゾンビを既に消している。

本当に、いくらでも召喚できるような何かがあるんだろうか。例えば冗談ではなく、あの世につながっている穴があるとか……。

「幹彦、これじゃ確かにきりがないだろう。もう、一度にやってしまって、向こうに乗り込む？」

幹彦も淡々と作業のようにゾンビを処理しているが、飽き飽きしているのは見え見えだった。

「そうだな。いくら交代とはいえ、いつまでもはなあ」

そうとなれば、これだ。

「全員目を閉じてください！」

浄化の魔術式を組み込んだ強力発光弾を数発幽霊船に撃ち込む。そのせいで辺りは真昼以上に明るくなったのが閉じたまぶたの裏からもわかった。

そろそろと目を開けると、幽霊船のデッキはゾンビが消えてガランとなっており、こちらの船のデッキでは、まだ目を固く閉じた人や目を閉じ損なって眩しさに呻く人がいた。

「幹彦、チビ！」

言いながらひらりと舷側に跳び上がる——のは難しく、よじ登って渡された板の上に立ち、幽霊船に逆乗船する。

幹彦とチビは悔しいことにかっこよく跳び上がって渡ってきた。くそっ。

幽霊船のデッキは思ったより普通のデッキで、新しくはないが、朽ち果てそうというほど古くもない。

たくさんひしめき合っていたゾンビが消え失せて、代わりに小さい魔石がたくさん転がり、人影はない。

いや、一人いた。船内への入り口のところにしゃがみ込んで、目を押さえて呻いている。黒いローブを着ている男で、ローブの下も黒い服を着ている。

「目がぁ、くそ、召喚陣はどこだぁ」

男の斜め前にある樽のふたらしき板に、召喚するための陣と思われるものが描いてあった。

「これで召喚していたのかぁ」

しげしげと眺めた。

まだ視力が回復しない男は、聞き覚えのない声に、ビクリと体を硬直させる。その男の腕を幹彦は後ろ手に縛って転がし、チビとポケットから出てきたピーコが男の顔を覗き込む。

同じくポケットから出てきたじいとガン助は、ほかにゾンビがいないか、飛んで確認しに行っていた。

「お前はネクロマンサーだな。他に仲間はいるのか」

幹彦が訊くが、男は暴れようともがく。

「ふ、不意を突かれただけだ、くそっ。命が惜しければさっさと――」

そんな男の足を大きくなったチビがのしっと踏んで押さえ、

「うるさい」

と言えば、ピーコも大きくなって男の胸を踏み、

「ちょっとかじって黙らせる？」

と男を覗き込んで訊く。

そこで男の視力はようやく戻ってきたらしい。

「え……フェンリルと、フェニックス……？」

呟いて、失神した。

「ああ、静かになったね」

「でも、質問には答えなかったぜ。まあいいけど」

僕と幹彦が言った時、じいとガン助がぐるりと船の周囲を回って戻ってきた。

「外にはもういないでやんす」

「中にはいるかもしれんが、声は聞こえんかったの」

板を渡って乗り込んできた船員や冒険者たちに失神した男やデッキに転がる魔石を任せ、僕たちは幹彦を先頭に船内に入ることにした。

チビとピーコは再び小さくなる。

デッキの中央部分に船室があり、その一番前に操船室があったが、そこは無人だった。その両脇に船内に続く入り口があり、二つの入り口から続く廊下は、操船室に沿って延び、奥で合流していた。そこは貨物室のような所になっており、ロープやバケツや網などの船にあってもおかしくないような道具類が置かれているほか、下の船室へとつながる狭い階段があった。

そこを静かに、そろそろと下りる。

狭い廊下を挟むようにしてドアが左右に二つずつ並び、突き当たりに一つドアがある。

人の声などはしないが、音を立てないようにしながら静かに様子を窺う。

少しして、幹彦が小声で囁いた。

「突き当たりの部屋にだけ、誰か生きているやつらしい反応があるぜ。三人か」

「仲間かな。気をつけて突入しよう」

「おう」

そろそろと近づき、目で合図をして、勢いよくドアを開けて中に飛び込むと、部屋の中に散らばる。

「観念し……え？」

僕たちは仲間の反撃に備えていたのだが、思いも寄らない光景にポカンとした。

部屋の壁際には薬草や食べ物などの入った木箱が積んであったが、真ん中には鉄格子のはまった牢が作ってあり、そこに十歳前後とみられる子供が三人入れられて震えていた。

しかもその子供たちは普通ではない。頭の上に長いウサギのような耳が付いていていたのだ。

「耳？　あれ？　うさ耳カチューシャ？」

幹彦が目をぱちくりとさせて言うのに、震える子供たちの中の一人が、

「と、と、兎人族、だ！　ち、近付いたら、蹴り飛ばしてやるからな！　痛いんだぞ！」

とじんぞくと聞いてもピンとこなかったが、兎人族と脳内で変換し、合点がいった。

「うさぎの⁉　獣人⁉」

「まじか！」

叫ぶ僕と幹彦に、子供たちは警戒心のこもった目を向けて睨み付けている。

「あ、えっと、怪しいものではないです。ただの旅の隠居です」

警戒は緩まない。

幹彦が牢に近付いて話しかけた。

「そうなんだ。船がいきなり襲われちまってな。乗り込んできたところなんだ。君たちのことを教えてくれるかな」

流石は幹彦だ。僕も死体なら初対面でも得意なんだが、生きている人、特に子供は難しい。

子供たちはとたんに目をうるうるとさせると、大声をあげて泣き出した。

「お家に帰りたいよお」

「うわああん！」

「お腹空いたぁ」

僕と幹彦は顔を見合わせた。


子供たちを牢から出して、船長の許可を得て船に乗り移らせた。

怯えて震えていた子供たちだったが、チビとピーコとガン助とじぃのおかげか落ち着き、今は食事を摂っている。

「あのネクロマンサーが吐いた。ラドライエ大陸に不法に上陸して、密輸をしていたらしい。で、薬草やらなんやらの他にも、獣人を誘拐しては奴隷として好事家《こうずか》に売っていたようだ。一部の人間は獣人を奴隷にして喜んでいるからな。で、あの子供たちも、納品依頼を受けて誘拐してきた獣人の子供だとよ」

船長は苦虫をかみつぶしたような顔で、嘆息しながらそう言った。

あの男はそういう「商品」を運びながら、ネクロマンサーとしての能力を使い、行きがけの駄賃とばかりに船影を見られた時はその船を襲い、積み荷を強奪してきたらしかった。とんでもないやつだ。余罪は山のようにありそうだ。

「それであの子供たちは」

言うと、船長はくしゃりと髪を掴んで困ったような顔をした。

「家に帰してやらんとなあ、とは思うんだが……。何せ、獣人と人は、ほら、仲が悪いだろう」

そうなのか。僕たちは内心の声を呑み込んで、知っていたような顔で頷いた。

「そうですね」

「だから、港の獣人側の憲兵に事情説明するにも時間がかかりそうだろう。こっちはこっちで、急いで帰らないと潮の影響があるからまずいし……」

僕と幹彦は、船長と一緒にううむと唸った。

「ということだからよ、頼まれてくれねえか。お前さんたち冒険者だろ。それに、発見した張本人だし、なついてるみてえだし」

僕と幹彦は、引き受けるべきかどうか迷った。

引き受けてやりたいのはやまやまだが、知らないことが多すぎて、何かおかしな事になりはしないかという心配がある。

だが、迷っているうちに、決定されてしまった。

まあ、チビたちに囲まれてようやく安心して食事を摂りながら笑顔を浮かべる子供たちを、放っておけるわけもない。

「わかりました。どうせついでです。な」

「そうだね。僕たちが事情を説明して獣人側の憲兵に引き渡します」

仲が悪いと言っても、いきなり武器を向けられることもないだろう。

そう思っていた僕たちがどれだけ平和な所に住んでいたのか、実感する羽目になるのは、まだ先の話だった。

獣人の子供たちの名前を訊くと、怖がりだが、最初に会ったときに蹴ってやると精一杯脅したのがミリ。アケはどこかおっとりとしていて、食欲に忠実らしい。最初に僕たちの出したお菓子にかぶりついたのは彼女だ。もう一人のシンは好奇心が旺盛で、チビたちに最初に手を伸ばしたのも彼だ。

聞くところによると、三人は同じ村の幼なじみで、一緒に遊んでいる途中に落ちていた箱を見つけたシンが手を出し、それが起動して三人を捕らえる檻となったそうだ。罠の魔道具だったようだ。

「ふうん。大変な目に遭ったんだね。まあ、もう数日でラドライエ大陸に到着するそうだから、家に帰れるよ」

言うと、ミリはほっとしたような笑みを浮かべ、アケは、

「人族のお菓子、食べ納めしないと」

と呟き、シンは、

「ねえねえ。人族の大陸ってどんなところ？　皆耳も尻尾もないけど、不便はないの？」

と興味津々といった様子で質問してくる。

「特に不便はないなあ。それより僕としては、君たちの方が興味深いよ。頭の上に耳があるけど、横にも耳があるよね。両方で音を捉えているのかな。それはどういう感じに聞こえるんだろう」

僕も興味津々でシンに訊き返す。

「こっちの耳は、人族と同じように音を聞くんだよ。でもこっちの耳は、音じゃ無くって、何だろう？」

シンは頭の上の耳を触りながら困ったように仲間を見た。

「んー、距離？」

ミリが考えながら言う。

「そう、そういうの」

シンが勢い込んで言うのに、幹彦が頷いた。

「気配とかそういうのを探るのかな。レーダーみたいなものとか」

「ああ。コウモリの超音波とかみたいな」

何となく理解した。

そうして異文化交流をしているうちに、船はラドライエ大陸に辿り着いた。

見たところ、港の造りにさほど変わりは無い。建物が少し大きめな気がするのは、ひょっとすると獣人に体格が立派な人が多いからではないだろうか。

活気はある。ほかにも船が港に接岸して商品の上げ下ろしをしており、たくさんの人間と獣人とが交ざって忙しく行き交っていた。

魔石の分配分も受け取っているし、幽霊船から接収した品物の分配も受けている。

盗賊や海賊などを退治した場合、基本的には退治した者がその盗賊の持ち物を受け取るのがこちらのルールだそうだ。

今回はまだほかの船を襲っていなかったので、強奪されたものはなかった。薬草とラドライエ大陸に生息する動物の牙などだけだった。それらとゾンビの魔石は、皆で分けた。

船長やコックに手を振って見送られ、僕たちはシンたちを連れて港の中にある憲兵の詰め所に向かった。

「へえ。獣人もいるけど、人も多いんだなあ」

行き交う人を見ながら幹彦が言うが、ミリはどこか嫌そうな顔をして小声で言う。

「ここにいるのはほとんどハーフだよ。この港町には、ハーフが集まっているから」

それに怪訝な顔をすると、シンが補足した。

「別の種族の獣人とのハーフとか、獣人と人族のハーフだよ。ハーフは半端者として忌み嫌われているから、普通の村では暮らせないんだ。特に人族とのハーフなんかは、ここ以外には住める場所なんて無いんじゃないかな」

僕と幹彦は、一気に何かが醒めたような気分になった。

チビが事もなげに言う。

「種族によっては、生活様式も文化も変わる。仲が悪いところもあるし、一口に獣人と呼んでいるのは人間側だけだろう」

民族問題的なものは、どこの世界にもあるということだろうか。

行き交う人は皆がほぼハーフだからか明るい顔をしているが、気をつけなければいけないこともありそうだ。

そう言っているうちに、その建物の前に着いた。

「ここだよ。憲兵の詰め所」

シンが言い、僕たちは中へ足を踏み入れた。これで任務は完了だ。

それがどうだ。

十数分後、僕と幹彦とチビたちは、そろって牢に入れられていた。

二・若隠居の大陸横断は牢からスタート

大陸に足を踏み入れたその日の宿が牢屋で、初めての食事が囚人用の食事だとは。

「いやあ、驚いたね。まあ、これも珍しい体験だ。なかなか牢に入るなんてないよね」

僕はややヤケクソながらもそう言って、狭くて暗い、鉄格子のはまったその牢内を見回した。

窓は高いところにあり、ガラスもはまっていないただの穴だ。そこに鉄格子がはまっているだけで、暑さ寒さも雨も防いではくれなさそうだ。床や壁などは硬い石で、廊下側は一面が鉄格子になっている。天井にもどこにも明かりというものはなく、廊下に所々ろうそく受けのようなものがあるのだが、明かりはそれだけらしい。最後にトイレは、牢内に腰の高さの壁で遮られた一角があり、そこに穴があるので覗いてみると、三メートルほど下にやっぱりそいつがいた。

「幹彦！　スライムだぞ！」

幹彦も同じように覗き込み、興奮したように言う。

「やっぱりスライムトイレは普通のことなんだな」

「うん。それからやっぱり、僕は無理かな」

「俺も無理」

言い合い、頷き合って、トイレは転移して済ませることに決まった。

ベッドや布団はと探せば、壁際に折りたたまれた毛布があったが、いつ洗濯し、いつ干したのかわからないくらい、じめっとしていた。

「ドラマの刑務所って、これに比べれば天国だなあ。あ。ここは拘置所に当たるのかな。拘置所と刑務所ではまた違うのかな、この国も」

考えていると、チビが呆れたようにこちらを見て言う。

「呑気だな。まあ、いつでも飛べるからな」

それに僕も幹彦も苦笑した。

「それもあるけど、調べればわかるだろうからなあ。無実だって」

「そうだな。ミリたちもそう言ってるんだし、俺たちがその時はこの大陸にすらいなかったことは明らかなんだから」

楽観的に言って虫除け剤をたきながら、つい先ほどのことを思い返した。

僕たちが詰め所に行くと、そこにいたのは全員が獣人の憲兵だった。明らかにわかるのは、猫、犬の獣人だろうか。

席順からして一番上に見えるのは猫耳の若い女性で、こちらが口を開く前に険しい顔で立ち上がり、

「貴様ら、獣人の子供を連れ回してどういうつもりだ！　奴隷商人だな！」

と叫んでこちらを指さして叫んだ。すると、そこにいた全ての憲兵がこちらを睨みながら立ち上がり、驚きに固まって声も出ないミリたち三人を僕たちから引き剥がすようにして離した。

「いえ、私たちは——」

説明しようとしたが、聞く耳を持つ者はいなかった。

「黙れ！　卑怯で薄汚い人間が！」

「調べがつくまで牢へ放り込んでおけ！」

ミリたちが慌てて説明を始めたが、それすらも「言わされている」「だまされている」と決めつけ、聞く者はいなかった。酷いというだけでは物足りない。これが地球なら、大炎上ではすまないだろう。

しかし今言っても無駄だろうし、ちょっと調べればわかることだと、地下にある牢に入ったのである。

そもそも冷静になれば、奴隷商人が拉致した子を連れて憲兵の詰め所に行くわけがないのに。

チビたちも最初は引き離されそうになったのだが、怖がって離れないというふりをしたら、根負けして一緒に牢に入る許可が出たのだ。

ミリたちは泣きながら、

「必ず無実の証明をするから！」

「待ってて！」

と言っていた。


しばらくしたら夕食を持って来られたのだが、硬いパンに薄いシチューとみかんのような実とコップ一杯の水だった。

「これがこっちの普通なのか、それとも被疑者に対する扱いなのか、または人間に対する扱いなのか、知りたいところだな」

チビは硬いパンでもものともせずに食いちぎっているし、ピーコは鋭いくちばしでついばんでいるし、ガン助も意外と食いちぎる力は強いらしいし、じいはシチューのみだ。しかし僕と幹彦には、この釘を打てそうなパンは硬すぎる。シチューでふやかして食べるくらいしか、食べられそうな気がしない。

まあ、獣人だ。歯がとても丈夫で、この程度は平気、またはこの程度が好みなのかもしれない。

しかしチビは、

「食いちぎれるのと、美味いのとは別だ。何か口直しに出してくれ」

と要求してきた。

「その土地を知るにはその土地の物を食べるに限るんだけど、これはちょっとなあ」

僕も幹彦も苦笑し、僕の空間収納庫からマンゴーの実とアップルパイを出した。

荷物は取り上げられているので、幹彦の収納バッグは手元にはないし、サラディードですらここにはない。

僕の空間収納庫は、訊かれなかったので言わなかった。

「そう言えば、探索者免許証ってどういう仕組みかはわからないけど、こっちの経験を察知して勝手に称号を付けるよね」

嫌なことを思い出した。

幹彦も「その問題」に思い当たったらしい。

「まさか、前科とかつかねえよな？」

それで僕と幹彦は、震える指で探索者免許証を引っ張り出して確認した。

表は名前や写真なので、変化する要素はない。散髪するたびに写真が変わるという事は無い。問題は裏だ。

称号
地球のダンジョンを初めて踏破した人類／神獣の主／精霊樹を地球に根付かせた人類／魔術の求道者／分解と構築の王／魔王
技能
魔力増大／体力増大／魔術耐性／物理耐性／異常耐性／魔力回復／体力回復／解体／鑑定／製作／魔術式構築／魔術式分解

あまり確認していなかったが、魔王と、魔術式構築と魔術式分解が増えている。魔王は七大冒険者になった騒動のせいで増えたものだ。魔術の素質が消えて魔術式の構築と分解が増えたのは、素質レベルから実践レベルになって、便利そうな魔術を新しく作ったり、相手の魔術式に干渉してキャンセルしたりすることで変わったのかと思う。

幹彦のも変化していた。

称号
地球のダンジョンを初めて踏破した人類／神獣の主／精霊樹を地球に根付かせた人類／魔剣『サラディード』の持ち主／剣聖／舞刀
技能
身体強化／体力増大／魔術耐性／物理耐性／異常耐性／魔力回復／体力回復／刀剣の極意／隠密／気配察知／自然治癒／鍛冶

剣聖の候補者が剣聖になったのはもちろん前剣聖を倒したときだし、舞刀は七大冒険者になった時に付いた。

どういう原理なのかはともかく、ふたりとも「被疑者」とか付いていなくてよかったと心から安堵した。

いや、この後精霊樹に触ったら変化するとかいうことはないよな？　頼むから、誰かないと言ってくれ！　神様！　今度は心の底からそう祈って、探索者免許証をしまい込んだ。

しばらくすると廊下の明かりも持って行かれたので真っ暗になり、それならと順番に怪談を話してから、日本に入浴しに帰り、寝袋を出して寝ることにした。

これがラドライエ大陸横断の旅の初日の夜のことである。


牢屋で一晩過ごすという人生初の体験をしたが、意外と目覚めはスッキリしていた。

まあ、トイレや入浴のために家へ戻り、収納してある食べ物を食べ、トランプや怪談をして遊んだのだから、牢で過ごしたといってもちょっと違う。

「ほかの人もいる雑居房でなくて良かったな」

言いながら、朝食を摂っていた。

しかめっ面の看守が持ってきたのは昨日と同じパンと、スープ、バナナのような果物、コップ一杯の水だった。

それをトレイを出し入れするための小窓から受け取り、看守が立ち去ると、早速手を加え始める。

金槌パンを小さく切り、空間収納庫から出したタマネギのスライスとベーコンを炒めてパンと混ぜてグラタン皿に入れる。スープはコンソメ的なものだったので、牛乳とコンソメの素を足し、あらかじめ溶かしバターと小麦粉を練って作っておいたブールマニエというものを入れて加熱しながら溶かし込む。とろみが付いてきたらパンの上にかけ、チーズを乗せ、焼く。

飲み物は、僕と幹彦はコーヒー、チビたちは水がいいと言ったので水だ。

いただきますをしてから食べる。

「これで美味くなったな」

「チーズがとろとろ！」

「パサパサして昨日は喉が詰まりそうだったでやんすからねえ」

「スープも出汁が効いてなかったしの」

「食文化は、ちょっと合わないかもしれねえなあ」

「まあ、街の中の普通の店なら違うのかもしれないよ」

わいわいと言いながら食べ、食器を片付け、そろそろ看守が来るかもしれないからおとなしくしていようと車座になって座り、怪談の続きを始めた。

しばらくした頃、看守が来て牢を出され、普通の部屋へ案内された。

そこにいたのはミリ、アケ、シン、船長。それと昨日の猫の女性獣人と憲兵の制服を着ていない猫の男性獣人、犬の獣人の憲兵だった。

「あ！」

ガタリと椅子から立ち上がったのはミリたちで、船長は申し訳なさそうに頭を掻き、憲兵の制服を着た犬の獣人と昨日の猫の獣人は苦々しい顔付きを隠そうともしていなかった。

「帰っていい」

その一言と共に、取り上げられていた荷物を放り出すように机の上に置かれる。

流石にそれにはムッとした。幹彦やチビたちも同感らしく、威嚇するような気配がする。

「冒険者の持ち物だ。高価なものだと予想は付いているだろうに。そんな扱いでもし破損でもしていたら、損害賠償請求はさせてもらうぜ」

幹彦はそう言いながら、わざわざじっくりと、バッグを点検し始めた。

「中身は大丈夫かあ？」

僕もそう言うと、幹彦は中を検め始めた。

それを見ながら、猫の獣人は不機嫌そうに吐き捨てる。

「収納バッグだろう。中身は壊れないし、本人以外に取り出せないんだろうから、大丈夫に決まってるだろう」

チビは歯をむき出して低い声でうなり声をあげ始め、ピーコは毛をブワッと逆立てた。

「バッグ自体に傷が付くかもしれないし、バッグの外側に付けた物が破損することはありますよね」

僕は言いながら、自分のバッグに付けたキーホルダーを示した。フックを付けてあり、ちょっとしたものをつるせるようにしてあるのだ。

「それにこっちは、普通のバッグですしね」

ピーコたちが移動するとき用のカバンだ。

それに憲兵たちは、フンと鼻を鳴らしただけだった。しかし、

「これ、ワイバーンの爪とゴールデンパイソンの革を使って、魔術付与もしてあるんですよ」

そう言うと、高価な物と流石にわかったせいか、ちょっと憲兵たちの顔色が変わって面白かった。

そこで、黙って立っていた猫の男性獣人が、猫の女性獣人に鋭い目を向けた。

「アンリ！　いい加減にしないか！」

そうして、僕たちの方へ頭を下げる。

「申し訳ありませんでした。数々の度重なる失礼をお詫びします。私はこの町の責任者を務めております、ペルル・ミウと申し、この憲兵隊長アンリ・ミウの兄です」

兄妹だったらしい。

ただ、兄は冤罪にも今の目の前の行いにも謝罪の気持ちを持っているようだが、妹の方は全くその気がないようだ。

アンリと呼ばれた猫の女性獣人は、ふくれっ面をしてこちらを睨み付けている。

「人族なんて獣人に何をするかわかったもんじゃない。大陸に入れるのも間違っている」

「評議会で決めたことだ。従え。それにお前は憲兵のまとめ役だろう。憲兵がろくな調べもしないで先入観や個人的な感情でやって良いことじゃない」

それには不承不承だが認める気になったのか、

「……どうも、すみませんでしたぁ」

ともの凄く嫌そうに言った。

ああ。こういう若い子、いたなあ。僕も幹彦も、勤めていたときの事を久しぶりに思い出した。

昨日僕たちが牢に入れられてから、ミリたちは散々、犯人は別の人で自分たちは助けられてここに連れてきてもらったのだと言ったらしいが、特にアンリが信じなかったらしい。

それでシンが詰め所を抜け出して船長のところに駆け込み、船長はこの町の冒険者ギルドに行ったそうだ。

ギルドで話を聞いたギルドマスターは、その乗客が七大冒険者の魔王と舞刀だとすぐにわかり、慌ててペルルに知らせたらしい。

証人ならたくさんいるし、事件のあった時、被疑者である僕たちは海の上にいたのでアリバイもある。

それで慌てて憲兵隊の詰め所へ行ったのだが、アンリたちは、証人だけでは信用できない、物的証拠を出せと言って認めなかったという。

それでネクロマンサーが罠として使った檻になる魔道具の箱と恐怖で正気に返っていないネクロマンサーを憲兵隊の詰め所まで運んだが、ネクロマンサーが朝になるまで正気に返らなかったので、釈放が今になったそうだ。

「ここの司法制度とかどうなってるんです？　弁護士とかもいないんですか」

怒るよりも呆れてしまう。

「申し訳ない。獣人と人族の戦争は長い停戦に入っているが、終戦ではない。それ以上に、獣人が拉致されて人族の奴隷にされるという事件も起こっている。なかなか、難しいものです」

ペルルは嘆息して、苦笑を浮かべた。

「それでこの件を大きくされると、ますます獣人と人族との関係がこじれて、最悪では停戦協定すら破られることになりかねない」

そう言われると、

「もういいですよ。どこかに報告したりはしませんから」

と言わざるを得ない。

それを聞いてペルルは安堵の息をつき、頭を下げて、僕たちは詰め所を出ることになった。


外に出たところで、幹彦に向き直った。

「おつとめご苦労さんです」

同時に幹彦も言っており、プッと噴き出す。

「何だあ?」

船長とミリたちは怪訝な顔をしているが、

「あれだ。こういう時の、その、儀式?」

と幹彦が適当なことを言ったら、それで納得した。

「災難だったなあ。ここの憲兵、人族嫌いなやつらばっかりでなあ。こっちの話は聞かないし、こっちが何かしたら待ってましたとばかりに罰金やら刑の加算やらしてくるから。なるべく顔を合わせたくないんだよな」

それを聞いて、僕も幹彦も船長を睨んだ。

「こうなるのがわかってて僕たちに頼んだんですか」

「うわ、酷え」

それに船長は申し訳なさそうに笑って言い訳をした。

「すまんすまん。でも、昨日は積み荷を下ろして荷主に引き渡したり、帰りの船に載せる分をチェックして載せたりと忙しかったんでな。とてもそんな暇はねえ。その分、依頼ってことで魔石は多く分けただろう？　それにちゃんとギルドマスターにも知らせて、助けに来ただろ」

しっかりしている。僕も幹彦も、ぐっと言葉を詰まらせた。

「まあいいや。人生初の体験だったし」

詳しい話をしようと、僕たちは港の中にあるこの船会社の事務所に移動した。

「ところで、硬いパンは食ったのか」

ああ。日本で言う「臭い飯を食う」というやつか。

「もの凄く硬かったぜ。な」

「うん。釘が打てそうだったよ」

「ワン」

「人族と獣人の戦いが長期の停戦中とはいえ、特に人族が来るこんな港には、人族に厳しいやつらが憲兵として派遣されるらしくてな。人族にも獣人の子供や女を誘拐して奴隷として売り払うやつもいやがるから、余計に当たりが強い。でも、この大陸のどこに行っても、多かれ少なかれこの傾向はあるぜ。人族との融和政策を唱える穏健派の種族はともかく、強硬派はああいう憲兵みたいなやつらばっかりだしな。中立派もいるが、こいつらは助けにならねえ。大丈夫か。それでもラドライエ大陸に入っていくつもりか？」

船長は心配そうに訊く。

「どうにかなるさ。それよりも、お前ら村までちゃんと帰れるのか？」

ミリたちは憲兵が送ってやるのかと思えば、村に知らせて迎えに来てもらうか、自分たちで村に帰るかしろと言われたらしい。予算や人手の都合なのだろうか。

アケはこっくりこっくりと船をこぎ始めていたが、ミリとシンは顔を見合わせ、真剣な顔で口を開いた。

「大人なら村まで歩いても帰れるけどボクたちには無理だって言われてるから、馬車に乗るしかないかなあ」

「けど、乗車賃がないんだ。貸してもらえたらありがたいんだけど」

「村まで来てくれたらちゃんと返すから」

今度は僕たちが顔を見合わせた。いちいち村まで取りに行くなんて、それこそ手間がかかりすぎて、最初から返してもらうことを諦めるのと同義だろう。

案の定、船長は無理だと即刻断った。

「どうする、史緒」

「別にいいけど、それならいっそ、一緒に行けばいいかな。でも、また誘拐犯に間違われるかな」

「依頼書を書いてもらえばいいんじゃないか、ギルドで」

「なるほどね。それを見せれば大丈夫か」

冒険者ギルドに顔を出さないといけないとは思っていた。

「依頼料は、獣人の種族のこととかこの大陸の事とかを教えてくれることでどうかな」

「お、それでいいぜ。どうせ大陸横断旅行するつもりだったんだしな」

それで話はまとまり、ミリたちと一緒にギルドへ出かけて依頼の手続きを行うことにした。


ギルドはどこか寂れた印象を受けた。規模も小さいようで、中に入って依頼板をチラリと見ると、依頼自体が少ないように見えたし、閑散としている。

「お疲れ様です」

ギルドマスターがカウンターで、額をカウンターにぶつけるほどに下げた。

見た目は僕たちと同じ人族に見えるが、彼もハーフなんだろうか。

「お口添えしていただいたようで、ありがとうございます」

そう礼を言えば、ギルドマスターは幾分ホッとしたような顔をした。

「そう言っていただけると……。もし本部に知られて査定に響いたら、せっかく来年にはミリタリアに帰れるのに任期が延びかねない……！」

そう、ブツブツと呟いている。

ミリタリアというのは向こうの大陸にある国の名前で、農業国だと聞いた事がある。

それにしても、どうもここのギルド勤務というのは不人気らしいな。

「それで、この子たちが俺たちに指名依頼を発注するから受理してもらいたい。で、俺たちが受けるから」

幹彦がそう言って、ミリたち三人を前に出す。

「では、用紙に記入をお願いします」

シンがペンを取って、記入を始めた。

ミリ、アケ、シンを兎人族の村まで送り届けること。依頼料は、ラドライエ大陸についての情報提供。

ギルドマスターは依頼書を受け取って目を通して、控えを取って幹彦に渡した。

「言うまでもありませんが、ラドライエ大陸は獣人とドラゴンの大陸です。獣人と人族は現在も停戦中であり、個人差もありますが、強硬派は人族というだけで過剰な反応をします。言動には十分に注意をお願いします。こちらにしか生えない薬草もありまして、常時買い取りをしています。こちらの薬草一覧はそこの書棚に図鑑を置いてあります。ドラゴンを筆頭として、エスカベル大陸とは魔物の種類も生態が違う物もいますので、ご注意を。万が一獣人とトラブルになったら、そこの代表と獣人族の評議会、それかこのギルドへ連絡を入れるようにしてください。それで強硬派の一方的な制裁を防止できます。大体は」

大体というのは、あの憲兵のような事例があるからだろうと思う。そう思うと心許ないが、いざとなれば転移で逃げてしまおう。

そう考えてチラリと幹彦を見ると、幹彦も小さく苦笑してきたので、同じようなことを考えていたのだろう。

それで依頼の受注は済んだので、僕は薬草図鑑のチェックをし、幹彦とチビは依頼票と地図を確認しておく。依頼票を見ておけば、どこでどんな魔物がいるのか、どんなトラブルが起きているのかなどがわかる。

ミリたちは物珍しそうについて回ってそれらを一緒に眺めた。

そうして地図の前で集まって兎人族の村の位置を確認し、準備を整えたら出発することにした。

「乗合馬車ってやつが少ないんだな」

時刻表を見て幹彦が言う。村を回る巡回馬車のようなものがあるらしいが、それが来るのは数日に一度らしい。ここを出て兎人族の村へ向かうのを探すと、運良く今日の午後にあった。

「あったぜ。昼過ぎだ」

「先に予約がいるのか訊きに行こうか」

「そうだな。これを逃したら、次の一週間後にするか、徒歩で向かうかだもんな」

聞いていたギルドマスターが言った。

「チケットの販売はここが請け負っていますよ。乗合馬車はここのギルドの業務のひとつなので。御者兼護衛として冒険者を乗せているんですよ。大抵の獣人は、自前の馬車か馬代わりの草トカゲを使うか歩いて移動するんです。乗合馬車を使うのは少ないですから、それで便数も少ないんです」

そういう事情があったのか。なるほど。

そこで僕たちは次の便の予約をして、それまでに買い物と昼食を済ませることにした。

三・若隠居の旅の始まりと追跡者

食料品などを買い足して歩いたが、港町には多くの人が行き交い、僕たち人であっても、ミリたち獣人であっても、応対に差は感じられなかった。どちらにもやや警戒、という感じだろうか。

行き交う人を見てみると、まず純粋な獣人は、一目でわかるくらい動物と同じような耳や尻尾がついていたり、皮膚にうろこや毛が生えていたりするらしい。ミリたちならばウサギの耳だ。

僕たちと同じように見える人もいるが、それは人族かハーフの可能性があるという。

ハーフの場合、耳などが付いていることもあれば付いていないこともあるそうなのだ。

そこで、前にも「ハーフ」というのを聞いていたが、その点について再確認しておく。

シンによると、獣人のほとんどは同じ種族で結婚するらしい。しかし中には別の種族や人族と結婚し、子供をつくる者がいて、そうして生まれた子は「半端者」「ハーフ」と呼ばれ、村八分にされるのが普通らしい。

そういうハーフが集まっているのがこの港町で、ここには、獣人と人族とハーフが混在しているのだという。

そんなこの港町の責任者をしている猫人族は穏健派らしく、あのアンリはどうも跳ねっ返りであるだけでなく強硬派なようだ。

この町の外は魔物以外に強硬派もいるので危険度が増し、そのため人族の商人たちが来るのもこの港町まで。

こちらでしか手に入らない薬草や魔物の部位を狙って人族の冒険者も来るが、数は少ないようだ。

そして獣人に冒険者はいるが、ラドライエ大陸を出ることは評議会が禁止しているらしく、そのためにエスカベル大陸で獣人を見かけることがなかったらしい。

「ハーフは、両親の特徴をどう受け継ぐかはわからないから、見た目ではわからないことも多いんだって。だけど絶対に、目が変だって聞いたよ」

シンが声を潜めながら説明をするのを聞いていた時、注文していた料理が届いた。

「はい、お待ちどう。兎肉の煮込みとハンバーグ、鶏肉の唐揚げとソテー」

恐ろしいことに、ミリもアケもシンもウサギが好物だった。聞いたときは、

「ウサギ、食べるんだ……」

と愕然《がくぜん》とした僕たちだった。

「ありがとう」

言って何気なくウェイトレスを見た僕は、シンの言ったことがわかった。彼女の目に虹彩がなかったのだ。

地球でも、虹彩を持たずに生まれてくる子は少ないながらもいる。十万人に一人という難病、無虹彩症だ。これは遺伝疾患が原因の病気であり、その八割が先天性となる。

虹彩は目に入る光の量を調整する場所なので、これがない、あるいは周辺だけ残っている無虹彩

症の人は、眩しさを訴えたり、眼振があったり、角膜実質混濁や、黄斑低形成で視力不良になったりする。突発的になる散発性と言われる二割の人の場合は、その遺伝子の近くにある遺伝子も影響を受けることがあり、ウイルムス腫瘍、泌尿生殖発育不良、発育遅延などの合併症のリスクがある。

それらは個々に、コンタクトレンズを使用したり手術をしたりという対処法を取っている。

そういうことを反射的に頭に思い浮かべたが、ウェイトレスの状態は、健康となっている。

これは地球で知られるものと同じに見えても別物で、こちらの無虹彩は、病気でもなんでもないということと思われる。

ならば虹彩の役割をどこが代わりに果たしているのか疑問だが、そこについては今のところは不明だ。それを調べられるだけの医療設備もこちらには無いと思われる。

そう考えて辺りを見れば、虹彩のない人がたくさんいた。冒険者の中にもいることを考えれば、やはり、無虹彩で不便、不利益はないのだろう。

僕はテーブルに視線を戻した。

ミリ、アケ、シンは嬉しそうに兎肉の煮込みとハンバーグに食いつき、幹彦はそれを目を細めて見ていた。チビの皿には少量でいいピーコとガン助とじいも首を突っ込んでおり、僕と幹彦も、手を合わせ、カトラリーを手に取った。

食事は、料理は薄味でパンは硬かったが、拘置所よりはましだった。それと、犬の獣人だからといってネギ類が食べられないというわけでもなかったようで、犬の獣人も平気で玉ねぎやネギを摂っていた。

兎人族の子がウサギを食べるのも、別に共食い的なものではないらしい。進化の過程上ウサギやらイヌやらと祖先が同じというだけで、ヒトとサルのような関係だと、シンのつたない説明から察することができた。

「じゃあ、そろそろ行くぞ」

幹彦が言うとミリたちは素直に立ち上がり、ゾロゾロと歩いて行く。

お会計をする時にわかったのは、この大陸の貨幣単位はドラ。大体一ドラは一ギスと同じだが、物価はこちらの方がやや高い。

ただこの港町に限っては、一ドラと一ギスを同じレートとして、両方の貨幣を使えるらしい。

お高いホテルで食事をしたような値段を支払い、揃って馬車の停留所へ向かう。

ビクビクと警戒していたミリたちも、お腹がいっぱいになったせいか警戒感が緩み、幹彦やチビに無邪気に掴まったりして笑顔を見せていた。

それを微笑ましく見ているると、誰かの刺すような視線を感じた。

しかし、見回してみてもそれらしい人はおらず、首を傾げる。

と、よそ見をしていたアケが転んだ。

「ああ、大丈夫か」

幹彦が起こしてやると、シンが服に付いた土を払いながらアケに言う。

「アケ、屋台に見とれてるからだよ」

「うん。大きなヒツジの丸焼きがあったから、何人前かなって思ったの」

アケらしい答えだ。

服の土はすぐにとれたし、手のひらは汚れているが、ケガはないようだ。

「ちょっと手を洗おうか」

言って、僕は水を球にして出すと、

「ここに手を入れて洗って、アケ」

と言ったのだが、三人とも目を見開いて水球を見ていた。

「魔法⁉」

それに僕たちはたじろいだ。

それにチビが、考えながら言う。

「そう言えば、獣人は精霊魔法を使うんだったな」

それにミリが目を輝かせて答える。

「そう！　でも、精霊がいなくなったから、今の獣人で魔法を使える人はいないよ」

チビが補足する。

「精霊に魔素を対価にして頼む魔術だったな」

「そうか。精霊がいないから使えないのか」

言い、そっと辺りを見る。

幸いにも、こちらに注目している人はいなかった。

「あんまりポンポン魔術を使わない方が良さそうだな」

「そうだな」

僕と幹彦は小声でかわし、ミリたちにも、

「内緒にしていてほしい」

と言って頼んでおいた。

そうして、馬車に乗り込んだ。

兎人族の村までは丸一日の距離だ。昼過ぎに出て、今夜はどこかで野営してから、明日の昼過ぎに着く予定らしい。

今夜はテントを出してもいいんだろうかと考えながら、乗り込んでくる同乗者を何となく眺めていた。マントをすっぽりと被った冒険者風な人で、種族は不明。もう一人は熊の獣人の高齢女性だった。

その熊の獣人女性は、僕と幹彦を見て少し目を大きくしてからにっこりと笑ったので、こちらも軽く会釈しておいた。

馬車につながれている草トカゲはトカゲを大きくしたような生き物で、コモドオオトカゲに似ているだろうか。魔物ではあるが、おとなしくて人に従順な草食動物らしい。御者が何か果物を差し出すと、キュルンと鳴いてそれをもしゃもしゃと食べていた。

その御者兼護衛というのは冒険者らしい格好をした蜥蜴の獣人だった。

「今夜はスン川の河原で野営、明日の朝七時に出発して、昼過ぎに兎人族の村に到着予定です。では出発します」

そう言ってピシリと草トカゲの背中を叩くと、草トカゲは歩き始めて、馬車はゆっくりと進み始めた。

町を出るとスピードが上がった。まあ、自動車ほどには出ていない。せいぜい鼻歌交じりでこぐ自転車程度か。馬車から見えるのは畑ばかりだ。

「あのね、兎人は中立派だから、人族にも普通だよ。でも、蜥蜴人は竜人と一緒で強硬派なんだって」

袖を引いて、アケが小声で言った。

それでシンが、言葉を継ぐ。

「そうだね。それを言っておいた方がいいかも。獣人は三つの派閥に分かれているんだ。人族に対する考え方で。仲良くして戦争も終わらせて、交流も増やそうっていうのが穏健派。猫人、熊人が中心だよ」

それを聞いて思った。

「あのアンリっていう憲兵隊長は猫人だったんじゃないのか？」

「例外もいるんだよ」

なるほど。

「強硬派なのは、竜人、蜥蜴人、犬人が中心だよ。気をつけて。中立派は、兎人、虎人だよ。あと、エルフとドワーフは遠くにいて会ったこともないけど、孤高でほかの誰に対しても同じって言ってたから中立なのかな。よくわかんない」

それに僕と幹彦は、頷いた。

「ありがとう。うん、気をつけるよ」

「そうだな。何てことの無い言動がトラブルの因になったらまずいしな」

言いながら、

「エルフにドワーフ！　いたんだな！」

と密かにドキドキしていたのは内緒だ。

それと、「兎人」「虎人」という呼び方でいいらしいのも覚えておこう。

馬車はゴロゴロと岩の転がる原っぱを走り、薄暗くなると大きな川の近くでとまった。これがスン川で、今日の宿泊地点だ。

野営は、馬車の中でそのまま寝るか馬車のすぐそばで寝るかだそうで、食事や水は自分で準備する。

熊人の女性は座席で寝るつもりらしく、大きな荷物から夕食の包みを取り出した。

マントの客はよくわからない。

御者が強硬派らしいし、寝坊したら置いて行かれそうだから馬車の中で寝た方が良さそうに思える。食事だけ、外で何か作ろう。

馬車を降りると、どこかから鋭い視線を感じた。

幹彦も視線だけで辺りを窺っているが、出所がわからないらしく軽く眉をひそめた。

これは町の中で感じたものと同じように思えたので、誰かが町から付いてきているということなのだろうか。

チビも周囲を見回し、

「まあ、手出ししてきそうなほどに切羽詰まったものではない。とはいえ念のために、一人にならないようにしておくのがいいだろうな」

と小声で注意してきた。

「わかった。ああ、この辺で火を起こそうぜ」

それにミリとシンが、

「じゃあ、薪を探してくる！」

と走り出しそうになったので、慌てて止める。

「ああ、大丈夫。万が一に備えてちゃんと持ってるから」

そう言って、カバンに手を入れて空間収納庫の携帯型魔石コンロを出す。

「それ、エスカベル大陸の魔道具!?」

シンが好奇心に目を輝かせた。

まず鍋も出して湯を沸かしたのだが、魔術を見せないようにするために、水筒を傾けてそこから水を出しているふりまでする涙ぐましさだ。

沸いたらそれの半分を保温機能の付いた水筒に移してお茶用にとっておく。

フライパンで玉ねぎ、にんじん、一口大のミートボールを軽く炒め、そこにざく切りのトマトを入れて更に炒め、鍋に移す。後で調味すればトマト煮の完成だ。

コンロの上には網を載せ、そこに街で買ってきたパンを薄く切ったものをのせて軽く焼くようにしておく。

ほかの人が簡単なものしか食べていないので、今日は遺憾ながらこれだけにしておこう。収納バッグもおおっぴらにしない方が良さそうなので、それほど大荷物でもないのに色々と出すと奇妙に思われる。

スープを皿によそい、パンは焼けたものから大皿に移して次のものを網にのせるようにする。薄く切って焼くと、硬いのがかなり食べやすくなるし、それをスープにつけてもいい。

チビが「これだけか。まあ仕方が無いな」と言いたげな顔をしているのに笑いそうになるが、

「さあ、食べよう」

と言って、食事を始めた。

視線はその間もずっと張り付いていたが、なるべく気にしないように努めた。

そうしてお茶を飲み、馬車に戻って座席で寝た。

目を閉じてしばらくするまで、視線はずっと僕たちに注がれていた。

翌朝は薄くスライスしたパンにハムやレタスやチーズを挟んだものと、ジャムとクリームチーズを混ぜたものを挟んだものにした。

このクリームチーズは自家製だ。牛乳と生クリームとレモン汁で手軽にできる。ジャムだけでは甘くても、クリームチーズと混ぜると爽やかな甘さになるのでいい。

まだ眠そうなミリたち三人のためにこれを包んでいつでも食べられるようにしておき、水筒にスープも入れておいた。

そうして、出発だ。

昨日の視線は相変わらず張り付いている。誰のものか気になるが、こちらに何かしない限りは放置だ。

「美味しかったぁ」

アケが口の周りのジャムをなめながら名残惜しげに言う。

「ボクは昨日のスープが好きだな。トマト味で煮込んだのなんて食べたことなかった」

シンは思い出しながら言う。

「私は今朝のスープも好きだな。野菜とベーコンを水で煮ただけなのに、何か味が違うもん」

これにはヒヤリとした。コンソメの素を使ったのだ。

「そうか、それは良かった。な、史緒」

「そうだね、うん。今度家でも試してみてよ。ああ。大きな山だね」

遠くの岩山を指さす。

「あれはねえ」

そうして、馬車は今日もゆっくりと走って行った。

兎人族の村が近付いてきた。

兎人族は農業と狩りをして暮らしている種族らしく、山裾に村を構えていた。

ミリたちが捕まったのは近くを流れるスン川の支流のそばらしく、それを考えれば、あのネクロマンサーは拉致するためにスン川に沿っていくらか内陸部にまで入り込んでいたらしいことになる。

もしくは、獣人側にも協力者がいる可能性も否定できない。

しかしそれは、獣人族の憲兵らが調べて対策すべきことである。

「あ、お母さん！」

ミリが馬車の外を目をこらして見ていたが、そう言って身を乗り出した。

「危ないぞ」

幹彦が慌てて落ちないように支えてやるが、隣ではアケも同じように身を乗り出すので慌てて僕も手を伸ばし、シンまでそうするのでチビが襟首をかんだ。

しっかりしているようでも、まだ子供で、心細かったのだろう。当然だな。

停留所なのか道ばたに小さな小屋があり、その前に高さ二メートルほどの三角錐の棒が立っていた。

そこにウサギの耳をはやした人が八人、そわそわとした様子で立っている。

「しばらく休憩します」

御者が言いながら馬車を止めるのを待ちかねるように、ミリたちが飛び降りていってウサギ耳の人たちへと飛びついていく。

その時に見たジャンプ力は、流石はウサギのＤＮＡと共通するんだな、と思うほどの高さだった。

家族らしく、泣きながら抱き合い、ケガがない事を確認している。熊人の女性はそれを目を細めてにこにこしながら眺め、フードで顔の見えない乗客はそれを見ながら席を立つ。

僕たちも馬車を降りて行った。御者は草トカゲに果物や水をやり始め、草トカゲは果物をかじりながら、僕たちを見た。

「ありがとうね」

言うと、キュルンと鳴いて、返事をしたように聞こえた。

ミリたちに近付くと、親たちらしい彼らは、揃って頭を下げた。

「詳しいことは手紙で知らされました。行方がわからなくなって心配していたのですが、奴隷狩りに遭っていたなんて……」

「船の中から助けていただけたのは、奇跡みたいなものです。ありがとうございました」

「いえいえ。無事に家に帰れてよかったですよ」

幹彦がそつなく答え、僕は頷いてニコニコしておく。

「何のお礼をすればいいのか」

それに、いやいやと笑って幹彦が答える。

「幽霊船退治として報酬も得ましたし、ここに来るのは色んな話を教えてもらうのが報酬でしたので、それももういただいています。お気遣いなく」

「そんな。子供の話なんて大したものでもないでしょうに」

申し訳なさそうな顔で言うのに、

「いえいえ。乗りかかった船――いや、走り出した草トカゲから降りるな、という言葉もありますから。楽しい道中でしたよ」

と幹彦は爽やかに笑った。船中で聞いたばかりの慣用句だが、ちゃんと通じたな。

手を振ってミリたちは村の中へ入っていき、馬車も、

「次は熊人の村で、到着は夕方の予定です」

という御者の声で出発していった。

「さて。俺たちも行くか」

「そうだな」

答え、斜め後ろを見た。

そこには深くフードを被ったマントの乗客が立っていた。

視線の主はこの人らしい。

「何か御用ですか」

幹彦が言い、チビとピーコとガン助が威嚇する姿勢をとる。

その先でその人物は、フードを後ろへはねた。

「あ。憲兵隊長」

猫耳がピクピクと動き、口元はへの字に結ばれる。そこに不機嫌そうに立っているのは、憲兵隊

長のアンリだった。

「この村に用があるってわけじゃなさそうですよね」

幹彦が言うのに、アンリは渋々という感じで口を開いた。

「お前たちが本当に送っていくのか、どこかでやっぱりエスカベル大陸行きの船に乗せるんじゃないかって思って」

「それで、疑いは晴れたのかな」

言うと、こちらをキッと睨み付ける。

「これに関してはな！　でも、それでお前らを全面的に信用したわけじゃないし、ましてや人族全部を信用するわけじゃないからな！　覚えてろよ！」

「はいはい」

幹彦は苦笑を浮かべ、アンリはプイと横を向き、

「じゃあな！　余計な騒動を起こすんじゃないぞ！」

と言うや否や、港町の方へ向かって素晴らしい速さで走って行った。

「騒動なあ」

「別に、起こそうと思って起こしたことはないぞ。なあ、幹彦」

「その通りだぜ」

それで僕たちも、アンリが走って行ったのと反対方向へ歩き出した。

「ああ。これでいつも通りだな」

「あんまり変なところは見せられねえんで、緊張しやしたもんね」

「ごはん、ごっはん！」

「ブイヤベースが食いたいの」

「私は焼き肉がいい。タレのやつだぞ」

「この先に肉の美味いトリがいるらしいぜ」

僕たちの、ラドライエ大陸の旅がスタートした。


緩やかな山は緑が豊かで、天気もよく、いいハイキングとなった。

背後の「それ」を別にすれば。

「帰ったと思ったのに、何で付いてくるんだろう。いっそ訊いたらだめかな」

そう小声で言えば、幹彦も小声で返す。

「あれでもこっそりとバレないように付いて来ているつもりなんだぜ。憲兵隊長なんだから、プライドをへし折らない方がいいんじゃねえか」

するとチビはやはり小声で、

「現実を知るのも大切だが、逆恨みされてもな」

と言って、揃って嘆息した。

猛ダッシュで帰ったと思ったアンリが、こっそりと付いてきているのだ。

一応疑いは晴れたと思ったのだが、まだだったのだろうか。

「ま、考えていても仕方がないか。普通にしていれば僕たちが何もしないってこともそのうちわかるだろう。まあ、転移とかが面倒だから早めにわかってもらいたいけどな」

言いながら、夕食にと薪で直火焼きしているトリのあぶり焼きの様子を見た。

「ああ、いい焼き具合だよ」

言って、皿の上に置く。

「お、美味そうだな」

チビがいそいそと寄ってくると、ピーコやガン助、じいも皿のそばに並ぶ。

と、ぐうう、という大きなお腹の音がした。

ここにいる誰かのものなら別にいいのだが、その音の方角と距離からすれば、それはアンリのものとしか思えなかった。

僕たちは微妙な顔を見合わせた。

「声、かけた方が親切とは限らないよな」

「やめとけ、史緒」

「でも、昼ご飯も食べてないよ、あの様子じゃ」

突き刺さるような視線をもの凄く感じるので、食べにくい。

「何で携帯食とか用意してこなかったんだろうな、あの小娘。自業自得以外の何物でも無いぞ」

チビの言うとおりだ。

それでも、良い匂いのする炙り焼きに茂みからグウグウと音が鳴り、視線はますます強くなる。

ああ、くそ。これは自分のためだ。

「あ！　あんな所にトリが！　これを狙ってるな！　石を投げてやる、えい！」

石を投げながら、本命の魔術で少し離れた所にいたトリを落とす。

「逃げたかな。まあいいや」

言うと、ガサガサと茂みが揺れてアンリが離れて行く。

無事にトリを拾ったらしく、しばらくすると少し向こうで、火打ち石の音がし始めた。

「やれやれ」

幹彦が苦笑し、それで僕たちは安心して食事を始めた。

そんなふうにアンリの追跡付きで兎人族の村から歩き出して六日経った。

テントの中からなら転移してもバレないだろうと転移もするし、アンリは収納バッグのことを知っているので、それは元から隠さずに使っている。

それでこうして、携帯食料が尽きたらしいアンリに気も使っているのだ。

でもそろそろ帰ってもらった方が、アンリのためでもあるだろう。

「次の村に着いたら、その後は知らん顔して振り切ろう」

「そうだな」

そう相談して、眠りについた。

その翌日。今日はここで野宿しようと、野宿しやすいように整地された野営地でテントを張った。

少し離れた所に小さな洞窟らしきところがあるので、アンリも見張りながら隠れて野宿もしやすいだろう。

「今日は何だ」

「パエリアと魚の塩煮とサラダにしよう」

「じゃあ俺はサラダのレタスをちぎるかな」

僕と幹彦が料理に取りかかると、ピーコが飛んで戻ってきて、

「アンリ、魚を焼いてたよ」

と報告する。

来る途中で川に下り、チビが大きくなって北海道のクマの如く魚を岸に弾き飛ばして捕ったのだが、何匹かをアンリに拾わせたのだ。

どこか皆ほっとして、料理に取りかかった。

しばらくすると、三人組の冒険者が野営地に入ってきた。

「こんばんは」

にこやかにそう挨拶してくるのは、狐人の男と、クマのような体格でイヌの耳をしたハーフの男と、頬にヘビのうろこのある男だった。

「こんばんは」

幹彦が答えて僕も軽く頭を下げると、彼らは、

「向こうで野営しますね。すみませんが、火を貸していただけませんか」

と言った。

どうぞと言うと、持っていた薪をこちらの火に突っ込んで火を付け、戻っていった。

「ライターもなく魔術もないと、面倒そうだなあ」

「そうだな。俺たちは楽でいいな」

言いながらできあがった食事を摂り、何となく彼らを見ていた。

すると彼らは、洞窟の方へと歩いて行ってアンリに話しかけたようだ。そしてアンリの拾っていた魚と彼らの持っていたパンを交換し、離れて行った。

「ふうん」

火のはぜる音がパチンと響いた。


深夜のことである。静かに起き上がった人影が、足音を忍ばせて移動していく。

声も出さずに、まずはテントの外から様子を窺った。

そして何も物音がしないことを確認し、互いに顔を見合わせて、頷き合う。

次に、足音を消したまま、もう一人の野営している旅人の所へ行く。

その人物は丸くなってぐっすりと眠り込んでいた。

「よし」

そこで狐人が初めて低く声を出し、ハーフの男がその人物を起こさないようにそっと担ぎ上げ、残る蛇人かと思われる男がその人物の荷物を静かに、だが手早く片付け始める。

「そこまでだ」

そこまで確認したところで、幹彦が声をかけた。

「何⁉」

彼らが慌てて振り返るが、同時に走り寄ったチビがハーフの男の足にかみつき、男は思わず担ぎ上げた人物――アンリを取り落とした。

「痛っ、何？」

アンリは目を覚まして周囲を見回し、僕たちを見てギョッとしたように慌てた。

「あっ、私は、関係ない、知らない人です」

フードを被ろうとするが、手遅れだ。

「アンリさん、そいつらが拉致係ですよ」

僕が言うのに、男たちは慌てる。

「何を言うんです」

「どうやって言い訳するつもりですか。睡眠を誘導する薬草を混ぜたパンを差し入れて、寝込んだのを確認して担ぎ上げ、荷物を片付けようとしていましたね。早朝に出立したと見せかけるつもりだったんでしょうが、そうはいきませんよ」

言って指を突きつけると、アンリはやや考えてから、勢いよく立ち上がった。

「貴様ら、奴隷商人の手先か！」

男たちは舌打ちをして、各々武器を取り出した。

だが、遅い。幹彦が素早く接近し、腕を斬り付けて武器を取り落とさせていた。流石は剣聖。

「ほら」

呆然と見ていたアンリは、幹彦に促されてハッとすると、ロープを取り出して男たちを縛り上げた。

アンリは、
チビはつまらなさそうに頭の後ろをカシカシと掻いて、大きな欠伸をした。

「全てを白状してもらうぞ」

と男たちに言い、それからこちらに向かって、なんとも複雑そうな顔をした。

「そのぉ、あれだ」

チビがつまらなさそうに訊く。

「我々が何かよからぬ事をしに来たのでは無いかという疑いは晴れたのか。どうせそう思っていたのだろう」

「……まあ。その、人族がこっちに来るなんて、犯罪かスパイか、どうせろくなもんじゃないと……。見張っていればそのうちぼろを出して、それを検挙すれば、七光りの隊長って言われなくて済むから……」

言いながら、下を向く。

「尾行は下手だったな。それに携帯食料が準備不足だ。せめて自分で調達できるくらいの腕がなければ、一人で任務をこなすのは早すぎだな。それから、見ず知らずの人間にもらったものを疑いなく一気に食うのは警戒心がなさ過ぎだろう」

まだ言い足りないという様子でチビがダメだしするにつれ、アンリは顔を赤くしながらますます下を向いていく。

「チビ、もうそのくらいで」

気の毒になってきたので止めておこう。

「む。そうか。さりげなくトリを仕留めてやったり魚を放ってやったり、良い場所で野宿をしてやったりと随分と気を使ってやったし、今も拉致されそうになったのを助けてやったのに、礼もないのに。いいのか」

それでアンリはヤケクソのように、

「あ、ありがとう！　クッ！」

と叫んだ。


そして、アンリはロープで縛ってつないだ男たちを引っ張りながら山を下りていき、僕たちはゆっくりと朝食を摂ってから出発した。

やれやれ。これでやっと本当に、旅が始まる。

第二章

大陸横断と異種族交流旅

一・若隠居の迷宮大作戦

温泉から下を覗けば、色々な種類の薬草や野菜、果物、樹などが植えられており、その間で見るからに仲の良さそうな夫婦や子供たちが植物の世話をしているのが見える。

どこの大農園かと思うような光景だが、驚いたことに我が家の地下室だ。

仲の良い夫婦も子供も、よく見ればヒトではない事がわかる。魔導人形だ。

夫婦に見えるのはセバスとハンナという異世界人の恋人で、死んだ後も幽霊となって留まっていたのをエルゼの家の留守番としてスカウトし、魔導人形の体を得て第二の人生を歩んでもらうことになった。だが、僕たちが故郷へ帰っているという設定の間、地下室で畑の責任者として腕を振ってもらっている。

オリジナルの魔導人形は精霊王専用となっており、子供たちの指揮をとっている。

その子供たちは精霊たちの魔導人形で、精霊王の魔導人形を羨ましがって作れと言われたので作ったら、順番に入って畑の手伝いをしてくれるようになった。

精霊樹があるおかげで魔素が豊富で、精霊王と精霊たちが張り切り、拡張に次ぐ拡張をして地下室がこうなった。

それに収穫できる薬草や野菜、果物も量が多いだけでなく品質が良い。突然できた温泉も贅沢でもちろんいいが、隣の泉では精霊水が湧いているので、作業にも水やりにも何かと重宝している。

というわけで、精霊たちの張り切りすぎに対して文句を言えない雰囲気が更に精霊たちを増長させているのが現実である。

まあ、いいか。住民税とか固定資産税とかがかかるわけではないしな。

無理矢理自分を納得させ、朝の農作業後の風呂から上がることにした。


収穫された薬草や野菜や果物が種類別に分けられてかごに詰められ、並んでいる。これを収納バッグに入れ、精霊樹の枝を利用した転送倉庫を造ってある港区ダンジョン協会支部に毎朝出荷している。そこから薬草は製薬会社へ、他の作物は協会の売店へと運ばれる。集荷責任者はセバスとハンナで、電話で受け取り確認をする。

「品質といい収穫量といい、大したもんだな。まあ量はこれくらいでもういいんだけどなあ」

「ああ。限度ってもんがあるからなあ」

薬草と作物を協会に売ってはいるが、今はエルゼで売れない事もあり、余剰分が多い。

まさか、多すぎるから作るなとも言いにくい。下手に言えば、余った情熱を土木工事に集中させてもっと恐ろしい地下室にしかねない。放牧とか。

「肉が生るんならいいのにな」

チビが言うが、それは恐ろしい光景になりそうだ。

「お裾分けも、しすぎは迷惑になるしな。せいぜい食べよう」

言えば、チビと幹彦が、

「肉ぅ」

と眉を下げた。


さて、異世界ではやっとアンリの尾行が無くなってのびのびとできるところなのだが、今日はダンジョン庁の神谷さんに報告書を提出することになっている。

不定期とはいえ、報告書を出すことが僕たちの行動の黙認と身の安全との交換条件だ。

獣人という地球では見ることができない存在に、エスカベル大陸にはなかった薬草。現物を添えて提出すると、神谷さんも驚きをもって報告書を読んでいた。

「なるほど。ヒトと動物がどうやって交ざるのかわかりませんが、そういうものなんでしょう」

それに僕たちは頷いた。

「科学的に検証するのは難しいですね。まあ、遺体でも見つけたら持ち帰ってDNA解析を行うという手はありますが、獣人も人と同じような社会通念を持って生活し、死を弔う風習があります。ちょっと、倫理的にどうかと」

神谷さんは小さく嘆息しながらも頷いた。

「まあ、気にはなりますが、それよりも有用な薬草や鉱物類の方が大切です。不審がられて問題にならないようにしてください」

神谷さんはそう締めくくり、報告書をカバンにしまい込むと帰って行った。

「さて。僕たちはどうしようか」

幹彦とチビは、

「肉の仕入れ！」

と嬉しそうに声をそろえた。野菜ばかりの食卓になるのを阻止しようとしているのか。子供か、まったく。

「ダンジョン？　お肉？」

ピーコはバサバサと羽を羽ばたかせてやる気を見せ、ガン助は、

「あっしもがんばるでやんす！」

と腕を突き上げ、

「わしも、新しい幻影を試してみるかの。テレビはアイデアの宝庫じゃな。あ、例の合体技を試してみんかの」

と、じいも楽しそうだ。

「じゃあ、いつものダンジョンに行くか。肉を持ち帰るから、ミンチにしないように」

言うと、全員、

「はあい」

といい返事を返した。

肉、肉、肉。

「そうれ！　牛しゃぶが行ったぞー！」

「任せろ、じい！」

じいが見るからに凶暴そうな巨体の牛の前に幻影で作り出した牛の天敵を出すと、牛はまとった炎を更に燃えさからせながらその巨体で突進してきた。

その幻影の先にいたチビは大きくなって、牛の鼻面を弾いて爪でざっくりと斬る。

「ブモオオオ!!」

心なしか涙目で、牛はチビを追った。

するとその横っ腹からガン助が機関銃のように勢いよく岩石をぶつけ、牛はターゲットがどこにいるのか分からず混乱し、とにかく暴れて頭を振るたびに炎が飛ぶ。

それを縫って接近した幹彦が水をまとわせたサラディードで首を落とす直前に牛はそこに危険が迫っていたことに気付いたが、もう遅い。

ゴトリと落ちた首に遅れて、巨体が横倒しになる。

「フミオ！」

「はいはい、今行くよ」

僕はそそくさと近付いて、巨体に手を当てて「解体」してから、部位ごとに分解された牛を片っ端から空間収納庫にしまい込んでいく。

素晴らしい連携だ。うちは食材ゲットの時の連携が特に素晴らしいような気がする。

「牛しゃぶかあ」

「うむ。今回はごまだれでいこう」

小さく戻ったチビがそう言って嬉しげに尻尾を振って跳びはねる。

「わし、牛のシチューがいいのう」

「おいらは牛のレタスしゃぶしゃぶがいいでやんす！」

「俺、ステーキかな」

「私、カレーがいい！」

言いたい放題だ。

「順番な。この大きさだと全部いけるだろ」

因みに僕は、カツレツが食べたい。あ、牛丼もいいな。

ウッシッシと——ダジャレではない——笑いながら、そろそろ今日は帰るかと引き上げることにした。

ついでにハチミツを採って帰ろうと、ハチのいる階のひとつ下でエレベーターを降り、そこから歩いてハチの所に行くことになった。エレベーターは各階にはなく、五階おきになっているのだ。

歩いていると、幹彦とチビが真面目な顔をして、

「何か集団に囲まれてる奴らがいるぜ」

「群れにしても数が多い。ちょっと不自然だぞ」

と言った。

「とにかく様子を見に行って、必要なら助けよう」

僕たちはチビを先頭にしてその場へ急いだ。

木立の間に分け入り、走って行く。近付くにつれて、焦ったような声と悲鳴、オオカミとクマの唸り声が聞こえてきた。

「やべえな」

幹彦が言いながらも足を速め、大きな木の向こうへ回り込んでいた時だった。やや離れた所の茂みの陰にしゃがみ込んでいた二人組の男が、こそこそと立ち去るのが見えた。

引っかかりを感じたが、今はそれどころではない。先にすべきことがある。

「大丈夫か⁉　助けはいるか⁉」

幹彦が声をかけ、そちらの方へと僕も目を向けて、驚いた。初心者から卒業したばかりの四人組の探索者が、グレイハウンドウルフの群れとアカゲグマとムーンベアに囲まれていた。

この階にはこの三種とハチがいる。しかしアカゲグマとムーンベアは、互いの姿を見ると後から来た方が姿を消すのが目撃されているし、オオカミもクマがいると一定の距離を置いて近寄ってこない事がわかっている。

だから、一緒に探索者を囲んでいるのは異常だ。

「た、助けてください！」

裏返った声で返され、僕たちは魔物の中へと躍り込んだ。

幹彦が刀を振るいながら舞い、チビが走って爪を振るい、オオカミはあっけなく数を減らしていく。更にピーコが飛んでクマの注意をそらし、僕はなぎなたを振るいながらどうにか立っているという感じの探索者チームのそばへ行く。

ケガはないようだが、どうにかできる技量はないのか、震えて立ちつくしている。

「動かないでください」

言い置いて、カバンからガン助とじいを出して僕もクマに目を向ける。

「肉を置いていけ」

言いながら、なぎなたを横に振るって首を落とす。ムーンベアはツキノワグマが強くなったという感じのものなので楽だ。

「ガアアアア！」

アカゲグマはやたらと毛が硬く、爪も立派で、筋力も凄い。幹彦ならそれでも斬ってしまえるのだが、残念ながら僕には無理な芸当だ。だから雷を落としてやると、アカゲグマは硬直してから、バタンと倒れて魔石と胆嚢に変わった。残念ながら肉は出なかったか。

集まった魔物は数が少なくなっても逃げるそぶりを見せず、全滅させることでようやくこの場は収まった。

ガン助とじいがガードをしていた探索者たちの所へ戻る。

「とりあえずは大丈夫ですよ」

言って、それに気付いた。

「ん？　この匂いは……」

甘いような匂いがしたのでその匂いのもとをたどれば、中の一人の背中に少量の液体が付いていた。

「史緒、それは？」

幹彦が彼らと一緒になって首を傾げるのに、答える。

「クレイジーベリー。魔物を誘き寄せる効果のある果実の絞り汁みたいだな。いくら何でも、これで魔物をおびき寄せて狩ろうなんていうのは危険すぎる作戦だよ。自分たちでやったんなら」

それに彼らは目を見開き、首が取れるんじゃないかというくらいに振った。

「知りません、やってないですよ、そんなこと！」

僕と幹彦は顔を見合わせた。


とりあえずその液体を水で洗い流し、念のために外へ出るかとエレベーターの方へと歩き出した。

「自分たちでやったんじゃないの？」

「いくら何でもそんなことしませんよ。そもそも、そんな実とか知りませんから」

彼らは言いながら、まだ匂いが残っているんじゃないか、魔物に今にも取り囲まれるんじゃないかと怯えたように辺りを見回していたが、どうにか無事にエレベーターに辿り着き、一緒にゲートを出て協会のカウンターへ報告に行った。

すると、話を聞いた職員は表情を硬くした。

「無事で何よりです。実は最近、初心者を卒業したあたりの探索者の未帰還事故が連続しているんです。調査をしたものの原因は見つからなかったのですが、これかもしれませんね。どこかにそんな植物が生えているんでしょうか」

そこで、不意に液体をかけられていた探索者が声を上げた。

「思い出した！　そう言えばその前に二人組とすれ違っただろ。その時、背中に何かが当たったような気がしたんだよ」

それに全員が一瞬置いてから口々に非難する。

「じゃあそいつらがやったのか」

「何でその時に言わないんだよ⁉」

「だって、木が生えてただろ。だから、木の実が落ちてきたんだと思ったんだよ。濡れたりした感じがその時はわからなかったから」

「何て悪質なイタズラだよ、畜生！」

僕も幹彦も、近くに潜むようにしていた二人組を思い出していた。

「それはどんな人でしたか」

職員が訊くのに、彼らは勢い込んで口々に答える。

「男だった」

「大学生くらいかな」

「もうちょっと上じゃないか」

「むしろ下なんじゃ」

だが、よく覚えていないらしい。人の記憶なんてそんなものだ。意識していなければ細部まではっきりと記憶できず、着ていた服の色、めがねを掛けていたかどうかすらもあやふやになることはままある。

幹彦が助け舟を出すように言う。

「そいつら、どんな装備だったか覚えてるか。色は」

彼らは真剣に記憶をたどりだした。

「えっと、黒っぽい？」

「剣は持ってた。特に片方は、俺と似たような剣だなって思ったから」

「俯き加減で、黒っぽい格好だったとしか覚えてないな。くそ」

僕と幹彦は頷きあった。

「たぶんそいつだと思うけど、二人組の男が近くに潜んでいるのを、向かう途中で見たぜ」

「二人ともよく見る黒い防具と剣で、片方がバッグを斜めがけにしてましたよ」

職員も僕たちも周囲を見回し、それに該当しそうな風体の探索者が多いことにうんざりした。

黒は汚れが目立たないと、特に防汚処理をした高いものをまだ買えない中級以下の探索者には利用者が多い。そして剣は、迷ったらとりあえず剣、みたいに考える人が多いため、使用者が多い。

「ダンジョン内は監視カメラもスマホも使えないから、こういう時は不便だよなあ」

誰かが言って、全員で溜息をついた。

「顔は見ましたか」

職員が言うのに、彼らは暗い顔で首を振った。

「だって、なんか俯いてて、見えなかったんです」

僕と幹彦は、ばっちりと見た。

「見たよな、史緒」

「見た、見た。目が合ったよ」

言って、何となく辺りを見回す。

すると、チビが小さく「ワン！」と吠え、僕はチビの視線の先を見た。

「幹彦。あの二人」

それらしい二人組が居た。

「おお、あいつらだぜ」

「流石チビだな」

頭を撫でると、尻尾を盛大に振る。

「あの野郎――！」

いきり立って突撃しかける彼らを、僕と幹彦で止める。

「待てって。シラを切られたらおしまいだぜ。その液体だって、今も持っているかどうかわからないしな」

幹彦が言うのに、彼らは唇を噛み、拳を握りしめる。

「でも、このままでは」

職員も、悠々とカウンターに並んで買い取りの順番待ちをする二人組に厳しい目を向ける。

「あのカバンだって、収納バッグでしょう。だったら、中身を全部出せと言っても、出したかどうかなんて本人にしかわからない。なにより、採取しただけと言われたらそれまでです。証拠としては厳しい。逃れられない証拠を突きつけないと、シラを切られておしまいですよ」

僕たちはううむと唸った。

＊＊＊

ダンジョンの中というのは、特殊の一言に尽きる。

魔物が出るとかそういう特殊さももちろんあるが、それだけじゃない。何かトラブルが起こっても、警察が来るでもないし、目撃者が必ずいるとも限らない。証言だって、真実かどうかなんて確認のしようがない。

現代社会ではありふれた防犯カメラもないし、録音や録画も不可能なのだから。

「今日はどの辺に行くかね」

その二人組、ヤスとタケは、油断なく辺りを警戒しながら歩いていた。

北陸で活動していたが居づらくなって東北へ移り、そこから東京に流れてきた。初めは四人いたが、東北で一人死んで、一人が探索者を辞めた。

その原因となったのが、ベリーに似た実だ。その実を潰した汁はどうも魔物を寄せ付けるらしい。知らずにその実を踏んでしまい、魔物に囲まれての事故だった。

その実を摘んできたものを、今は利用していた。

初心者から抜け出した程度で、適当に稼いだらしくて、ほかに探索者がいない場所にいるチーム。

それが探しているターゲットだ。

「お、あれなんてどうだ」

片方が顎で示す。

いかにも慣れてきたばかりという感じの二人組の青年が、イノシシの魔石を拾い上げ、リュックにしまい込むのが見えた。

「今日はまずまずだな！」

「調子がいいな。このままハチミツを採りに行こうぜ」

「そうだな！」

彼らはニコニコとして、先へと進んでいく。

それを見たヤスとタケは、にんまりとして静かに後をつけ始めた。誘導せずとも、人の少ない方へと行ってくれるとは。

彼らがハチのいる木立の中へ踏み込んでいくのを見て、辺りを見回す。いつも通り、この階は人が少ない。

そこでヤスとタケは足を速めて彼らに近付きながら、ヤスは使い捨ての薄いビニール手袋をはめる。そして、軽く接触して汁をなすりつけるためにもっと接近して行く。

それは突然だった。

何もない空間が揺らぎ、人が現れた。

「うわっ⁉」

驚いてのけぞるヤスの手首は、現れた人物にがっしりと掴まれており、逃げ出すことが叶わなかった。

＊＊＊

幹彦のインビジブル、相変わらず便利だ。

「あ、幹彦先生！」

囮になってもらったのは幹彦の家の道場に通う新人探索者で、何があっても守り切るからと約束して囮を引き受けてもらったのだ。正確には幹彦は彼らの先生ではないが、そう呼ばれている。

僕たちは二人がダンジョンに現れた時からずっとインビジブルで張り付いており、囮の彼らのポケットに忍んでいたじいが合図を受けて囮役に伝え、それで目の前で小芝居をしてみせたのだ。

「クソッ」

タケが逃げようとするが、目の前でチビが、

「ワン！」

と吠えて睨み付けると、タケはひるんだ。

「魔物寄せの実ですね」

ヤスの手袋ごしに掴まれた実を視て言うと、ちょうどピーコが職員を引き連れて飛んで来た。

「くそがっ！」

ヤスはそのまま実を潰そうとしたが、幹彦が手首を捻って実を取り落とさせる。それを僕がキャ

ッチして、到着した職員に渡した。

「詳しく話を聞かせてもらいます。少なくとも今回は言い逃れはできませんよ」

ヤスとタケは武器を取り上げられ、手錠を掛けられて、連行されていった。

「済まんな、助かったぜ」

幹彦が囮を務めてくれた二人に笑いかけると、二人はほっと安堵したように笑った。

「お役に立てて光栄です！」

「ありがとう」

「ワン」

そうして僕たちも、ヤスたちの後を追いかけた。


取り調べでわかったところは、ヤスとタケは魔物に囲まれて探索者が死んだ後、彼らの持ち物をあさって魔石やドロップ品、装備品などを奪い、遺体は放置してダンジョンに吸収されるがままにしていたらしい。事件そのものが発覚しなかったのは、死んだ生物は時間経過と共に消えてしまうというダンジョンのシステムの弊害だ。

ヤスこと安田たけしとタケこと竹内栄一郎は、北陸地方で冒険者になり、最初は真面目に取り組んでいたらしい。それでもあまり稼ぎがなくて嫌気がさしていた時に事故に遭ってこの方法を思いつき、バレそうになったら別の場所に移って同じ事を繰り返していたらしい。

この件は協会のほかの支部にも伝えられ、魔物寄せの効果のあるクレイジーベリーは危険な植物として周知されることになり、生えている場所の調査も行われた。

それと並行して、僕はクレイジーベリーの香りを消す魔物避けの薬草も地下室で栽培していたので、出荷リストに加えた。

「怖いねえ、全く」

「人の目がないと、本性が出るのが人間なんだなあ」

しみじみと言えば、チビもカキのガーリックソテーから顔を上げて言った。

「いつかは手痛いしっぺ返しをくらうだろうにな」

何となく北海道のクローバーの言っていた質の悪いチームの事を思いだし、そこから「あの時はカキを採りそこねたな」と連想して、今夜のおかずがカキになった。

「ねえねえ。北海道は美味しいところなの」

ピーコがわくわくしたように言うと、ガン助も目を輝かせ、じいは、

「極上の昆布出汁もいいのう」

と夢見るような声を出す。

「ああ、また行こうか、幹彦」

そう言えば、幹彦もニヤリと笑う。

「そうだな。今度は美味いものをもっと漏れなく仕留めて来ようぜ」

「好きな時に好きな所に行けるって、やっぱり隠居は最高だな!」

僕は上機嫌でカキをつまんだ。

二・若隠居と虎人族

短い草がまばらに生えているだけの岩山は鉄を多く含んでいるせいで赤く、写真で見た火星の表面のようだった。

「おお、火星に来た気分！」

行ったことはないけどな。

「前方に誰かいるぜ」

幹彦が気付き、しばらく歩くと、野営の準備をしているグループが見えてきた。多くの耳は似ているので詳しくない僕には一目で判断をつけるのは難しいが、尻尾の色もあって虎人族らしい。チラリと目を向けてきて、警戒されているのがわかる。

澄まして歩き、

「そろそろ野営だな。この先は平坦な場所はあんまりなさそうだぜ」

と幹彦が先を見て言うので、ちょっと広くなっている所の端の方にテントを広げることにした。

ワンタッチテントを張り、料理の準備をどうしようかとチラリと虎人族のグループを見る。

この辺りはあまり木が生えていないので、薪にするような枝がほとんど落ちていない。何を燃やしているのだろうかと見てみると、岩をかまどに組んで石を燃やしていた。鑑定すると石炭となっている。

石炭は、地球でも昔は燃料の主流だったことのあるものだ。数千万年から数億年前の植物が腐敗分解する前に地中に埋もれ、地熱や地圧を受けて石のように変質したものだ。

この岩山で石炭が採れるのだろうか。

辺りの岩を鑑定してみると、たまに「石炭を含む」と出るものがある。

「幹彦」

小声でその説明をすると、幹彦は頷き、サラディードをつるはしに変えて岩を割った。

パカリと割れた岩の中に、黒くキラキラ光る筋状の層があった。

「これを直接火に入れて熱すればいいのかな」

「どうだろう。俺、石炭って使ったことないからなあ」

僕もない。

頼みの綱のチビも、石炭の使用経験はなさそうだ。ピーコと何か獲物がいないか見に出かけている。

まあいいか。僕と幹彦はその辺の石を並べてかまどにし、その中に石炭を置いて、ライターを近づけた。

なかなか火が付かない。まあ、石だからな。

薄暗いのと石や幹彦の陰になって見えないだろうというのとで、魔術で火を付けた。ゴオオオとあぶっていると、石炭が赤くなってくる。

「これでいいのかな」

「うん。でも、人に見られる前に確認したほうがいいかもな」

「そうだな」

ぼそぼそと言い、さて今日は何にしようかと思ったとき、幹彦がさっと立ち上がってサラディードを刀に戻して構えた。

「肉がお出ましだぜ」

そちらの方へ目を向ければ、大きなトカゲがいた。

「わお。白身で淡泊な味だよね、きっと」

「たぶんな」

言った時、トカゲは威嚇するように口を大きく開けて鋭い歯を見せつけ、尾っぽを立ち上げてみせた。

視認したときには幹彦が飛び出しており、トカゲの首に斬り付けにいっていた。

トカゲはそれを歯で食い止め、幹彦を払い飛ばそうと尾っぽを鋭く振った。

もちろん幹彦はそんな攻撃など読めている。サラディードに水をまとわせて、一気に振り切ると、トカゲの口の端が大きく裂けた。痛みと怒りに幹彦を何が何でもと狙うトカゲだったが、幹彦は軽く跳んでトカゲの鼻先を踏み、顔の前半分を切り落とした。

こうなると、噛みつこうにもトカゲは歯の部分を失っていて噛みつけない。

いや、それよりも、命すら失おうとしていた。

「史緒、首はきっと美味いよな」

のんびりと、どこを刺してとどめを刺そうかと訊いてくる。

「たぶん美味しいね。頭の付け根を切り離すとか？」

「わかった」

幹彦はそう返事をすると、あっさりとトカゲの頭を斬り落とした。

「今日はカレーって言ってたっけ」

言いながら、トカゲの体をずるずると引きずってくる。

「カツカレーもいいな」

「お、いいな。たぶんチキンカツみたいになりそうだよな」

言いながら、手早く解体をする。チラリと見たら虎人族のグループは何やら興奮したように話をしていたので、その隙にと一気にやってしまう。そして、素材はしまいこみ、肉は調理に使うために下準備をした。

と言っても全部は多いので、フライ用にそぎ切りにしたものと、カレーに入れて煮込む用とだ。

それとハムも作っておこうか。

酒と塩をもみこみ、カレー用のものは、じゃがいもやにんじん、たまねぎと一緒に炒め、水を入れて柔らかくなるまでかまどにかけたまま待つ。それからカレー粉を入れる。

ハム用は、水と塩と砂糖とこしょうをもみこみ、きっちりとラップで包み込んで密封し、沸騰した湯で三分ほど茹でたらかまどの外に鍋ごと置いておく。これでハムになる。

フライ用は、塩こしょうをして小麦粉をはたき、水溶き小麦粉に浸けてからパン粉をまんべんなく付け、軽く手で押さえてなじませる。後はこれを揚げていくだけだ。

「ネズミくらいしかいなかったが、いいものが来たのだな」

戻ってきたチビが尻尾を振る。

「飛んで火に入る夏の虫だぜ」

幹彦がへへッと笑う。

「トカゲカツカレー?」

ピーコも羽をパタパタさせて喜んでいる。

「本当はご飯がいいんだけど、見られたら怪しいからな」

残念だが、ナンだと思えばパンでもいいか。そう思い、パンを取り出してスライスする。

「カレーって匂いがたまらなく空腹を刺激するでやんすね」

ガン助は首をのばせるだけのばしてそう言う。

「あの刺激がたまらんの」

じいはガン助の甲羅の上で上機嫌に揺れる。

と、虎人族のグループが近寄ってきた。

「見たところ人族のようだが、見事な腕前だったな。このラドライエには、どういう理由で?」

半分警戒しながら、そう訊いてくる。

「ありがとう。俺たちは冒険者だ。依頼で、兎人族の子供を村に送り届けてきたついでに、観光をして歩いている」

「そうか。物騒な連中もいるが、良き武人に悪いやつはいない」

どうも、幹彦は気に入られたようだった。


「へえ。大陸横断か」

虎人たちと一緒に食事をすることとなり、虎人たちは酒と燻製肉と何かの肉と野菜の卵とじを出し、こちらはカツカレーとパンとハムを出す。

「変わった食べ物だな」

「匂いが妙に空腹を刺激するな」

「辛い！　が、美味い！　これはクセになるな！」

「美味い飯を作るヤツと良い武人に悪人はいない！」

こいつら大丈夫かな、と思いはしたが、敵意を向けられるよりいいので、放っておくことにする。

チビたちがしゃべることについても、ラドライエ大陸ではあまり奇異にはとられないらしい。特にフェンリルとフェニックスは神獣でもあるので、そういうこともあると受け入れられた。なので、カメもカイもそういうことがあるんだと、そう納得したようだ。

「こちらの大陸は向こうの大陸とはまた違っていて楽しみだぜ」

「獣人もいるし、ドラゴンもいるしな！」

気の良い虎人がそう言って笑いながらカレーを食べ、酒を飲むと、別の虎人がうんうんと頷いて言葉を継ぐ。

「ドラゴンとエルフには注意しろよ。大変な目に遭うからな」

僕も幹彦も意味をはかりかね、幹彦が訊き返した。

「ドラゴンは強いからなあ。こっちには巣があるとか聞いてるぜ。やっぱり、勝てそうにはないのか」

それを聞いて虎人たちは一瞬真顔になって黙り、次いで弾けるように笑い出した。

「あれに挑むつもりで来たのか」

「そりゃあ大したもんだが、ありゃあ飛ぶ災害、移動する理不尽だぜ」

「そうそう。気分次第か何かで、魔物じゃなく人を食ったり集落を焼いたりするんだから、たまったもんじゃねえ」

「こっちは魔法も使えねえし、弓じゃ届かねえし、剣はドワーフの剣でないと歯が立たねえし。逃げてどうにか隠れるか、諦めるしかねえ」

「それは、本当に災害ですねえ」

相づちを打ちながら、本当にこちらの人は魔術が使えないのだと改めて思う。

虎人たちは気持ちよく食べたり飲んだりしながら、続ける。

「全くだよ。しかもドワーフは孤高ってよく言われてはいるが、ありゃあただの偏屈だ。酒と鍛冶にしか興味がないガンコ者だからな。武器を作ってもらおうにも、引き受ける基準がよくわからなかったりするしなあ」

「困ったやつらだぜ」

嘆息する彼らのグラスに酒を注ぎながら、へぇ、と相づちを打つ。

「でも、エルフの連中よりはましだな」

「エルフ？」

訊き返す。

「ああ。あいつらも孤高って言われてはいるけど、胡散くさい連中だぜ」

「他種族を全部見下してやがるのは、昔は魔法がどの種族のやつよりも上手く使えたからだけどよ。今はやつらも魔法が使えないから、ただの長生きの排他的種族じゃねぇか」

かなりエルフに鬱憤《うっぷん》がたまっているらしい。

しかしそこで、一人の虎人が真顔に戻って言った。

「最近エルフが妙なことをしているみたいだぞ。こそこそと何かを調べて回ってるのを見たってやつが方々でいるらしい。で、たまに行方不明のやつが出るのも、魔物に襲われたせいじゃなく、エルフが何かしたんじゃないかって言うやつらもいる」

それにほかの虎人たちは、

「いくら何でもまさか」

「いや、エルフ以外は皆動物だと思っていやがるやつらなら、何をしてもおかしくはねぇ」

などと言い合い、

「兄ちゃんたちも気をつけろよ」

と本気で心配された。

「そうそう。うちの集落にも来ないか。湧き水があるんだけど、これが、な」

「ああ。こいつなんだ」

ちゃぽちゃぽと、酒の入っていた竹筒を振って笑う。

「おお！　酒がわくのか！」

「養老の滝！」

僕と幹彦の目が輝く。

じいも酒のグラスに浸かり込みながら震えているので、喜んでいるらしい。

「へへへ。虎人族は強いやつが好きだ。歓迎するぜ」

僕たちは養老の滝を見に、虎人族の集落へ同行させてもらうことにした。


虎人族の集落は切り立った山の中にあるそうで、早朝に起きた僕たちは、揃ってそこを目指した。

道中、熱湯の噴き出す沼があり、温度が高すぎるのと噴きだしているのが強いアルカリ性だったため温泉にはできず、通り抜けるまでがひたすら暑かった。

「こんな沼、誰か利用できるんですか」

「ああ。ドラゴンはたまに入りに来るな」

「流石ドラゴンだな。強い」

チビはそう言う幹彦に、

「あいつらは鈍いだけだ」

と言い、僕は思わず噴き出すのをこらえた。

「見えてきたぞ。あそこだ」

中の一人がそう言い、前方を指す。大きな岩が二つ並んで門のようになっている向こう側に、集落が見えた。木と石で造られた建物が並び、畑らしいものも見える。

道を歩いている人たちは皆虎人族ということになるのだろう。見るからに虎に近い人も少ないながらいるが、大抵は尻尾だけ、耳だけ、という人がほとんどだった。

集落に入っていくと、物珍しそうな視線と警戒の交ざった視線を向けられる。

虎人族は中立派と聞いたので、まあ、そう酷いことにはならないはずだ。

「わあ！」

子供がチビに向かって笑顔で突進して来て、それを皮切りに、住民たちが近寄って来た。

「こいつらは、強いし、飯が美味い。あと、兎人族の子供を集落に送り届けた後、観光して回っている冒険者らしい」

強いのと飯が美味いのほうが先に来ていいのかと思ったのは僕たちのチームだけだったらしく、皆笑顔で、

「ああ、強いのか」

「美味いの」

と言うので驚きだ。

「こいつらの関心はそこか」

チビがぼそりと言うのに、そばにいた虎人は笑い飛ばした。

「そりゃあそうさ。それ以外に何が必要だ」

虎人族も、おそらく強いよな。

族長のラキのところへ行き、簡単に旅の目的を話すと、簡単に集落への滞在許可が下りた。

ついでだが、ラキはいかにも厳しそうに見えるのだが、チビやピーコに向けている視線から、小動物好きなようだと思われる。

すると今度は中の一人の家へ招待され、村を案内される。

ちょうど中央付近に高さ一メートル、直径八メートルほどの円形の石舞台のようなものがあり、その側面に長い筒が突き刺さっていた。

近寄って見ると彼らが使っていたような竹筒だ。そしてその竹筒のすぐそばに卵くらいのくぼみがあった。

「竹?」

幹彦が訊くと、案内してくれた虎人は、

「この竹は、時々その辺の竹を切って取り替えてるだけだ。見てろよ」

と言い、空になった竹筒を石から突き出た竹の先にあてがい、くぼみに魔石を置いた。

その途端に竹の先端から酒がチョロチョロと出てきた。

「酒でやんす！　アルコールの匂いがするでやんす！」

ガン助が驚いたように首を伸ばして言う。

「へへ。驚いただろ。ここに魔石を置いたら出てくるんだぜ。魔石は狩りに行けばいくらでも手に入るし、遠慮無く汲め」

少し得意そうにして言う。

「養老の滝だあ。本当にこの目で見られるとは」

「おお、凄っげえ！」

僕も幹彦も、感動してそれを見ていたからか、入れ替わり立ち替わり、皆が酒を汲んで見せる。

それで、視えた。

「あ……これって、いつ頃、どういうきっかけでできたんですか」

訊いてみる。

「まだ人族と戦争をしていなかったくらい昔に、定住を始めたばかりのこの集落をドラゴンが襲ったらしい。その時、居合わせた旅の人族の魔術士と力を合わせてドラゴンを撃退して、ドンチャン騒ぎをしたんだと。それから魔術士がここを立ち去ったあと、ここにこれができていたとか聞いたな」

子供たちと一緒に、

「へえ」

と頷く。

「ま、ありがたいこったな」

彼らは笑い、僕たちも一緒に笑っておいた。

僕は内心、別の意味で笑っていた。

この養老の滝のカラクリがわかってしまったので、今後かなり利用できそうだという期待に笑いが止まらなかったのである。


視た事を、案内された部屋で幹彦たちに話した。

「魔術式を書いたものをあの岩の隙間に突っ込んだんだよ、昔。魔力をこめると、そこに入れた液体がいくらでも出てくるっていう魔術式。その時飲んでいた酒の竹筒をズボッと入れたんじゃないかな」

言うと、皆その光景を想像するような顔付きになった。

「つまり、酔って竹筒を岩の隙間に突っ込んだのか」

チビが何ともいえない顔をした。気持ちはわかる。

「その魔術式を書いておけば、わしらも同じ事ができるのかの」

じいが期待に満ちた声で訊く。

「たぶん」

「わたし、オレンジジュース！」

「私はこんそめすーぷがいいぞ！」

「あ、おいら味噌汁がいいでやんす！」

「わしは日本酒がいいのう。せっかくだから、大吟醸、山廃仕込みを頼みたいのう」

チビ、ピーコ、ガン助、じいが要望を述べた。

「……おまえら、神獣の威厳はどうした」

「神獣だって美味いもんは食いたいし飲みたい！」

幹彦にチビは堂々と言い返し、僕と幹彦は、はいはいと了承した。

「わかった、わかった。最初が肝心だから、ケチらないでいいものを入れよう。あと、あれば便利そうなものとかも、これにしようかな」

みりんとか醤油とか牛乳とか。

「俺、ビールも入れたい」

幹彦もしっかりと、何を入れたいか考えていた。

「よし。帰ったらやろう」

そう決めた後、僕たちは宴会の準備ができたと呼びに来た虎人に連れられて立ち上がったのだった。

石舞台の周囲が集落の中心で、話し合いも宴会も何かの催し物も、皆ここでするのだという。

「飲め、飲め！　いくらでもあるぞ！」

酒をもの凄く勧めてくる。

この湧き出す酒は麦焼酎のようだ。クセがなくて飲みやすい。そこにハーブの香りを付けたりしたものも瓶で作っており、とにかくこの集落の皆は酒好きのように見える。

紫蘇《しそ》のような植物が入ったものも爽やかだったが、花の酵母を使ったものがフルーティーな香りがし、口当たりも柔らかく、僕はぜひこれをもらって水筒に入れようと決めた。

暑くなってきたので、北海道ダンジョンで手に入れた「ジャックフロストの短剣」でそこにあったオレンジらしいものを切ると、切ったところから凍り付くという特性により、オレンジが凍り付いた。

なのでそれを温くなったオレンジジュースを啜る子供たちのコップに入れてやると、大喜びでオレンジにかじりついた。

魔術が使えない上に冷凍庫もないとなると、こういう時は不便そうだ。

「我が集落の自慢は、酒だけじゃないぞ」

かなり飲んでいるのに酔い潰れる人がいないという脅威の肝臓を持つ虎人族の人々は、宴もたけなわになってきた時に、そう言いながら重そうな太刀を持ってきた。

「重そうだなあ」

幹彦が、「持ってみたい、振ってみたい」という顔付きで言う。

「俺たちの大事な宝剣でな、重さは小熊と親熊の間くらいあるんだぜ。全獣人が集まる年に一度の大会の時には、代表者がこれを持って出席するんだ。ドワーフが作った一点物で、振り回せるなら、ドラゴンだって斬れるって太刀だ」

「へえ。確かに凄く切れ味が良さそうだぜ。この刃の厚さ！　鋭さ！」

ほかの虎人族の人たちと、ああでもないこうでもないと武器について話をし始め、虎人族の宴会の夜は更けていった。

騒ぎは翌朝に起こった。

「ない！」

それに気付いたのは、族長をしているラキの息子だった。

最初は、朝から大騒ぎをして、と怒られていたらしいのだが、その子の言うことを聞いた大人たちが腰を抜かさんばかりに驚き、集落中が大騒ぎになるのに時間はかからなかった。

宝剣が、消えたのだった。

宝剣は昨日、石舞台近くにある建物に戻されていた。それはたくさんの者が見ている。それから別れて各々家へ帰っていったのだが、朝、その戸が微かに開いているのを見つけた者が確認したら、宝剣が消えていたというわけだった。

宝剣は守り神であり、虎人族の象徴のようなものである。全獣人会議では欠くことができないものだ。

「困ったな。でも、あんなもの盗んでも換金できねえぞ」

困り果てながらも一人がそう言うと、しかめっ面をした一人が言う。

「いや。全部を素材にわけて溶かしてしまえば売れるさ。もしくは、エスカベル大陸の好事家に売るとか」

その途端、全ての虎人の目がこちらに向いた。

落ち着かないどころの騒ぎじゃない視線だ。

「俺たちは部屋にいたぜ」

「ああ。持ち物を調べてくれても構わないですよ」

それに一人が、

「あんたら、収納バッグを持っているだろうに」

と言うと、空気が一気に尖ったものになった。

「待てよ、お前ら！　こいつらがそんなことするようなやつに見えるか？」

ここまで連れてきてくれた虎人が慌てて言い、大方は困ったような顔付きになるが、村長のラキが、

「無許可の人物が入って来たら鳴るはずの鈴が鳴らなかった以上、宝剣を持ち去ったのはここにいた者になる。虎人族の誰かか、この人族たちの誰かか」

と言うと、ますます空気は重く、冷たくなった。

その雰囲気に怯えて、不安そうにする子供や女性もいる。

そのひとりである女性が、耐えきれなくなったように人の輪から離れた。

それで、

「疑いたくはないが、お前さんたちが来た途端だからな。悪く思わんでくれ」

「まあ、この話はラキに任せよう」

などと言いながら、虎人族の皆は離れて行った。

ラキは流石に難しい顔付きをしていた。

「ピーコ。その辺を飛んで、怪しいやつがいないか見てきてくれ」

「わかったー」

チビに言われてピーコは飛んで行った。

「私たちの荷物だけじゃなく、全員の持ち物を調べるべきだと思うがな。事件の後、ほぼ全員が『まさかあの人がそんなことをするなんて』というものだろう」

チビはワイドショーを見て覚えたらしい知識を披露し、ラキは渋々それに頷いた。

「それもそうだな。順番に調べることにしよう」

ここへ誘ってくれた虎人チームは、狩人であり、集落の幹部でもあるらしい。

「わかった。端から順番に調べに行くって言ってくる」

ラキの決定を受けて、そう言って動き出した。

その間僕たちは、借りている部屋で待つ事になった。

暇なので、早速手持ちの水筒に視た魔術式を刻んでいく。

「とりあえずここに湧き出している酒をもらいたいけど、もらえるかなあ」

それに幹彦も首を傾げてから、

「無実が証明されるかどうか、だよなあ」

と言う。

「無実が証明されなければ、最悪罪人として何らかの刑罰を受けることになるのか」

チビが言うのに、ガン助もじいもあっさりと、

「じゃあ、その時は逃げるでやんすね」

「じゃな。その前にどうにかして酒を汲んでおかんとなあ」

と言い出す。

緊迫感の無さに苦笑したとき、ピーコが戻ってきて、

「見つけたよ！　だから、知らせたー！」

と得意そうに報告した。

と同時に表で大きな声がして、僕たちは顔を見合わせてから外に出た。

「なんとか言え！」

そう言う虎人たちに囲まれてしゃがみ込んでいるのは、先ほど最初に輪から離れて行った女性だった。

ラキが宝剣を持ち、苦々しい顔付きを彼女に向けていた。

ピーコはガン助の甲羅の上にとまって報告する。

「あの人が布に包んだ宝剣を荷車で持ち出そうとしていたよ」

囲む虎人たちは、一様に厳しい顔付きをしている。

彼女がこれから述べる動機も下される罰も、僕たちよそ者は聞かない方がいいのかもしれないと思い、僕たちがそっと踵を返しかけた時、彼女の絞り出すような声が聞こえた。

「あああぁぁ……!!」

厳しい顔をしながらも、誰もがその声に驚き、すくんだ。

「だって……！　あの人の集落が、受け入れてくれるって、思って……これを持って、行けば……一緒になるのを許してくれるんじゃないかって……！」

それを聞いて、中年女性が恐る恐る彼女に声をかける。

「もしかして、好きな人がいるとか言ってた、その相手かい？　難しいって言ってたけど、まさか、別の種族の男なのかい？」

彼女は返事の代わりに、その場に伏せて号泣し始めた。

囲む虎人たちは、苦い顔を見合わせる。

あの港町でしか受け入れられる場所がないという、異種族婚、その子供の話を思い出した。

「相手のやつに言われたのか。持ってきたら、受け入れると」

ラキが怒りを込めた目をして訊く。

「俺たちは中立派だ。その票を欲しがっているのか」

それに彼女は、弾かれたように顔を上げた。

「違う、違います！　勝手に私がしたことです！」

「……相手は何の種族の、何というやつだ」

彼女は真っ青な顔で首を振ってラキにすがりつくだけだが、若い女性がおずおずと口を開く。

「蜥蜴人族のあいつでしょう。港町に行くたびに会ってる……」

それを聞いて数人が「ああ」と納得した顔をし、本人は再び泣き出した。

「彼のせいじゃないんです。本当に、本当に」

ほかの虎人は、苦い顔で溜息をついた。

「蜥蜴人族はバリバリの強硬派で、中立派の我ら虎人族にも何かと当たりが強いし、女にも戦うことを義務化している武闘派だ。おまけに、あっちの村は湿地で、虎人族が暮らすには辛い環境だぞ」

「どっちみち、相手の村に受け入れられて暮らすのは無理だろう」

「かといって、蜥蜴人族の男が乾燥したここで暮らすのも難しいだろうぜ」

僕も幹彦も、聞いていてううむと唸った。

地球でも人種の違い、文化の違いで国際結婚は難しいとも聞くが、ここはそれ以上らしい。

ラキが重い溜め息をついて言った。

「とにかく、罰が決まるまで牢に入れておけ。家族は、着替えの差し入れはしてやってもいい」

そして、力が入らない彼女を屈強な虎人がどこかへ連れて行くのを見送り、彼女の恋人について知るらしい女性を呼び寄せた。

「その相手の男の名前とかを知っているか」

僕たちはそっとその場を離れた。


それから、彼女は永久追放と決まって、護送役の虎人に付き添われて馬車に乗せられていった。

「追放かあ」

幹彦がやるせない声音で見送りながら言う。

「種族ごとの象徴、虎人族なら宝剣だが、それを渡すのは、自治権や全獣人会議での決定権を渡す意味になる。つまり、完全服従だな。そうしようとした事は、どう庇おうとしたって重罪だ。種族によっては死刑になっても不思議じゃない」

そう、苦い顔付きで言う。

「まあ、話からして、相手の男は港町に定期的に来ているようだから、会って事情を話すことになるだろう。それで男がどうするかは、知らんがな」

言いながら、祈るような目を向ける。

チビはフンと鼻を鳴らして、

「人間は面倒だな」

と言い、それに虎人たちは苦笑を浮かべた。

「建前とかも、上手く収める知恵なんだよ」

それを聞いて、僕たちも祈るような気持ちになった。

「さあて、俺たちもそろそろ次に行こうぜ」

切り替えるように幹彦が言い、それで皆、努めて明るい声を出した。

「次は百年に一度咲くという砂漠のバラ見物だな！」

「話には聞いた事がある。食ったら美味いらしい。ジャムにするのはどうだ」

チビが舌なめずりして言う。

「はっはっはっ。そいつはいい。そうだ。砂が川のように流れている箇所があるから気をつけろよ。

酒は持ったな」

言われて、魔術式を刻んだ水筒を掲げてみせる。きっちりと汲んできた。石舞台からの汲みたてと、花の酵母を使ったものと。

「ありがとう」

「機会があったら、また是非寄ってくれ」

ラキも笑い、僕たちは手を振って、集落を後にした。

三・若隠居の旅は道連れ

虎人族の集落を出た僕たちは、精霊樹経由で日本へ戻った。

「しょうゆ、みりん、油もいるな」

そして例の魔術式を刻む入れ物の準備をする。

「ビール、ワイン、ウィスキーと炭酸水もあるといいな」

幹彦もうきうきと言いながら入れ物を探して引っ張り出してくる。

それにチビやピーコやガン助やじいも、口々に要望を口にする。

確かに液体ならば延々と魔力を込めるとそれが出てくるというものだが、トロミがついていると余計に魔力が必要だったりと、そういう違いはあるようだ。

虎人族の集落では竹筒が使われていたが、僕たちは元々その液体が入っていた入れ物をそのまま利用したり、水筒やペットボトル、スープジャーを利用したりする。

そうしてみると、家庭には色んな入れ物があるもんだと感心してしまうほどの量になった。そこに片っ端から魔術式を刻み込み、空間収納庫にしまっていく。

しかし、全てをこれに依存するのは、経済的によくないことだ。なので、日本では今まで通りに製品を買うことにして、すぐに買えない異世界でのみ、この便利水筒を使うことにしよう。

「これ、液体しかできないんだよなあ。まあ、何でもできるってほど甘い話はないだろうけど、どういう原理なんだろうな」

覗き込み、魔力を流してみながら考える。

「チビ、わかる?」

チビは首を傾げた。

「まあ、水だけはあるだろう。水の出てくる魔道具が」

「あれも不思議なんだよなあ」

わからないが、わからないなりに魔術式が組めるので、便利に使っているのではあるが。

「ああ、もしかして、空気中の水分を使うとか」

言うと、幹彦がポンと手を打つ。

「除湿器みたいなもんか」

「そう考えると、健康的には飲んでも大丈夫かな」

皆でじっと水筒を眺め、

「ま、大丈夫だろう」

と気にしないことに決まった。

そうして僕たちは、再び異世界へ、ラドライエ大陸へと行くことにした。

これだけ液体にこだわったのは、便利だから早く利用したいからだけではなく、次に目指すのが砂漠地帯だからだ。

「さあ、行くぞ」

「砂漠のバラか。どんな味だろう」

「月下美人の花って、さっとゆがいてポン酢を付けて食べられるんだったよね。そんな感じかな」

「だったら柚胡椒とかも持って行くか」

「七味じゃないのか」

「おいらはショウガとかいいと思うでやんすよ」

ぎりぎりまで、しまらない僕たちだった。


虎人族の集落を出てその山を越え、岩と短い草が生えているばかりの地帯に踏み込んでいた。

乾いた強風が吹き付けて来るのだが、砂を含んでいて、なかなか痛い。

「これぞ砂漠だぜ」

幹彦は楽しそうに言うが、ダンジョンの中の砂のステージでアリジゴクに食われそうになった事がよみがえり、足下を棒で突いて歩きだす。

そんな僕にチビは、

「下ばかり見ていないで前も見ろ、フミオ」

と、子供に注意するように言った。

転移の便利なところは、行ったことのある所へは瞬時に飛べるところだ。不便なところは、行ったことのない所へは飛べないところだ。

幹彦のマントも、この強風の中では風の抵抗が強くて飛び難そうだ。

なので普通に、一歩一歩歩いているのだ。

大きな岩を回って向こう側を見たとき、それまでの「歩きにくい」とか「砂が入る」とかいう不満を忘れ、それに見入った。

一面の砂の中に、川があった。

川と言っても水が流れているのではない。砂だ。砂が川のように流れているのだ。どういう原理だろうか。

地球でも流砂という現象がある。それは砂が地下水を含み、そこに何か、または誰かが入ると、砂が流れてもがけばもがくほど砂の中へ引きずり込まれてしまうというものだ。脱出はできるのだが、やはり慌ててやみくもにもがくために、犠牲になる人が絶えない。

しかし目の前のこれは、そういうものではない。まさに、水の代わりに砂が流れているのだ。その砂の川に浮かんだ何かの骨が、沈むことなく目の前を流されていった。そして、数百メートル先で骨が地上に取り残され、砂の川は地下へ潜りでもしたのか、姿を消していた。

幻想的なその風景に、僕も幹彦もチビも、カバンの中からピーコもガン助もじいも顔を出して、声もなくただそれを見つめていた。

「川の始まりは、やっぱり砂が湧き出しているのかな」

言うと皆も気になったようだ。見に行こうということになり、源流を目指して川に沿って歩き出した。

川幅は三メートルほどあるのはわかるが、水深——とは言わないか。砂深か——はわからない。

二十分ほど歩いた頃だろうか。チビと幹彦が足を止め、急に真剣な顔付きで警戒をし始めた。

「え、なに?」

「何か凄く強い魔力の塊が近付いて来るぞ」

幹彦が言いながら、川の上流をすかし見る。

「うむ。川に棲む魔物かもしれんが……だとしたら、かなりの大物だな。お前らも警戒しておけ」

チビも珍しく楽観的な態度ではなく、言われたピーコ、ガン助、じいは素直にカバンから出て、その場で待機した。

するとほんの数十秒で、何かが砂の川を流れてくるのが見えた。皆でそれを、警戒しながら見る。

「大きくは、ないな。小型で強い魔物かな」

砂の川の表面から出た部分は、そう大きくもない。せいぜい人、それも小柄な人と同じくらいだ。

だんだんと近付いて来る。

「人だぞ。それも少女だな」

幹彦が言うと、チビが戸惑ったような声で言葉を継ぐ。

「いや、この魔力で人はないだろう？」

その間にもそれは流れてきて、目の前を通り過ぎようとしている。僕は焦って訊いた。

「ちょっと、その前にあれってどうするんだよ。生きてるの、死んでるの？　砂の川でも溺死するの？」

クロールの息継ぎの時のような姿勢のまま、十代終わりくらいの少女が流されていた。生きているのかどうか不明だが、自力で動いてはいない。

「私が捕まえてくる」

ピーコは言いながら飛び上がると大きくなり、その少女を足で掴んで砂の川から掴み上げ、戻ってきた。

「砂漠のバラを探しに来たのに、土左衛門を拾っちゃったぜ」

「いや、まだ生死は確認してないよ、幹彦」

言っている間にピーコはすぐそばに戻り、地面に少女を転がした。ちょっと乱暴だが、抗議の声はない。

チビと幹彦はまだ警戒を解いていないが、僕はとりあえず脈や呼吸、瞳孔を確認しようとして少女に手を伸ばした。

そうしたら、いきなりその手を少女にガッと掴まれ、腰を抜かしそうになった。

「生き返ったでやんす！」

「ゾンビじゃ！」

少女は僕の手を掴んだまま目を開き、そして、視線を僕に据えて言った。

「お腹すいた」

少女はもの凄い勢いで食べ物を口に入れていく。チビたちもそれを唖然として見ているだけだった。

そして優に七人前ほど平らげたところで、ようやく少女は満足したようにスプーンを置いた。

「やっと落ち着いた」

少女はほっそりとしており、その体のどこにこれだけの食料が入ったのかわからない。謎だ。耳や尻尾はなく、僕たちと同じ人に見える。着ているものはどこか上品な薄手の生地でできたワンピースのようなもので、砂漠を歩く服装とは思えない。そして持ち物はなにもない。

無表情だが顔立ちは整っており、どこかいいところのお嬢さんが、はぐれて川に落ちて流されて来たのでは、と思われた。

「名前を訊いてもいいかな」

幹彦が訊くと、短く答える。

「トゥリス」

「川に落ちたのかな」

それにトゥリスは上を向き、考えてから言う。

「そうだった。お腹が空いていて、食べ物を見つけたから食べようとしたら失敗して川に落ちて、お腹が空きすぎて動けなくて、まあいいかって」

それに僕たちは全員絶句した。

「行き倒れでやんすか」

「お嬢さん、苦労したんじゃの」

ガン助とじいが気の毒そうに言うのに、チビが割って入った。

「待て待て待て。おぬし、何者だ」

「トゥリス」

「そうじゃない。種族を訊いている」

「ああ。えっと、あなたたちの言葉で何て言うんだったか……」

言って、反対に質問してくる。

「それで、あなたたちは」

「ああ。俺は幹彦、こっちは史緒」

「旅の隠居で、冒険者もしてます。で、こっちがチビ、ピーコ、ガン助、じい」

トゥリスはチビたちを順番に見た後、

「ただのフェンリルとフェニックスじゃないような気がするし、亀と貝にしてはちょっと知ってるのと違う」

と言う。

「ふん。私たちは神獣だ」

チビが胸を張り、トゥリスは頷いた。

「おお。納得した。で、ミキヒコ、フミオ。旅の目的は何。いつまでするの」

僕と幹彦は顔を見合わせ、幹彦が答えた。

「珍しい物を見たり食べたりするのが目的だぜ。期間は未定」

「なるほど。よし、決めた。私も同行しよう」

無表情で決定したとばかりに言う。チビは呆れたように鼻を鳴らした。

「勝手な事を言うやつだな」

トゥリスがそれに対してどう思ったのかは無表情でわからなかったが、怒ることもなく、

「それで次は何を食べる」

と訊いたのに、ガン助が答えた。

「砂漠のバラでやんすよ」

それを聞いたトゥリスは、ああ、と頷いた。

「あれか。あれはなかなか見つからないぞ。私は咲いていた場所を見つけたばかりだけど」

それに僕たちは色めき立った。

「そんなに見つけにくいものですか」

「ああ。何せ数が少ない上に、咲くのは百年に一度。しかも花は、咲いてから丸一日でしぼんでし

まう」

そうトゥリスが言うので、僕たちは素早く、同行を決めてしまっていた。

「それで、まずはどこを目指す」

「この川沿いだ。生で丸呑みしたことしかない。楽しみだな」

随分と豪快だな。

こうして旅の新メンバーが増えた。またも食いしん坊なのは、もう、しょうがないのかもしれないな。


しばらく歩くと、源流というのか、砂が湧き出して噴水のようになった場所に出た。そのそばに白い大輪の花を付けた背の低い植物が生えていた。砂漠のバラだ。

「これがそうかぁ」

花は大きくて、地球のバラに似ている。しかし茎も葉も鋭いとげだらけだし、その茎はゆらゆらと揺れていると思ったらこちらに伸びてきて巻き付こうとする。

「食虫植物かよ！」

トゥリスが無表情のまま答える。

「そうだ。花の根元に溶かすための袋があって、その消化液が甘いのだ」

「それ、人が食べていいのかな」

迷うが、チビたちは食べる気満々で、蔓をはたき落とし、焼き、凍らせて砕いてまわっている。

幹彦も同じだ。

「まあ、消化液を口にしないようにすれば食道や胃が溶けるとかないかな」

考えてみると、幹彦は自動で傷が治るし、僕たちだって、魔術もあればポーションもある。

そこで花弁を摘んで、天ぷらや酢の物、サラダにしてみた。念のために、ポーションを飲み物代わりにしよう。

恐る恐る口に含む。

天ぷらはパリパリとした食感の後、口の中で砂糖菓子のように解け、ほのかな甘みと爽やかな苦みが残る。

三杯酢にしたものは、さっぱりとしていて、噛むとキュッと音が鳴る。食用菊に似た食感だ。

生で食べられると視えたので、千切りのニンジンと細く裂いたトリ肉を巻いたもの、花弁にスモークサーモンを重ねてチーズを巻いたものでサラダ仕立てにしたが、さっぱりとしていて、適度に歯ごたえがある。ポン酢、わさび、マヨネーズ、どれとも相性はよかった。

「これは美味い！」

チビはどれも気に入ったらしいが、春巻き風サラダが好きらしい。

「美味いでやんすね」

「うむ、そうじゃの。高い菓子みたいじゃの」

ガン助とじいは天ぷらが特に好きらしい。

「わたし、これがいい！」

ピーコは三杯酢がいいようだ。

「美味いな。これ、酒を飲むあてにいいな」

幹彦はサラダをわさびマヨネーズにつけて食べていた。

「僕はわさびじょうゆがいいかな。あと、天ぷらもいいね」

もっと探して、地下室に移植したい。そう思って辺りを見回していると、同じ事を考えているらしい幹彦とチビもキョロキョロとしていた。

「ただ生で茎ごと食べたからチクチクしたのか。人間の食事というのはいいな」

トゥリスはしみじみと言いながら自分の分をじっくりと味わい、頷いて言う。

「百年に一度の珍味だからという程度だったが、美味いものなのだな」

それで僕たちは我に返った。

「百年に一度……そうだった。地下室に移植しても、次に咲く時は、もう食べられないのか」

呟くと、幹彦とチビががっくりと首を垂れていた。

しかし次の瞬間、幹彦とチビはバッと警戒するように背後へと目をやり、僕も何事かと目を向けた。

強そう、というのが第一印象だった。筋肉の鍛えられたどっしりとした体格で、全体にうろこが体を覆っている。身につけているのはスカートにしか見えない膝上の布、上半身にはケープのようなものを首にかけているだけで、エジプトの壁画に描かれた人のような格好だ。

壁画と決定的に違うのは、うろこに覆われた太い尻尾だ。鰐人族だろうか。

しかし最も重要な点は、そこではない。彼ら六人が全員こちらに槍を向けて、近付いて来ていることだろう。

「ああ、こんにちは」

幹彦が友好的に挨拶をしてみたが、彼らの硬い表情は変わらない。

「人族か。お前ら、そこで何をしている」

中の一人に訊かれ、幹彦が答えた。

「ちょっと昼飯を」

彼らは眉を上げ、僕たちをじろりと睨んで眺め回しながら、砂漠のバラに近付いた。そして、中の一人が声を張り上げた。

「ああっ。花がほとんどありません！」

「何だと⁉　昨日はもうすぐ咲きそうなつぼみがいくつもあっただろう⁉」

彼らは僕たちがさんざん花を摘んで食べたバラに近付いて騒ぎ出した。

「ああ。咲いていたぞ」

トゥリスが事もなげに言い、チビが満足げに言う。

「美味かった」

それを聞いて彼らはばっとこちらを振り返り、僕と幹彦はうろたえた。

「まずかったのかな」

「いや、畑には見えなかったぜ」

「だよな」

しかし彼らは歯ぎしりして怒り、槍をこちらに向けた。

「食ったのか⁉　竜の恩寵を⁉　捕らえろ！　不敬なやつらめ！」

抵抗して逃げ出すのは簡単だが、一応話を聞いた方がいいだろうかと大人しく従ったら、彼らの集落に連行されることになった。

鰐人かと思っていたが、トゥリスによると竜人らしい。幹部らしい人たちの前に並ばされたが、どの人も屈強な体格で、怒っている。

「お前らは何者で、何をしに来た」

そう訊かれたので、まずは自己紹介からだと答えた。

「周川幹彦。エスカベル大陸で冒険者をしている隠居だ」

「同じく、麻生史緒です」

彼らは少し首を傾げた。おや。何かわかりにくかったかな。

「それと、チビ、ピーコ、ガン助、じいです」

チビたちは小さいサイズのまま並んでいるが、警戒は怠らず、いつでも攻撃に移れるように身構えているのがわかる。

「兎人族の子供を集落へ送る依頼を受けて、そのついでに観光しているところだ」

言いながら、幹彦はギルドの依頼書を出して見せた。そこには依頼完遂を証明するあの子供たちの親のサインも記されている。

竜人らはそれを疑うような目で隅から隅までじっくりと眺めていたが、一応本物と認めざるを得ないと思ったらしく、不承不承引き下がった。

「依頼は表向きで、こいつら、竜の恩寵を盗りに来やがったんだ」

それにこちらは首を傾げる。

「竜の恩寵とは何です？」

「しらばっくれやがって。百年に一度しか花を付けない砂漠に咲くバラだ。どんな傷でも治る薬の貴重な材料となるのだぞ」

冷や汗が流れるのを感じながら、僕と幹彦とチビは目を合わせた。

「それは、ええっと、勝手に採取したりなんて……」

僕は恐る恐る訊いてみたが、

「人族のやつらには渡さん！」

と鼻息を荒くして答えた。

まずい。たぶんそれを、食べたぞ。それも、遠慮無く食べた。

ごまかそうと、瞬時に目で会話した。

だが、通じないやつがいた。トゥリスだ。ぼけっとした相変わらずの無表情で、

「砂漠のバラなら、美味しかったなあ」

と言い、全員がギョッとトゥリスを注視した。

「おい。お前もこいつらと同じ人族か。それにしては、魔力が多いような気もするが……」

怪訝そうな顔付きで竜人の一人が言い、別の一人は怒りながらトゥリスに詰め寄った。

「ま、まさか、食ったのか？」

トゥリスはこっくりと頷き、

「天ぷらはぱりぱりしていて美味しかったし、酸っぱいのもキュッキュッとしていて楽しかったし、クルクル巻いたのは歯ごたえがあって、美味しかった」

誰もがじっと黙りこんで、トゥリスを見ていた。

チビが溜息をついたとき、竜人たちはいきり立って槍を握りしめていた。

「食っただと⁉」

「貴様ら、死刑だ！」

トゥリスはそんな彼らを無表情に見つめ返して言った。

「なぜ？　いつも適当に食べていた」

「いつも⁉」

「ゆ、ゆ、許さん！」

「あれは、竜の恩寵だぞ！　百年に一度しか咲かず、それを竜が食べに来ると辺りの魔素が増えて精霊が活気付いて、しかも妙薬の材料にしろと竜が残してくれる貴重な花だぞ！」

「違う。単に食べ残してるだけ」

「お前に何がわかる⁉」

「だって」

トゥリスは言って、ドラゴンに変じた。

「ドラゴンだから」

竜人たちは腰を抜かしてトゥリスを見つめ、僕たちはこそこそと言い合った。

「これ、セーフかな」

「ドラゴンのトゥリスが一緒だったんだしな。セーフだぜ、たぶん」

「しかし、ドラゴンだったのか。魔力量にも納得だな。そういえば、ドラゴンは人の姿になれるのだったか」

チビが思い出したように言って納得する。

「ドラゴンって本当にいたんだなあ」

「ああ。ちょっと想像と違ってたけど」

「現実なんてそんなもんだろう」

そんな僕たちをよそに、集落は大騒ぎになった。


人型に戻ったトゥリスにひれ伏す勢いの竜人たちだったが、トゥリスは興味なさそうにしており、

「皆、たまに花が咲くから見つけたら食べるけど、それだけ。それに下賜《かし》するために残したんじゃなく、単に食べ残しただけ」

とあっさりと言い、

「あ、思い出した。お母さんに呼ばれてたんだった。フミオ、ミキヒコ、チビ、ピーコ、ガン助、じい。居場所はわかるから。また来る」

とドラゴンに変じ、飛んで行った。

「……自由だなあ、トゥリス」

呆然としながら言うと、幹彦も苦笑した。

「何て言うか、つかみどころが無いなあ」

チビは、

「基本的にはドラゴンは気まぐれで、個人主義だからな」

としみじみとして言う。

まあとりあえず、砂漠のバラを食べ散らかしたことについてのおとがめがなくなったのは喜ばしい。


竜人族は強硬派らしいが、どうにかお茶をごちそうしてもらえるくらいには客人扱いである。じいは竜人族の酒に浸かり、ガン助とピーコは竜人族の育てているサボテンの肉厚の葉をもらってかじり、チビは燻製肉をもらって食べた後、丸くなっている。

僕と幹彦は、「ドラゴン様を連れてきた」ということで、大騒ぎの祭りのようになった集落で、幹部連中と、硬い燻製肉とアルコールで一応は歓待されていた。

彼ら竜人族がドラゴンを神の如くあがめているからこその待遇だ。

てっきり、竜人族というのだからドラゴンなのかと思っていたが、少し違うらしい。

ドラゴンは成人すると単独行動が基本になるらしく、その上子供ができにくい超少子化種族らしい。寿命が三百年ほどあるらしいが、その人生で子供を産む数は多くとも三頭。未だ、謎に包まれた生物だ。

そんなドラゴンは人化するが、たまにその姿で他種族と生殖行為を行う事がある。ほとんどは受精することは叶わないが、似た遺伝子を持つ蜥蜴人族だと上手く受精して生まれることもあり、そういう子が竜人族の始まりになったそうだ。

始まりがハーフでも、差別されないどころか、他種族と比べてもヒエラルキーはむしろ上だ。それは、ドラゴンがその圧倒的な力から、全ての獣人たちにとっての恐れや敬いの対象となっているせいだろう。

「ドラゴンは魔力が多いから、ドラゴンが滞在した場所は魔力が残って豊富になる。だから、それに惹かれて精霊が集まり、土地が豊かになる。そんなドラゴンが食べに来る花だから、大事にしていたのだ」

恨めしそうな目を向けながら竜人たちが言うのに、苦笑を返す。

「ははは。すみません」

「ん？　しかし、精霊は絶滅しただろう。なら、それは無駄――もがっ」

チビの口を塞ぐが、遅かった。

竜人たちは眉をひそめ、酒の入ったカップを握りつぶしそうなくらい握りしめた。

「いずれ復活するとも！」

「そうだ。そうなれば我々獣人も魔法が使えるようになるから、人族との戦争だって、負けはせん」

「くそっ。神獣が全部代替わりして揃えば精霊だって復活するんだ」

恨めしそうにブツブツと言い出した。

いや、停戦協定が破られるのなら、彼らには悪いが、神獣が揃わないことを願いたい。

「へ、へえ。神獣が揃わない理由って何なんでしょうねえ。ところで、種族によっては砂漠のバラの扱いが違うようですね」

それに、彼らの目つきはますます鋭くなった。軽い話題のつもりが、逆効果だったか？

「あいつらはわかっておらん！」

「竜様の偉大さ！」

「竜様から下賜され……たとえ食い残しだとしてもだ！　その貴重さ、素晴らしさを！」

「は、はあ」

幹彦と一緒に中途半端に相づちを打って、こそこそと言い合う。

「あれだ。ここは砂漠のど真ん中で、環境がより厳しいからかな」

「そうそう。それに、ドラゴン様の眷属を自称してる種族だからな」

「自称って言ってやるな、ミキヒコ。泣くぞ」

聞こえなくて良かった。

彼ら竜人たちは他種族の弱さやドラゴンの素晴らしさを酔ったように語っては飲み、飲んでは語る。

そろそろお暇しようかと思い始めた頃、一人が思いついたように言った。

「そうだ。お前らも冒険者なんだろう。だったらそこのダンジョンにはもう行ったのか」

「この辺にダンジョンがあるのか」

幹彦が興味を示すと、彼は機嫌良く答えた。

「もちろんだ。竜人族は成人になるとそこに入らなければならない。炎をまとったサソリや毒をもつクモもいるぞ。どうだ。入ってみるか」

幹彦はニヤリと笑った。

「いいね。いい素材が採れそうだぜ」

こうして僕たちは、ダンジョンにチャレンジする事になったのだった。


このラドライエ大陸に来てからはダンジョンへは入っていない。それどころか、ダンジョンに近付いてもいない。なので、情報は全くない。

「炎をまとったサソリか。外骨格がいい太刀になりそうだぜ」

幹彦がワクワクしながら言えば、

「毒をもつクモも、糸だって使えそうだし、毒もたぶんポーションに使えるんじゃないかな」

と僕も素材に興味があると言う。

「クモは食えんが、サソリは一応見た目はエビに似てるな」

チビがそう言うと、ピーコたちも盛り上がった。

「毒のあるエビ！　毒のある魚がフグだから、きっとサソリは美味しいでやんすね！」

「食べたい！」

「いい出汁もきっと出るだろうの」

確かに間違ってはいないはずだ。

「よし。サソリは身も持ち帰ろうぜ」

「スパイシーなエビかもしれないなあ」

僕たちはダンジョンに向かいながら、いつもの如くわいわいと話をしていた。

一緒に歩く竜人族の戦士たちは、

「ず、随分と余裕だな。人族の力を見せてもらおうか」

と言って、なぜか半歩距離をおいた。なぜだろう……。

竜人族は数人のグループを組んで日常的にそのダンジョンに潜り、食料や素材や魔石を調達しては、数日おきに港町へ行ってそれらを売っているそうだ。

港町には全ての獣人たちの集落から人が集まって、お互いの集落からの売り物を売り、足りないものを買う場所になっているらしい。その市が定期的に開かれているそうで、ぜひ市の立つ日に港町を訪れてみたいものだ。

「ここか」

ダンジョンの入り口に着いた。

ダンジョンの入り口というのは、様々な形態をしている。洞窟の入り口のような見た目をしていたり、納屋の入り口がそのままダンジョンの入り口になっていたりという例もあった。しかし、そういう「入り口」だとわかりやすい入り口もあれば、入ってからわかる入り口もある。

ここは後者だった。これまで同様、岩や乾いた砂といった景色が続いており、そこが特別変わっているようには見えない。

僕たちはダンジョンに臨むにあたって、魔術を使うかどうか相談したのだが、人族は獣人やエルフと違って精霊魔法は使わないということは知られていると聞き込んでいたため、遠慮せずに使うことにした。

なので、せいぜい狩らせてもらおう。お裾分けをすれば友好的になるかもしれないし、強いところを見せておけば停戦協定破棄などという目論見を防げるかもしれない。

「さあ、行こうぜ」

僕たちはダンジョンに足を踏み入れた。

四・若隠居のダンジョン探訪

乾いた砂の地面の上に岩が転がっている。その風景は、ダンジョンに入る前の景色と変わることはない。入る時に魔素の濃度が変わるので一瞬違和感を覚えるのだが、気のせいだと思えば気のせいに思えるほどで、うっかり迷い込んで危険な目に遭うという事故も起こりうるだろうと予測できる。

恐らくそのために、目印として岩とサボテンを配置してあるのだろう。

「一面砂だらけの広いエリアか」

フロアの端はよく見えない。砂と岩、所々サボテン。

サボテン……。

「あ、あの葉っぱ、火傷にいいらしいよ。あとお通じとか胃もたれ」

視ていたらそう出たので、いそいそと採取を始める。肉厚の丸い葉っぱで、周囲にはびっしりと鋭いとげが生えている。

魔物化していたら、きっとこのとげを飛ばして来るんだろうなと、その姿が容易に想像できた。

「お、ツチノコ発見したぜ！」

幹彦が言うのでそちらを見ると、言わば、平べったい湯たんぽの上下に蛇の頭と尻尾を付けたようなものが飛んで来ていた。

幹彦が頭を簡単に落とすと、しばらく地面の上で頭とそれ以外が激しくうごめいていたが、やがて動きを止めて消えた。マッチの頭よりは大きいかという程度の魔石を残す。

「まず最初に慣れるための、最弱の獲物だな。魔石は小さいし、食える所も使える部位もない。子供の度胸試しみたいなやつだ。この入り口付近は、ダンジョン内部とは名ばかりの場所だ」

竜人族の戦士が言うが、本当にその程度なのだろう。誰も大した警戒をしていない。

「狙う獲物はもっと先だ」

言って歩き出す彼らに、僕たちも付いて行った。

歩いて行くと時々小さいネズミやトカゲが出て来たが、確かに大した脅威ではなかった。

そのうちに辺りが急に森になった。

「へっ？」

振り向くと、おかしな事に背後にも森が広がっている。

「森のフィールドに入った瞬間からこうなるんだ」

「ダンジョンっていうのはわからないな」

言いながら、竜人族の戦士たちはようやく警戒態勢を取った。

「何かいるぜ。大したことはなさそうだけど」

言う幹彦に、竜人のひとりが答える。

「ウサギは食料だ。突っ込んでくるから、持ち帰る」

納得だ。

「よし。手伝うぜ」

幹彦はそう言って竜人たちと一緒に刀を構えてウサギの襲撃に備えた。

僕はそばの木を見上げた。

「見たことのない実がなってるな」

「任せて」

ピーコが飛んで、その実をつつき落とした。

握りこぶし二つ分程度の大きさで、表面はつるりとしていて硬く、茶色い。

「あまり美味そうじゃないな」

チビががっかりしたように言うが、二つに切ってみた。中はスポンジ状の白っぽいものが詰まっている。

竜人がチラリと見て言った。

「ああ。パンの実だな。いくらかそれも持って帰りたい」

「あ、収穫しておきますね」

ガン助、ピーコと一緒に僕もせっせとパンの実を収穫し始める。

確かに、こちらで小麦畑をまだ見ていない。それでもパンが普通に出回っていたのは、こういう訳だったらしい。

「色からするとライ麦パンでやんすかね」

触ってみた感じでは、中も少々硬い感じがした。

「これがあの金槌パンかあ。ちょっと硬いから、サンドイッチよりもグラタンとかフレンチトーストの方が食べやすいよね」

言うと、チビたちが俄然張り切り出す。

「フレンチトーストなら、私は生クリームものせてくれ」

「私、ジャム！」

「おいら、はちみつが好きでやんす」

「わし、粒あんと生クリームがいいの」

「あ、私も二枚目はそれがいいぞ、フミオ」

「あ、おいらもでやんす！」

「わたしもわたしも！」

「はいはい」

騒がしいが、食欲が収穫を加速させている。

背後からは、「ドスッ」とか「ギュッ」とか「ドサッ」とかいう音が聞こえてくる。斬ったり殴ったりされたウサギが地面に落下する音らしい。

こんなものかと振り返ると、獲物を拾う係の竜人が、角と牙の生えた四十センチほどの丸々としたウサギの死体を消える前にと片っ端から袋に放り込んでいるところだった。

最後の一つを袋に入れ、周囲にもう何もいないのを気配で確認したらしい竜人らは、幹彦に言う。

「悔しいが、まあ、見事だった」

「どうも」

幹彦は嬉しそうに返し、そして先へと進み始めた。

「あのきのこ食べられるんだって！　あ、こっちの草、血流促進に効果ありだって！　ここ、知らない食べ物や植物が一杯あるな！」

「凄えな！　来て良かったぜ！」

「……楽しんでもらえてよかった」

僕たちは嬉々として奥へと進んで行った。


森から草原になり、草原から湿地帯になる。

「ふう。見えない所からいきなり食いついて来るんだから厄介だな」

少しも厄介と思っているようには見えない顔付きで幹彦が言う。

この泥だらけのステージでは、常に膝から下が泥に埋まっている。なので、前へ進むだけでも疲れるのに、その泥の中に魔物が潜んでいるのだ。三十センチもあるどじょうは跳びはねてきて食いつくとそこから血液を吸い尽くそうとするし、触れただけで指くらいは簡単に落ちるハサミを持つザリガニは泥の中で虎視眈々と獲物が近付いて来るのを待っているし、太さが手首以上あるミミズは足首に巻き付いて引きずり倒し、口から侵入して内部から食うという。

このダンジョンは色々な獣人が来るらしいが、大抵は台を持参して足場にして渡るか、船代わりの板に乗って進むそうだ。

竜人たちは体表がうろこで覆われていて硬いからとそのまま泥の中に足を踏み入れていたが、幹彦はマントで飛んでいるし、僕は魔術で浮いている。チビ、ピーコ、ガン助、じいは合体モードで飛んでいる。

アニメで見て、一度やってみたら気に入ったらしい。

「そらよっと」

幹彦が気配察知で飛びかかってくるザリガニの攻撃を先制してその体を両断すると、それを残念そうにピーコが見る。

「エビフライにしたら大きいのに」

「ザリガニは泥臭いでやんすから」

ガン助が答え、背後から窺うように頭を出したミミズに岩をぶつけて潰す。

しかしここで、いいものを見つけた。

「レンコン発見！」

大きな蓮の花が咲いているのを見つけ、嬉々として僕たちはそこへ行く。

しかしその根っこを掘り出す姿に、竜人たちは眉をひそめていた。

「何やってんだ？」

「葉っぱならまだ防水素材で役に立つこともあるが、根っこをどうするんだ？」

「何って、食べるんだぜ」

竜人たちに、ドン引きされた。

ああ。ごぼうとかレンコンとか、食べられていないのか。

「美味しいし、栄養もあるのに」

言いながら、魔術でどんどん切っては引っ張り出して魔術で出した水で洗って空間収納庫にしまい込む。

十分に収穫して気付くと、竜人たちに遠巻きにされていた。

「さ、さあ、行こうか！」

そう行って先へと促した。


岩場、森林、草原、洞窟と舞台は変わり、今は短い草が生え、岩山のある砂漠だ。そこで、炎をまとったサソリと対峙していた。

サソリの大きさは二メートルほどで、最初は普通に硬そうで大きいサソリという感じだったのだが、こちらを視認した途端炎をまとい、尾を突き上げるようにして威嚇のための音を鳴らしている。

あの尾には即死しかねない毒があるそうだ。

「毒を注入されないように気をつけろ！」

言っているそばからサソリは素早く竜人に近付いて振り上げた尾を勢いよく振り下ろす。しかしそれを、竜人は盾でしっかりと受け止め、同時にほかの竜人たちが斬り付けるが、刃は外骨格に阻まれてなかなか入らない。なるほど、いい素材になるというのは本当のようだ。

僕たちはそれをまず見学していたのだが、新たなサソリが出たので、そちらを片付けることにした。

この程度ならそう手こずる相手ではないが、使えそうな部分にはできるだけ傷を付けないようにしてやってみたい。

「尾を先に斬るか」

言っているそばから幹彦が飛び出して、尾を付け根から切り飛ばす。

「シャアアア‼」

怒っていると一目でわかるような声を上げてサソリが短くなった尾の方を反らして持ち上げる。そして尾がなくなったことを思い出したのか、ますます怒ったように叫び、体を揺すった。

「素材として使いたいからなあ。硬さを落とさないようにしたいな」

幹彦が言いながら、どこを斬り落とそうかと考えるように全身を眺める。

「じゃあ、水や加重はやめた方がいいな。よし。酸欠にして炎を消そう」

サソリの周囲を結界で覆い、中の酸素を抜いていく。

初めはジタバタと外に出ようとして暴れていたが、透明な檻から出ることはできず、そのうちに動きが緩慢になり、炎が消える。

「今だぜ！」

幹彦が言うのと同時に結界を消すと、幹彦とチビが飛び出して、チビがサソリの頭をがっちりと押さえ込み、幹彦が頭部と胸部の間を切り離した。

ゴロンと頭部が転がり、白い身と緑色の液体が流れ出す。

「食べられるのかな」

わからないが、素材はいるので、消えないうちにと急いで空間収納庫に放り込んだ。

そして竜人たちの方はどうなったかと目をやれば、皆で囲んで殴ったり斬ったりして、尾とハサミを斬り落とし、頭を殴って潰して殺していた。

大きく肩で息をしながら、ひび割れの少ない外骨格や毒のある尾を回収し、袋を担ぎ上げる。

荷物持ちはこれでもかと獲物を背負っている。地球でも、収納バッグを持っていないチームはこういう感じになっているのを見たことがあるが、竜人族の方が危なげなく見えた。基礎的な体力や腕力などは獣人の方が優れているというのを、ハッキリと確認した気分だ。

「そろそろ戻るか」

竜人が言い、僕たちは戻ることにした。

こちらとしてはまだ行けるとも思うが、竜人族の戦士に案内されて来た以上は、彼らに同行した方がいいだろう。明日以降、集落を出てここへ来る方がいい。

それで引き返し始めたのだが、おかしなものを見つけたのは、その帰り道のことだった。

入り乱れて暴れるような気配がして、幹彦とチビがまず警戒する姿勢をとり、遅れて皆もそれに続いた。

「何だ。何かが暴れているのか?」

小声で言い、警戒しながら木の間を縫って近付いて行く。

「魔物か?」

幹彦が訊くのに、竜人たちは誰もすぐに返事を返せなかった。

それもそのはずだ。それは一メートル半程度の身長の、二足歩行生物の姿をしていた。頭にはウサギの耳があり、両手には鋭い爪が生え、口元には鋭い牙が覗いている。それだけならば兎人族と何かのハーフだろうと思うところだが、おかしなものが付いている。胸に大きなこぶのようなものがあり、頭は後頭部が異様に突き出された形になっていた。そのせいで、それがどのような生物なのか、誰にも断定しかねた。

それが苦しむように暴れ、やたらと腕を振り回して、フードを深く被った小柄な三人組と対峙していたのだ。

「どうした⁉」

竜人が声をかけると、フードの一人がハッとしたようにこちらに目を向け、深くフードを下ろし直し、あろうことかほかの二人に、

「行くぞ」

と声をかけて、三人でその場から逃げ去っていった。

呆気にとられたように僕たちはそれを見送ったが、その新種の魔物か何かが悲痛にも聞こえる声を上げて我に返った。

「とにかくこいつだ。殺ってもいいんだな？」

幹彦が確認するように訊くと、竜人が各々構えながら許可した。

その直後、それは大きく腕を振って、その先から火の矢を飛ばしてきた。

「魔法⁉　やっぱり魔物なのか⁉」

竜人族たちは体を低くしてそれを避けながらも、驚いたように言う。

ラドライエ大陸では、精霊のいない現在、精霊魔法を使う獣人は魔法を使えないため、魔術を使えるのはドラゴンと魔物だけだ。目の前のそれは人間にもドラゴンにも見えないので、魔物でしかない、という事になるのだろうか。

「魔術を使うなら不利だろう。俺たちで片付けるぜ」

幹彦が言い、僕とチビたちでそれを囲む。

「うわあああ！」

叫ぶ姿と声は、獣人のように思える。

「幹彦、何かに寄生でもされているのかもしれない。感染に注意してくれ」

言うと、幹彦は、

「了解！」

と言って刀を振るい、飛剣を飛ばした。それはそれの右腕の付け根に当たり、腕の腱を斬って腕をだらりと垂れさせる。

「ああああ!!」

それは叫んで、メチャクチャに火の矢を飛ばす。コントロールも威力も関係なく、ただ飛ばしているというだけだ。

驚いたものの、敵としてはそう大したものではない。

「幹彦。調べたいから、こっちで無力化――」

言っている途中で、様子が変わる。目をカッと見開き、目尻と鼻から血液を流す。

「あ、やばい」

嫌な予感に、それの周囲に結界を張って囲む。

その直後、胸が破裂して結界を内側から真っ赤に染める。

遅れて、どさりと何かが倒れる音がし、幹彦とチビが警戒態勢を解いた。

「死んだみたいだぜ」

それで結界を圧縮してその死体を血液ごと包み込み、周囲から完全に遮断した。

「何かに寄生されているかもしれないし、調べた方がいいと思う」

言いながら、僕は近寄って、それを視た。

幹彦も近寄り、硬い声で言った。

「さっきのフードの奴ら、ずっとこっちを窺ってやがったけど、今どこかに行ったぜ」

竜人たちも恐る恐る近寄り、訊いた。

「それで、そいつをどうするつもりだ？」

僕は立ち上がると、しっかりと彼らの目を見て答えた。

「持ち帰って調べます」


ダンジョンを出て竜人族の集落まで戻り、その外れで人を遠ざけた上で結界を利用した陰圧室を作って、そこで死体の結界を解いた。

ウサギの耳、鋭い爪の生えた両手、短い尻尾。それらは兎人族と熊人族の特徴を示していた。身長は一メートル五十センチ。鼻と目の血管が切れ、出血している。

そこまでは見ていたので、確認程度でしかない。

胸にできた腫瘍のようなものは、握りこぶしより一回りは大きいだろう。ちょうど胸の中央付近にある。それが内側から爆ぜて、大きな傷口を見せていた。

後頭部の突起物も、こういう形状の頭を見たことがない。強いて言えば、映画のエイリアンだろうか。こちらは触ると、硬い。

一通りの道具はマイセットにあるとは言え、流石に頭蓋骨を開ける器具はない。幹彦の作った解体用ナイフでどうにかするしかないが、まあ、やってみよう。

僕は遺体に向かって手を合わせ、静かに道具に手を伸ばした。


陰圧室を消すと、幹彦やチビたち、竜人族の幹部連中が待っていた。

「どうだった、史緒」

幹彦が心配そうに訊くのに、溜め息を押し殺しながら答える。

「まず、寄生じゃなかったから、その心配はないよ」

それに安堵する皆に、言葉を続ける。

「胸の腫瘍状のものと頭の後頭部に張りだした部分から、異物が出てきたよ」

言いながら盆を差し出す。胸と頭部から摘出したものをのせており、皆、それを覗き込み、竜人族の一人が怪訝そうな声を上げた。

「ヒネズミか？　何でこんなものが？」

チビは合点がいったように頷いた。

「それでか。獣人なら精霊魔法を使うから、精霊がいない今は、誰も使えないはずだ。なのにこいつは魔術的なものを使った。このヒネズミのせいか」

ヒネズミはその名の通り、火の魔術を使うのだ。

幹彦がここで口を挟んだ。

「ちょっといいか。今更だけど、魔術と精霊魔法ってどう違うんだ？」

チビがそれに答える。

「うむ。魔術は、取り込んだ魔素に魔術式を書き加えて使うもので、ヒトや魔物、ドラゴンがこのタイプだな。獣人の使う精霊魔法というのは、契約している精霊に己の魔素を渡して、それを精霊が魔術にして放つという形を取る」

「エルフとドワーフも精霊魔法だな」

竜人がそう付け加えた。

どうも、魔素に魔術式を書き加えるための器官のようなものが、獣人やエルフやドワーフには備わっていないということらしい。

だから昔は、獣人やエルフやドワーフなどは、一定の年齢になると精霊と契約を結んでパートナーとなる儀式を行っていたそうだ。それでその契約精霊の種類によって、各々一種類の精霊魔法を使うようになっていたらしい。

「それで、どうしてヒネズミがそんな所に入っていたのだ」

竜人がそう訊き、僕はその嫌な事実を告げる。

「人為的にそこに入れていたみたいだ。心臓と脳にこれがつながれていた。頭に入っていた方は死んでから時間が経っていたけど、胸の方は、あの獣人の胸が破裂したときに死んだみたいだな」

「まさか、魔術を使えるように手術したのか？」

幹彦が言うのに頷いて、言う。

「実験だろうな。幸か不幸か、ポーションなんてものがあるからな。死なないように切って、そこにヒネズミを置いてポーションをかけたら、どのくらいの確率かはわからないけどヒネズミを接合させることができるんだろう。当然、本人にできたとは思えない。あの獣人は被検体だろうな」

「あ、フードのやつらがいたな。もしかしたらあいつらが実験をしたやつらで、逃げ出したか暴走しだしたかしたあの獣人を抑えようとしていたんじゃねえか」

幹彦が硬い声で言うのに、竜人たちは溜め息とも唸り声ともつかない声を上げる。

「無茶苦茶だ」

「本人も納得したのか？」

「いや、ハーフだろ。金で釣られたか、売られたか、さらわれたか……」

しばし、全員が黙った。

その重苦しい沈黙を破って、誰かの呟きがやけに響いた。

「そんなことをするのは、エルフのやつらだろう」

エルフには会ったことはない。ないが……。

「そんなヤバいやつらなのか、エルフって」

幹彦が恐る恐る訊くのに、皆一様に勢い込んで答えた。

「いけ好かねえ奴らだ」

「昔は魔法が得意でそれでデカい面をしてやがったけど、今じゃ俺らと一緒で精霊がいないから精霊魔法も使えん」

「それなのに相変わらず他の種族のやつらを見下してやがるから、余計に腹が立つ」

「自分たちこそ、体力も少ない上に集落に引きこもりの種族じゃねえか」

かなり鬱憤が溜まっているようだ。僕も幹彦も相づちを打つうちに、エルフに会うのが恐ろしくなってきた。

「なんと言っても、あいつらは研究や自分たちのためなら、ほかの種族に犠牲を出すのも平気なところがある。こういうことも、正直やりかねん。反対にほかの種族だと、ここまでして魔法を使えるようになろうと人体実験するなんてこと、考えそうにもないし、できそうにもない」

チビがぽつりと、

「エルフは性格はともかく頭はいいということか」

と言い、竜人たちは一様に肩を落とした。

めっ。僕はチビにシイッと指を唇の前で立てておいた。

「と、とにかく。エルフがした可能性は高い。ほかの集落や港町に、この件を知らせておかないとな」

竜人族の長はそう締めくくり、それで報告会は終わった。

非人道的な手術の件は、早急に各種族にも知らされた。

僕たちは竜人族の集落を出て再びダンジョンに潜り、あの酷い目に遭っていた獣人のことを吹っ切るように探索に精を出した。

竜人族以外にも色んな種族が来ていたが、どの種族も高い身体能力のみで挑んでいる。幹彦はともかく、僕は魔術無しなら、とても太刀打ちできないだろう。

ここもダンジョンの恵みを消さないために、あえてコアの破壊はしないそうだ。休憩中にそう穏健派の獣人グループに聞いて、なるほどと思った。

そしてエルフのことを訊いたら、口を揃えて、

「エルフはエリート意識が強くて、ほかの種族を見下している」

「今は精霊魔法が廃れたので、筋力では勝てないエルフは集落に引きこもっているらしい」

「それで何か企んでいるらしくて、コソコソしているのをたまに見かける」

と言った。

「じゃあ、ドワーフはどうなんだ」

と幹彦が訊くと、

「鍛冶にしか興味がない集団」

「でもほかの種族をまるで区別しないから、却って付き合いやすいとも言える」

「エルフより百倍まし」

という答えが返ってきた。

「そんなにエルフは付き合いにくいのか。こっちの大陸の要注意種族だな」

そう幹彦が言えば、彼らは真面目な顔で言った。

「それはそうだけど、ドラゴンも同じくらい危険だぞ」

ドラゴンと聞けば、以前なら恐ろしいイメージがあったが、今はトゥリスの無表情と食いしん坊なところしか頭に浮かばない。

「まあ、人の姿の時はともかく、ドラゴンの姿の時はね」

「うん、そうだな。魔力も多いし、力も強いしな」

僕と幹彦がそう言って頷くと、彼らは首を横に振って真面目な顔で続けた。

「それはもちろんそうだけどよ。そうじゃなくて」

「ドラゴンは、獣人も人も等しく、暇つぶしにもてあそんで殺してもいい動物くらいにしか思ってないわよ」

「遊び半分で人の国を襲って壊したり、人を食ったりするやつはいるからな。気ままなんだよ」

「ああ。だから、なるべく関わらないように、刺激しないようにするしかねえな」

恐ろしそうにそう言って背中を丸める。

トゥリスは変わり者なのだろうか。それとも、ドラゴンらしく気ままなのだろうかと考えた。

それで別れ、僕たちはダンジョンの外に出た。

「トゥリスも、そうなのかな」

ピーコがふと言う。

「あれは食いしん坊で呑気で無害そうに見えるが、ドラゴンだということは、忘れないようにしておかないとな」

チビが真面目くさって言い、皆、その言葉をかみしめるようにしていた。

無言の中、焚き火の炎が爆ぜる音と、肉の焼けてくるいい匂いが漂う。

「お、焼けてきたよ」

空気を変えるように言いながら、焼けた肉を皿に取ってやる。

と、影が覆ったかと思えば、ふわりと人の姿に変わった。

「肉」

トゥリスだった。位置はわかると言っていたが、本当にそうらしい。

「お腹空いた」

そう無表情に言うトゥリスのお腹が、派手に鳴る。

ドラゴンだが、どうにも気が抜ける。

「焼けたところだぞ、ちょうどいい」

「ほら、座れ」

僕と幹彦が言えば、トゥリスは輪の中に入って座る。

「じゃあいただきます」

そう言って、食べ始める。

「やっぱり美味いな。辛口もいける」

チビが言いながらハフハフと食べるそばで、トゥリスも、口の周りをタレでベタベタにしながらかぶりついている。

「うん。やっぱり人の作る料理は美味しい。生と丸焼き以外がこんなに美味しいなんて。いくらでも食べられる」

それにチビたちが一斉に言う。

「たしなむ程度だぞ。わかっておるだろうな」

「わかってる。けど、たしなむ量は個人次第」

「トゥリス、塩もいいよ」

「肉以外も美味いでやんすよ」

「スープも美味いの」

幹彦は呆気にとられていたようだが、僕は噴きだしてしまった。

「まだおかわりはあるから。プッ。いやあ、トゥリスも間違いなく、うちのメンバーだね」

「ククク。違いないぜ」

幹彦も笑い出し、トゥリスは首を傾げながらももぐもぐするのを止めず、皆で楽しく食事をしたのだった。

五・若隠居の人族はつらいよ

トゥリスはいつも一緒にいるわけでもない。時々いなくなる、というより、時々戻ってくるという感じだ。

その間どこで何をしているのか聞いたことはないが、こちらも時々日本に戻っていることを言っていない。なのでおあいこだ。時々戻ってきたトゥリスと一緒に魔物を狩ったり、それを食べたりしている。

今僕たちは一緒に、犬人族の町を目指していた。ここにとても香りのいい小芋があると聞いたのだ。

「香りのいい小芋かあ。トゥリスはどうやって食べてた？」

聞くと、相変わらず無表情なまま、

「生」

と答える。うん、まあ、そんな気はしてたけどな。

チビが言葉を添える。

「まあ、私もただのフェンリルだった頃は生ばかりだったしな。そんなものだ」

「今はすっかりグルメになったよな」

幹彦が言うのに、チビは胸を張った。

「人の飯は美味いからな。人の素晴らしい発明のひとつだな」

それにトゥリスは珍しく考えるような顔をしていたが、ピーコの、

「見えてきた！」

という声にいつもの無表情に戻った。

林の間を通る山道の向こうに、港町以来のそこそこ大きな町が見える。

ここが目指す犬人族の町だ。

「賑わってるな。店も多そうだぜ」

目をこらして幹彦が言う。

ラドライエ大陸へ来てから、最初の宿泊は牢屋で、あとは集落では誰かの家に泊まる形になっていた。これまでの集落では、宿屋がなかったからだ。

どうもラドライエ大陸では、各種族は基本的に別れて生活し、色んな交流は港町で行うという形になっているらしい。なので、集落まで客が来ることはあまりなく、誰かの家に泊まるということで事足りたのだろうし、店すらない事もあった。

しかし目の前の犬人族の町は、店が並んだ商店街が見えるし、色んな種族も少ないながら歩いていた。

「どんな小芋でやんすかねえ。ポテトサラダとかいいでやんすね」

「諸焼酎もあるかもしれんの」

「ポテトチップがあるかも」

ガン助とじいとピーコはうきうきと騒ぎ出す。

「香りがいいんだし、蒸しものかもしれないよ」

「じゃがバターみたいなやつか？　食いたくなってきたぜ」

「うむ。あれもいいな。でも、大学芋みたいなものもいいぞ」

僕と幹彦とチビも勝手に想像しては、皆でまだ見ぬ芋に期待を寄せる。

「どれも食べたい。どんな食べ物だろう」

トゥリスも口元を緩め、どこか遠くを見ている。

そうしながら僕たちは町に近付いて行ったのだが、大事なことを忘れていたと気付くのはしばらくした後だった。

「おお、色んな野菜や果物もあるぞ、フミオ、ミキヒコ」

「肉の串焼きだ。へえ、こういう屋台もあるんだな」

「犬人族のほかに、兎人族も虎人族も竜人族もいるね。ここは山側の交流地なのかな」

「お腹空いた。小芋食べたい」

「今夜はここの宿に泊まろうぜ」

「そうだな。きっと名物料理が出てくるだろうし」

言いながら、宿屋らしい建物の前に立つ。

木造二階建てで、大きな玄関を入るとカウンターと広間になっているようで、どうも食堂のようだ。並んだテーブルには食事が並び、それを食べる人たちがいた。

僕たちはカウンターに近寄ろうと中に足を踏み入れた。

そして、一歩目で足を止めることになった。

食堂にあふれていた声や音がピタリと止んで、全ての目が僕たちに注がれる。それは決して温かいものではなく、敵意とすら呼べるものだった。

流石の幹彦も戸惑うように食堂内を見渡し、次の行動に迷うように立つ。

そこに声がかかった。

「人族か。ケッ」

「何しに来やがった」

そして従業員がそばに来て、平淡な声でつんとして告げる。

「申し訳ありませんが、人族をこの町で受け入れていませんので、宿泊はできません。ほかの店での買い物もできませんよ。早々に立ち去ることをお勧めします」

それで思い出した。犬人族は、強硬派だった。

「小芋は」

トゥリスが言うが、見た目は人のトゥリスなので、失笑しか返ってこない。

「人に食わせるものはねえよ」

「せいぜい中立派までだなあ」

「そっちのフェンリルの仔には食わしてやれるぜ」

客たちが笑い、トゥリスが落胆するのが表情でわずかにわかった。

おお、慣れればわかってくるもんだな！

そんなふうに感激しているうちに、僕たちは店を出ていた。

すれ違う犬人族には、顔をしかめたり舌打ちしたりする者もおり、

「この町はだめだったなあ」

と言いながら町の外まで歩いて行った。

トゥリスは、

「また来る」

と言い置いて、さっさとドラゴンになって飛んで行った。

「まあ、いいけど」

どうせ日本の家へ帰るんだし、と思っていたら、歩いてきた五人組の獣人の冒険者チームが、最初から町には入らずに、さっさと野宿の準備を始める。

「ここは随分と人族嫌いな所だな。まさか、入店拒否までされるとは思わなかったぜ」

幹彦がぼやいたのが聞こえたのか、冒険者チームの一人がこちらを見た。

「この町は、差別意識が一番激しいところだから。人族は当然、ハーフもだめだし、穏健派もだめ。この先には野宿できるところがないから、ここらしかねえぜ」

笑顔もないしぶっきらぼうだが、親切に助言してくれる。よく見ると、全員ハーフ特有の目をしていた。

「ああ、ありがとう」

幹彦が言って、僕も頭を下げる。

「俺たちも、ここでキャンプするか」

幹彦が言うのに賛成し、そうする事にした。戻ってくる時、テントの中に転移してこなければ、騒動になりかねないからだ。

「差別か。どこの世界にもあるんだなあ」

溜め息をつきつつ、僕たちはテントの準備をし始めた。


冒険者チームのテントからやや離れたところにテントを張り、それとなく彼らを見る。

犬人族に見える青年と同じく犬人族に見える若い女性。どうも兄妹らしく、お兄ちゃん、シル、と呼び合っており、妹の方は明るいが、兄の方はこちらを警戒している。竜人族なのか蜥蜴人族か何かなのか頬や腕にうろこがある青年は、無口で淡々としている。同じく体にうろこがあるが先の彼よりも細身の青年は、仲間には明るく振る舞っているが、それ以外に対しての警戒は一番強い。

一見人族に見える女性はにこにことこちらにも笑いかけてくるが、近付いては来ず、ただ、

「井戸も使わせてはもらえませんから、この先の川ででも汲むしかないですよ。あと、食料品の補充もできませんから、その辺で狩るしかないです」

などと、シルと呼ばれていた女性と一緒に、一応は親切に教えてくれた。

男性陣はそれを渋い顔をして聞きながら、警戒を続けているようだった。

「あの、香りのいい小芋が名物だと聞いて、食べてみたかったんです。どこにあるか知っていますか」

そう訊いてみた。

「ああ、名物料理だものね」

「その丘にあるわよ。木の根元に植わっていて、匂いで探すの。犬人族はそういうの得意だから。でもねえ」

シルはそこで肩をすくめる。

「採らせてはもらえないわよ、丘のは。犬人族の町で独占してるから。魔素が多くて日当たりが良くて水分が多い、キノウの木の根元にしか生えないの」

どうやら、トリュフとか松茸の親類みたいなものらしいな。

「明日、探すぞ。匂いは任せておけ」

チビが憤然と言うと、

「あの木と同じ木を探せばいいんでしょ。探す！」

とピーコも張り切って羽をばたつかせた。

やる気だ。

「おう！　期待してるから、がんばろうぜ！」

幹彦が発破をかけると、チビもピーコも鼻息を荒くしてふんぞり返る。

「そうと決まれば、ご飯を食べてさっさと寝よう」

火にかけていた鍋の蓋を取る。ベーコンと野菜のトマトスープで、一緒に入れたペンネもゆであがっている頃だ。隣では串に刺した肉を焼いているがこちらも焼けてきた。

「どんな味でやんすかね」

ガン助が肉を見つめながら言うのに、幹彦が事もなげに答える。

「ああ、ガン助とじいは食ったことがなかったか。足と尻尾はトカゲで体はトリだからな。あっさりして美味いぜ」

それに反応したのは、シルたちのチームの皆だった。

「それって、まさか」

「コ、コカトリスとか言うんじゃねえよな」

震えるように、シルの兄と細身のうろこのある青年が言う。

「そうだけど?」

幹彦が言い、僕ははたと気付いた。

「ああ、場所が知りたいんですよね。この道沿いに四十分ほど行った辺りでしたよ。いやあ、木の間からいきなり飛び出して来たんですよ」

そう教えたのだが、違った。

「そういうことを訊きたいんじゃねえよ！」

「そんな凶暴なもの、どうやってあっさりと倒して、しかも当たり前のように食おうとしているのかって訊いてんだよ！」

彼らに一斉に怒鳴るように言われ、目をぱちくりさせる。難しいな。

しかも、彼らの目は肉から離れない。

それで、カチカチのパンの実と干し肉を湯に入れたスープの予定だった彼らを食事に誘ったのだが、それがきっかけで色々と話すようになった。

彼らのリーダーは、犬人族の兄で、オズ。剣を使うらしい。妹のシルは斥候で、ナイフ使い。二人の母親は犬人族で父親は人族らしいが、父親は二人が小さい頃に出て行ったらしい。母親はこの町の近くで小芋掘りの仕事をしていたが、母親が病気になった時に誰も診てくれず、母親はそのまま死んだそうだ。特にオズは、人族も犬人族も等しく嫌っているようだ。

竜人族の青年はルウイ。父親が竜人族で母親が熊人族らしい。港町で育ち、両親は健在だそうだ。

細身の青年はラムダ。父親が蛇人族、母親が兎人族だそうで、慣れると陽気で明るかった。こちらも両親は健在らしい。

もう一人はナナ。父親が犬人族で母親が人族。港町近くに居を構えて商売をしていたが、奴隷と間違われて捕まりかけ、抵抗して両親はどちらも殺されたそうだ。

そうして、冒険者になってチームを組むようになったらしい。

僕たちは、旅の隠居で、依頼を終えて戻りながらグルメと観光を楽しんでいるところだと言った。

「まあ、腕はいいようだが、特に強硬派には気をつけろ。人ってだけで、嫌がらせは普通だからな」

そういうオズに、僕たちは苦笑する。

「こっちに来た最初の宿泊地は、牢屋だったんだよな」

「そう。奴隷商人と決めつけられてね。まあ、入牢もいい経験だったね」

そう言うと、彼らは、

「図太い」

と一言言って呆れた。

そしてその夜はお開きとなったのだが、翌日、彼らの懸念通りの出来事が発生するのだった。

テントの中に入ってから日本の家へ戻って就寝し、早朝にテントへと戻って来る。慣れたルーティンだ。

簡単な朝食を食べてテントを畳んでいると、出発するらしい行商人が見えた。

彼らは皆犬人族で、本拠地は港町に置いて、大陸中を行商して歩いているそうだ。この町の人たちとも親しげで、町の中の宿屋にも泊まっていた。

柔和な笑顔を僕たちやオズたちにも向け、何か必要な物はないかと訊く。

町で買い物ができない僕たちのような者も、町の外で商人から買い物をするのは黙認されているそうだ。

「いえ、大丈夫です。ありがとうございます」

僕たちはそう言ったし、オズたちも大丈夫だと言ったら、彼らはニコニコしながら、

「またどこかでお会いした時、何か入り用のものがありましたら」

と言って、たくさんの荷物を載せた馬車で出発して行った。

何か色々とにおいがする。

「かおり芋もたくさん仕入れたのね。人気だから売れるわよね」

「ああ、この匂いは魔物除けだな」

「ハーブ類もたくさんあるわね。うわあ、犬人族にはにおいがきつすぎて鼻がバカになりそうだわ」

オズたち犬人のハーフはそう言って顔をしかめながらそれを見送る。

チビはと見ると、やはり嫌そうに顔をしかめ、くしゃみをしていた。鼻がいいというのも、不便なことがあるようだな。

気を取り直して、片付けの続きを始める。そして、何かわからないが真剣な顔付きで走り回る犬人たちを尻目に、僕たちは町から離れた。


ピーコが空からキノウの木を探し、チビが匂いを嗅いで小芋を探す。そのコンビネーションで、僕たちはいくつか野生のかおり芋を掘り出すことに成功した。

見た目は里芋に似ているが、採り方はトリュフで、香りは松茸だ。

「どうやって食う?」

幹彦がウキウキして言うのに、皆でああだこうだと意見を言う。

「あっさりした方がいいでやんすよね」

「すまし汁がいいんじゃないかの」

「網焼きはどうだ、フミオ。ハタルみたいに」

「フライもいいと思うわよ」

「あっさりと蒸すのもありだよな」

「俺、全部食いたくなってきた。もっと探さねえ？」

それでもう一度、別方向へピーコがキノウの木を探しに行こうかとした時、ガサガサと下草をかき分けて犬人たちが近付いてきた。

「いたぞ！」

どう見ても、友好的には見えない。こちらを睨み付け、殺気を出している。

それに対して僕たちは、まだ殺気は出していない。幹彦やチビがちょっと殺気を出したら、話もできなくなりそうだしな。

「あ、どうも」

幹彦が笑顔で挨拶する。

「あ。この山の中に生えているものは、採ってもいいんですよね」

僕は心配になって確認した。窃盗とか言われたら困る。

しかし僕の心配は杞憂に終わった。それよりももっと重大な問題があったので、助かったとはとても言えないのだが……。

「犬人族の子を誘拐しやがったな⁉」

「奴隷として売るつもりだろう、この、人族めが！」

呆然としたのもしかたがないだろう。気付くと、僕たちは町の牢に入れられていた。

「ラドライエ大陸、二度目の入牢かよ」

「どうせなら昨日の夕方にしてほしかったよね」

やけくそで言ったら、幹彦は引きつった顔で笑った。

牢に入れられた僕たちの所に難しい顔をした犬人たちがやってきて、牢の外から口々に質問する。

「子供を誘拐したのはお前たちだろう」

「子供をどこに隠している。この、薄汚い人族め」

「それとももう奴隷商人に子供を売ったのか⁉」

「そいつらの通るルートを言え！」

どんどんヒートアップしていく。

言っている内容から推測は付き、感情的になるのも仕方が無いとは思うが、これはまずい。

「僕たちはただの隠居の冒険者です。誘拐犯は別にいますし、こうしている時間が惜しいんじゃないですか。子供がいなくなったのは、いつ、どこでです。おかしな目撃証言はないんですか」

言い返すが、半分以上の犬人は聞く耳を持たない。

「あ、そう言えばハーフの奴らの冒険者チームもいたな。あいつらか」

「ハーフなんて半端者、金で何をしやがるかわからねえ」

「昔死んだエマの息子と娘もいたしな。恨みでやりやがったのかも」

そんなことを言い出す。

ハーフの冒険者チームというのはオズたちのことに違いないし、エマの子というのも、オズとシルのことだろう。

「えっと、においで追いかけるとかできないのか」

幹彦が控えめに言った。

まあ、そうだよな。警察犬代わりにできそうと思うけど、そう言うのは失礼かもしれないしな。

彼らは苦虫をかみつぶしたような顔で僕たちを睨み、

「追えないんだよ、白々しい」

「においを消したんだろうに、お前らが」

と言う。

におい……思い出した。

「もの凄い強いにおいでごまかしたりできますよね」

幹彦が、あ、と手を打つ。

「あの行商人の馬車！　凄えきついにおいがしてたな！」

チビが思い出したように、嫌そうに丸まって唸った。

「シロワさんか？　あの人は犬人だし信用できる。バカなことを言うな」

吐き捨てるように言う犬人がいるが、中には考え込む犬人もいる。

「そうだよなあ。うん。でも……」

「護衛のムジカとエスも犬人だぞ。同胞を疑うヤツがいるか」

「そうだけど……」

「とにかく、運び出すにも港町だろう。急いで人をやっておくのが先だ」

彼らは言い合いを始めたが、別の犬人グループがオズたちを連れて来た。

「こいつらを捕まえてきたぜ」

「恨みに思ってやったに違いない」

「知らねえって言ってるだろう⁉」

オズたちは反論するが、同じ牢に入れられてしまった。牢が一つしか無いのだ。正直、人口密度が高くなって狭い。

「チッ。こいつらはいつもこれだ。ハーフだからってだけで」

ラムダがイライラと言って、壁を殴りつけた。

「朝、何かバタバタしてたけど、あれがそうだったんだろうな。やっぱり、居なくなったのは今朝だろう。なら、今日町を出た人が容疑者だよな」

幹彦が名探偵よろしく腕を組んで言うのに、ナナが続ける。

「私とシルの警戒当番は一番最後だったけど、町を出て行ったのはシロワ商会の馬車が最初で、次が私たちよ」

「うんうん。間違いないわよ」

シルもナナに同意する。

「なら、やっぱり怪しいのはあの行商人じゃないか。あのきついにおいと言い、最重要容疑者だろ」

僕もそう言って皆の顔をグルリと見回す。

「問題は、やつらが私たちの言い分を聞かないことだな」

チビが言って、皆が同時に意気消沈した。

しかし意外にも、彼らはすぐに姿を現した。

「そっちのハーフどもは町に入りもしていないらしいし、そっちは呑気そうで事情もわかっていないようだ。見つけた山の中にもそれらしい痕跡はなかったしな。一応釈放することになった」

かなり不承不承というのが丸わかりな態度の犬人族もいる。子供も連れておらず、子供のにおいも移っておらず、何も証拠がないので仕方なく、というところだろう。

僕たちは牢を出て、二度目の儀式を行った。

「おつとめご苦労さんです」


牢を出て、僕たちは行商のシロワ一行を追いかけることにした。証人代わりに行方不明の子供の親も一緒だ。

獣人の彼らは、ハーフと言えども走るのも速いし、持久力もある。それはもう、ただ一人僕だけがついて行けないくらいに。なので僕だけチビの背中に乗って、皆で追いかけて行った。

道々、シロワ一行がどんな人たちなのか聞いた。

ナイル・シロワというその商人は、穏やかな犬人らしい。確かに門のところで少し話をしただけだが、人族でもハーフでも、普通に話しかけてきた。港町に店を構えているが、そこは店員に任せて本人は各集落を回っており、なかなか港町に行けない人や、生ものなどを売り買いしたいという人にありがたがられているそうだ。

護衛についているのはムジカとエスという元冒険者で、どちらも犬人族らしい。ムジカは明るく頭の良い好青年で、この町で過ごしていた間もできのいい好青年として人気だったらしい。エスも明るくて女子に人気だったらしく、二人で冒険者をしており、数年前からシロワの護衛となったそうだ。

「町の噂ではそうなんだけど、冒険者の間では少し違っていてな。ムジカは頭はいいが、計算高いとか言われてたし、ギャンブルにはまってた。エスはナイフ集めが趣味で、借金もあったとか聞いてたしな」

オズがそう言うと、ナナとシルも補足する。

「ハーフは奴隷扱いで、稼ぎをかっさらうことも当然のようにするしね」

「ハーフの女は除外だけど、犬人の女は、もてるのをいいことにとっかえひっかえだしねえ」

声が低くて、何か怖い。

「え、まさか。ムジカもエスもいい子だぞ」

犬人たちは戸惑ったような声を上げるが、オズたちは鼻を鳴らすだけだ。

「酷いやつらだな」

「故郷では良い子ちゃんか。嫌なやつらだね」

僕と幹彦が言うと、

「ああ。あいつらは、信用ならねぇよ」

と、ラムダは怒ったように言った。

話しながら一本道を走っていると、ようやく前方に馬車が見えた。

「見えたぜ」

幹彦が言って、スピードを緩める。

「ほ、本当に、うちの子があそこに？」

信じられないのと信じたいのとの間で揺れるように呟く犬人たちを見る。親としては心配だろう。同情する。

「言ったように、ただ問い詰めて中を見せろと言っても無理でしょうから、作戦通りに。いいですね」

そう念を押すと、こくこくと小さく何度も頷いた。

「よし。化けの皮を剥がしてやろうぜ」

幹彦がニヤリと笑った。


走る馬車に追いついた僕とチビは、御者台のシロワに笑いかけた。

「ああ、追いつけてよかった」

シロワは目を見張り、それから笑った。

「やあ。お連れ様はどうしたのです？」

「実は連れが少し手前でケガをしまして。薬草の在庫があれば分けていただきたいんです。いやあ、持ってはいたんですが、魔物に襲われたときに燃えてしまって」

困ったように言うと、眉をひそめ、誠実そうな顔付きをして言った。

「それは災難でしたね。待ってください。今止まりますので」

言いながらスピードを落とし、ゆっくりと馬車を止めた。

それで僕はチビから下りて、馬車に近付いて行く。

馬車からはシロワも降り、万が一に備えてかムジカとエスも降りて来て僕を監視できる位置に立つ。

「ケガの具合は酷いのですか。熱は出ていませんか」

「今のところは。でも、今後出るかもしれませんね。じゃあ、解熱作用のある薬草ももらっておこうかな」

言いながら、シロワがごそごそと薬草を入れてあるらしい箱の中を探る斜め後ろに立つ。

エスが、馬鹿にしたように冷笑した。

「ハッ。襲われるって、気配も感じられないとは人族は呑気だな」

それにムジカが、

「エス、無茶言うなよ。どうせ向こうの大陸には弱い魔物しかいないんだろう」

と嗤う。

「ま、そうだな。あんた、弱そうだもんな」

カチンときたが、笑顔笑顔。

「何の魔物にやられたんだよ。どうせ大したやつじゃないんだろ」

それで僕は考えた。この辺にいないものを答えては怪しまれる。それで、一番最近この近くで狩ったものの名前を言う。

「コカトリスでした」

その途端、彼らは三人とも真顔で黙って僕を見た。

しかしその空気のおかげで、作戦は支障なく進んでいる。

前方で大きな岩がゴロゴロと落ちて来て、地響きを立てながら道を塞ぐように積み上がっていく。

「うわ、何だ⁉」

「どこから岩が⁉」

彼らは呆然としながら、馬車の前へと自然と出て行って様子を見ようとした。

この時を待っていた！


インビジブルで近付いて荷台の中を検めていた幹彦が、かおり芋やにおいのきつい香辛料やアルコールの箱を払いのけて、その下にある大きな平べったい木の箱の蓋を開け放った。

そこには犬人の子供が三人、縛られた姿で眠らされていた。

「あ！」

派手な音で振り返った彼らが殺気立つが、幹彦はインビジブルを解いて不敵に笑う。

「ここに子供がいるじゃねえか。言い訳できねえよな」

僕は素早く子供たちの状態を視る。

「大丈夫。眠らされているだけだよ」

「よし。じゃあこいつらをふんじばるだけだな」

それでカバンから飛び出したピーコが飛び立って背後で待機するほかの皆に知らせに行く。前方からは、岩を吐き終わったガン助が戻ってくる。

「ケガは嘘か。くそっ」

シロワが、これまで見せたことのない邪悪な顔付きで吐き捨てる。ムジカとエスは各々剣とナイフを構えた。

背後から走ってくる足音が近付いて来るのと同時に、顔を歪めたシロワが山道から外れて森の中に逃げようとするが、

「はい、逃がしませんよ」

と言いながら、足を凍り付かせてその場に縫い付ける。

「魔術さえあれば勝てるとか言われるのは心外なので、あなたたちは物理でお相手します。相棒が」

「おう！」

幹彦が好戦的に笑い、かかってこいと挑発するように手招きをした。

案の定頭に血を上らせたエスが先に、

「この野郎！」

と想像通りのセリフと共にかかってくる。

が、想像通りに、あっさりと幹彦にナイフを弾かれ、サラディードの刃の峰で殴られ、その場に伸びる。

それに目を向けていた僕にムジカがかかってくるが、この程度ならどうということはない。なぎなたで膝の上を斬り、腕を叩いて剣を取り落とさせると、チビがのしっと押さえてしまう。

そこでオズたちと犬人がそばまで来て、犬人は箱に飛びついた。

「ブラン！　ユウナ！」

「リコ！　大丈夫なのか、リコ！」

オズたちはムジカとエスとシロワを縛り、それで僕はシロワの足を凍らせる氷を解いた。

作戦は成功した。

僕が馬車を止まらせ、インビジブルで近付いていた幹彦が、こっそりと馬車に乗せられている子供の位置を気配から探り、わかったら荷台から花を一輪落として合図をする。

それでガン助が岩を吐き、シロワたちが驚いている隙に子供を救出し、ピーコを隠れているほかの皆に合図として飛ばす。

それでオズたちが駆けつけてくる、という作戦だった。

「お子さんたちは、眠らされているだけのようです。目立った外傷は見当たりませんし、大丈夫でしょう」

言ったが、子供を抱く犬人たちはそれでも心配に違いない。

僕たちは町まで、馬車に罪人を乗せて早々に引き返すことにした。

「いい人の振りをして、とんだ悪党だったな」

憎々しげに片方の犬人が言うと、もう一人は、

「まだ信じられない……」

と複雑な顔をする。

オズたちは、どこか晴れ晴れとした顔付きだ。

「この先で仲間にこの子たちを引き渡す手はずになっていたんだろう。全部吐いてもらうぜ」

ラムダが睨んで凄んで見せる。

「それもだが、あれはどうする」

ルウイが道の先の積み重なった岩を見ながら言い、僕と幹彦は、

「あ」

と間抜けな声を上げた。


岩を砕いて道の端によけ、馬車を追いかけて一緒に町へ戻った。

町は当然のように大騒ぎだ。「まさかあの人がこんなことをするなんて」「こんなことをするようには見えなかった」というのは、世界が違っても共通らしい。

シロワの取引相手の奴隷商人は、港には入らないらしい。なんでも、干潮の時だけ下りる事ができる磯があり、そこで拉致した獣人を受け渡すことになっているそうだ。

それを聞きだした犬人たちはすぐに港町に走ってそれをアンリたちに知らせた。

それから、犯人扱いした僕たちに不承不承謝りはしたが、本心からと思える犬人は少なかった。

まだ、真犯人への驚きや、人族やハーフに頭を下げることへの忌避感があるのだろう。

それでもオズたちの溜飲は下がったようだ。

「ありがとうよ」

彼らは晴れやかな笑みを浮かべ、シロワの護送任務を請け負って港の方へと犬人族の代表と一緒に馬車を走らせて行った。

「さ、行こうか」

僕たちも出発だ。

次なる美味な食材を目指して。

六・若隠居のダンジョン法改正

日本の港区ダンジョンから出た所で、それが目に付いた。

看板を掲げたり首からぶら下げたりした人たちが協会前に並んで、拡声器を使って訴えている。

『ダンジョンは日本の農家や漁師や畜産農家を殺す！』

「そうだー」

『ダンジョンは格差を広げるものだ！』

「そうだー」

『もっと規制が必要だ！』

「そうだー」

『探索者をもっと管理しないと、凶悪犯罪が増加する！』

「そうだー」

ほかの探索者や通行人は、足を止めて聞いたり、無視して通り過ぎたりと、反応は様々だ。

そばに立っていた選挙の立候補者が拡声器を使って訴える。

『ダンジョンが悪いとは言いません。探索者の皆さんが悪いとも言いません。しかし、共存していくためには、規制も必要なんです。そうやってうまくやっていかなくては、日本の未来に発展はないのです。ダンジョン産の食品が出回り、既存の農家や漁師や畜産農家は危機に立たされています。そもそも、ダンジョン産の食品は本当に安全でしょうか。ポーションはどうでしょうか。我が党は、ダンジョン関連の法律や安全性の見直しと、皆さんの安全安心な暮らしをアジェンダといたします』

声のうるささに、ピーコとガン助とじいはとうにカバンの奥に引っ込んでおり、チビはつまらなさそうに欠伸をした。

「もうすぐ選挙かあ」

「忘れてたぜ」

僕たちはそう言って、多くのほかの探索者と一緒にその場を離れた。

その夜僕たちは、風呂上がりにテレビを見ながらジュースを飲んでいた。ラドライエ大陸で見つけた果物、カベップのジュースだ。濃いのに味はさっぱりとしていて、しかも少し回復効果がある。当然、地下室に移植済みだ。

「美味しいな。はあ。生き返る」

「うむ。これはいいな。毎日飲もう、フミオ」

「これ、アルコールを飲み過ぎた時にもいいぜ」

ピーコとガン助とじいは同じ皿から飲んでいたが、

「美味いでやんすねえ」

「明日への活力がわいてくるのう」

「美味しい！」

と高評価だ。

するとその時ニュースで、見たことがある場所が映り、皆で何となくテレビを注視した。

そこは駅前の商店街近くの交差点で、交通事故があったらしい。

『事故を起こした三十代の男性は足の骨を折った模様で、追突された車に乗っていた四十代の男性は胸を強く打って呼吸が困難な状態でした。たまたま居合わせた通行人がポーションを持っており、三十代の男性の方がそれを買い取ってポーションを使用して回復。四十代の男性は救急車で病院に運ばれましたが、まもなく死亡しました』

アナウンサーが淡々とスタジオからそう告げ、横にいたコメンテーターが、

『軽傷者の、しかも加害者の方がそれで助かったというのがなんともねえ』

とコメントし、アナウンサーが、

『難しいですね』

と言い、次のニュースに変わった。

「幹彦。これは炎上しそうだな」

言うと、幹彦もううむと唸った。

「ああ。例の政党とか、食いつきそうだぜ」

それは予言の如く当たり、翌日にはネットでもテレビでも新聞でも取り上げられただけでなく、協会の入り口に記者が張り付いて通りかかる探索者にインタビューしようとする姿が見られたのだった。


神谷さんはジュースを飲んで、ふうと溜め息をついた。

「お疲れ様です」

そう言って、お土産に冷凍したそのカベッププを渡そうと決めた。

「やっぱり、大変ですか」

幹彦が訊くと、頷く。

「そうですね。あの事故がきっかけで、一般人でも念のためにポーションをと考える人が急増した

ようで、中級程度のポーションですらこれまでの三倍以上の値段でオークションで取り引きされています。野党は大臣や首相に追及しますし、これは野党と与党が入れ替わらなくとも、ダンジョン法の改正があるでしょうね」

「まあ、ダンジョン産の食品が人気で、色々と不利益を被っている人がいることは事実ですし、ポーションを使えるのが金持ち優先とかじゃ、確かに不公平感はありますよね」

揃って溜め息をつく。

チビはあっさりとしたものだ。

「強い者が勝って生き残る。それだけのことだろうに。人は面倒だな」

それに今度は、苦笑を浮かべた。

「あの事故でポーションを使った人、ネットでもつるし上げられてるぜ。売った方もな。なんで重傷者に売らなかったのかって」

「そこはまあ、値段でしょうかね。責めるのも、責めにくいですけど」

神谷さんはそう言ったが、考えてしまう。

「でも、重傷者が意識不明とかで何も言えず、それで使えないとかいうことにもなりかねないですよね。明確な基準とかも決めにくいですし」

「倫理観頼みってわけにもなあ」

「その辺も、法改正に盛り込む予定です。今、官邸で各関係省庁が集まって議論している最中です。選挙対策の真っ最中だってぼやきながら」

そのしわ寄せで、神谷さんたち官僚が忙殺されているらしい。

「とりあえず、ジュースを持って帰ってください。冷凍ですから、解凍して、そのまま食べるか、ジュースにするかですね」

僕たちはそう言って神谷さんをねぎらった。

しかし、そんな他人事ではなくなってきたのである。

これらのことをどう考えるか、探索者の意見を聞きたいと、マスコミ数社や政党から手紙が届き、電話がかかってくるようになったのだ。

「嫌だな、これは。何でうちに言うんだよ。街頭インタビューでいいじゃないか」

ぼやくと、幹彦は面倒くさそうに手紙を重ね、

「一応、ホノオドリ討伐の件で日本では名が通ってるからな、俺たち」

と言う。普段特に騒がれることもないので自覚はないが、ホノオドリの討伐に各国が順番に挑んだとき、一応日本を代表して自衛隊と一緒に行き、討伐に成功したのが僕たちだ。

「面倒くさい」

「全くだぜ」

そうして、目当ての素材を求めて、港区ダンジョンへと出かけたのだった。

三十二階をうろついて首尾良く希少なその魔物を見つけ、討伐して素早く解体して素材をゲットすると、後は安心して皆で好きに暴れて回る。

そうして買い取りカウンターへと戻ってきたのだが、そこで何人かが目に付いた。

大量の肉を保冷ケースに入れる集団は、専門業者という感じがする。

食品は今のところ探索者本人のものという扱いなので、違反はしていない。

また別のチームは、ポーションを買い取りたいと言われて断り、オークションの方が高額になると話している。

これもまた、違反ではない。

「色々と考える時期ではあるみたいだな」

「そうだな」

僕たちはカウンターへと近付いた。


買い取り手続きを済ませて協会を出ると、今日も選挙演説の真っ最中だった。

参加者も野次馬も増え、更に取材中のマスコミまでいるので交通のさまたげになっており、警察が交通整理をしていた。

「聞いたか。別の事故現場で、ケガをしていた子供に通りすがりの探索者が手持ちのポーションを飲ませたらしいぞ」

そばで別の探索者が話している。

「へえ。それは美談だな」

「探索者のイメージアップになるかな」

そんなことを言っているが、僕と幹彦は顔を見合わせた。

「これは、やばいんじゃないかな」

「俺もそう思うぜ」

その時、群衆の中から子供が出て来て叫びだした。

「お母さんが病気なんです！　探索者さん、誰か、助けてください！　お願いします！」

そう言って、体を二つ折りにするほど深く頭を下げる。

僕は思った通りのことが起こり、溜め息をつきたくなった。

『誰か助けてあげられませんか』

「かわいそうだろう！」

『この中の誰かは持っているでしょう？　この子も助けて上げられないのですか』

「タダじゃやれねえのか！」

「金の亡者か！」

ヤジが飛ぶ。

堪えかねたのか、探索者の一人が子供に近寄ってポーションを渡すと、子供は満面の笑みを浮かべて礼を言った。そして拍手が巻き起こる。

「ああ、まずい。本当にまずいぞ、幹彦」

「どうしようもねえぜ」

すると、わらわらと人が群衆の中から出てきて、てんでに叫び出す。

「うちの父がケガで！」

「娘が事故で植物状態なんです！」

「兄を助けて！」

居合わせた探索者たちは、互いの顔を見合わせ、戸惑うように一歩下がる。そしてその分、彼らは進んだ。

「どうしてうちはだめなんです⁉」

「何があの子と違うというんですか！」

「あなたも同じ目に遭ってみればいい！」

後はヤジが飛び交い、暴徒と化しそうな彼らを警察官たちは押さえようと必死だ。

「ああ。こうなると思ったんだよなあ」

僕たち探索者は、とにかく協会の中に入れという指示に従って速やかに協会のロビーに入った。

誰かを助ければ、同じように他の誰かも助けろと言われる。助けなければ叩かれる。

命がけで魔物を討伐して得たポーションだということが理解できているのだろうか。

しばらくは色々と難しくなりそうだし、日本を離れていたい気分だ。

車は後で取りに来ることにして転移で地下室へ帰ってしまおうかと考えていると、神谷さんから電話が入った。騒動がテレビでも報道され、また協会からの連絡もあり、今日は港区ダンジョンへ行くと言っていたはずだと心配してくれていたらしい。

『問題がなければよかったですが、どう思われますか』

「困りましたね。基本的に探索者が命がけで手に入れてくるものを、権利だ平等だと言って取り上げようとするのは間違っていると思いますけど、彼らの考え方もわかります。医療とは、幸運な奇跡や財力で左右されるべきものではないはずです。まあ、それはきれい事で、高額医療を受けられるかどうか、今までも財力に左右はされていましたが」

移植手術などは高いので、寄付金集めなどが新聞でも取り上げられているのがそれだ。集まればいいが、それでも時間がかかるし、後から何かを批判する人物は必ず現れる。

『ポーションがたくさんあれば、ＡＥＤみたいに常設でもできるものを』

残念な事に、それだと盗難の心配もあるけどなあ。まあ、カメラで録画するとかすればできるか。

「薬草は増やせますが、肝心の作る人が少ないですからねえ」

『まあそれも、新法に盛り込むことになりますね。もっと薬剤師や調合師を見つけて、探索者を引退した人にも講習会を開いてできるようにならないか試して、増やしていこうということになりました。その時には、薬草の納品量を増やしていただければありがたいです』

「わかりました。種類が決まり次第、いつでも連絡してください」

地下室では、精霊もセバスもハンナもやる気に満ちあふれて、隙あらば増やそうとしているくらいだ。問題ない。

電話を切ると、警察官が大量に動員されてきて、表の人たちを解散させているところだった。

「神谷さんも大変だなあ」

通話を漏れ聞いていた幹彦が神谷さんに同情する。

「あのジュースをやれ」

チビも気の毒そうに言う。

「そうだね。栄養ドリンクみたいにできないかな。今度やってみよう」

そんなことを言っているうちに騒ぎは収まっていき、少人数ずつ僕たちも帰っていくことになったのだった。


その翌日、気配察知を使ってマスコミの有無をみてから朝刊を取りに行った幹彦は、一面に躍る見出しに声を上げた。

「ダンジョン法改正、閣議決定されたのか。まあ、選挙前に発表したかったんだろうな、野党のアジェンダに対抗するために」

その横で、チビたちがテレビの前に勢揃いしてテレビをつける。もうすぐ始まるN●Kの『朝ヨガ』をチビたちは気に入って毎朝見ているのだ。見ながらやっている姿はものすごくおもしろい。

しかし今はまだその前の番組を放送していた。

首相がマイクの束を前に官邸で記者発表している最中だった。

『助けられる命を無下にすることはできない。かといってポーションを寄越せというのは、それを命がけで採ってきた探索者の権利が阻害される。ポーションを調合することができる人間を薬剤師の中から見つけているのが現状ですが、これからはもっと、一般人の希望者にも受験資格を与え、ポーションの数を増やすことも決定しました。数が増えれば、AEDのようにたくさんの場所に備えておけますし、ここまで高額にもならないでしょう。医療は、幸運な奇跡や財力で左右されるべきものではないのです』

皆でそれを見ていたが、チビは、

「昨日電話でフミオが言っていたことか」

と言い、ガン助が、

「パクってやんすね」

と言って、幹彦がたまらず噴きだした。

まあ、いいけどね。

画面はスタジオに変わり、アナウンサーがスタジオ内のフリップで説明を始めた。

それによると、今後は全てのドロップ品は一旦協会カウンターで申告することを義務付ける。魔石は今まで通りに国が買い取るほか、ポーションも協会が買い取ることとする。ただしとってきた探索者本人はその一割をその価格で買い取ることができ、不測の事態に備えて持っておけることとするが、この予備の数は踏破している階数によって今後協会と協議して決めることとする。ただし、探索中に使用しなければいけない事態に陥った場合はこの限りではないが、後で報告しなければならない。

ダンジョンで魔物からドロップした肉類などの食品も協会が買い取ることとするが、探索者本人が二割までを同じ価格で買い取ることができることとする。

剥ぎ取り品――つまり倒した魔物を解体して出る有用な部位は探索者のものとし、不要なものを協会が買い取ることができる。

探索者が、同じ価格で持ち帰った食品やポーションを第三者に譲渡する場合、双方の氏名、理由を記して捺印をした書類を提出し、許可を得た上で、その分の税金を双方が支払わなければならない。

ポーションの使用は原則医師の診断の下に行われる。ただし、緊急時はこれを除外する。

そのようなことが書かれており、それをアナウンサーが読み上げていく。

「つまり、剥ぎ取り品以外のものは全てを申告しなくてはならなくて、そのうちの食品の二割とポーションの一部だけは探索者が申告した上で持ち帰ることができるんだな。それからお裾分けは、かなり面倒くさいみたいだよ」

要約してみれば、そういうことだ。

これで、一部の食品販売店や飲食店がしている探索者を使っての肉の仕入れなどができなくなり、ダンジョン産の食品を使いたければ、皆協会経由で買うことになるので、大きな店だけが有利になるということが防げる。

ポーションも、無駄に値段がつり上がることはなくなるだろう。

「まだ、これで全て解決とはいかないだろうけどな。まあ前進だぜ。うちは肉はその場で解体できるから剥ぎ取り品扱いで全部持ち帰りできるな」

それを聞いて、チビたちは安心したのか揃って尻尾を振っていた。

そのうちに番組が終わり、待望の『朝ヨガ』が始まったので、チビたちはテレビの前でポーズを取り始めた。

第三章

トラブル・トラベル

一・若隠居の巨大ガニ討伐

ラドライエ大陸の旅も、かなり進んだ。

自然と各種族の集落をつなぐようにできている道を使って移動するのが基本で、時々横道にそれて魔物を狩ったり何かを収穫したりしている。

港町から山に入り、今はまた海沿いの村に辿り着こうとしているところだ。

山の上から見ると小さな湾になっていて、そこに建物が点在しており、小さな桟橋には小舟が並んでいる。間違いなく、漁村だ。

僕たちは近付いて行きながら、ワクワクと話をしていた。

「海の幸がありそうだぜ」

「ウニ、カニ、マグロ、エビだな」

チビがそわそわとしている。

「何がとれているかはわからないけど、魚とか貝とかあると思うよ」

言うと、ピーコたちもカバンの中で騒ぎ出す。

「海鮮丼みたいに色々のってるのがいい！」

「刺し身もいいっすけど、焼きとかフライも食べたいでやんす」

「ツウはアラ煮じゃの」

それを聞いて、僕も幹彦も、期待が膨らむ。

「もう、全部食べたいぜ。なあ」

「そうだよな。地元ならではの食べ方とかあるといいなあ」

言いながら近付いて行くと、潮の匂いがどんどん強くなり、それに比例してどんどんと期待が増していく。

さぞや活気のある雰囲気がと思いながら村に入り、そこで僕たちは首を傾げることとなった。

どの獣人も浮かない顔をし、溜め息をつく人もいる。食堂にいた漁師らしい男たちは、背中を丸め、やや下を向きながらアルコールのグラスを持ち、女性に溜め息をつかれていた。

「ああ、いらっしゃい」

僕たちに気付いて、女主人が声を出す。

僕たちは気を取り直し、彼女に訊いた。

「この子たちも一緒でいいですか」

「構わないよ。お兄さん、テイマーかい」

それで僕たちは空いたテーブルに着いて、壁に貼られたメニューの札を見た。

「いっぱいあるなあ」

焼き魚、煮魚、揚げ物、刺し身、定食、盛り合わせ、和え物。それも各々いろんな種類があって、店の壁をぐるりと一周している。

「どれも美味そうで迷うぜ」

「うむ。全部食べるのに何日かかるだろうな」

わくわくしながら言い合っていると、申し訳なさそうに女主人が言った。

「ああ、やっぱり、魚介類が目当てだよねぇ」

その言い方に、嫌な予感がする。

「え、あの……？」

女主人は溜め息をついて言った。

「ちょっと問題があってね。ここのところ、何も獲れないのさ」

僕たちは全員、「ガーン」という顔付きで女主人の言葉を聞いた。

「ああ、そうだ、ちりめんじゃこならあるよ」

「……まあ、魚だね」

「い、今のお薦めは、スライムゼリーと揚げパンと野菜がゆだよ」

「海辺の要素が全くねえぜ」

食堂にいた全員が重い溜め息をついた。


結局野菜がゆとスライムゼリーを食べて、僕たちはこの漁村の話を聞いた。

この漁村に住むのは熊人族や蛇人族など様々で、漁が好きという点のみが一致しているそうだ。

そういう村なので、村民も客も、派閥について争うことも、ハーフを差別することも厳禁だという。

一度目は注意だが、二度目は子供だろうと年寄りだろうと客だろうと、村から叩き出すのだそうだ。徹底している。

それというのも、漁は一緒に船に乗り込んで沖へ出て命を預け合うのだ。信頼できない相手と行けるわけもない。

そうしてこの村は、うまくやってきていたそうだが、この変化は二ヶ月ほど前に始まった。

ここの漁は定置網を仕掛けておいて引き上げるというやり方だそうだが、網が切られて獲物が獲れなくなったそうだ。

では桟橋からの釣りでせめて小魚をと狙ってみても、かなりの確率で糸を切られるらしい。

素潜りはどうかと試したところ、潜った人物は巨大な何かに腕を取られ、命からがら逃げ帰ることができたというが、それ以降、全く魚介類が獲れずにいるということだった。

「巨大ガニですか」

「そうだ。姿を見たのは一回だけだがな。いつもは人の頭くらいの甲羅のやつがうじゃうじゃと海底にいて、魚と言わず貝と言わず食い散らかして、網も切ってしまうんだ」

「まずあいつらを駆除しねえと」

「いや、あいつらを減らしたって、巨大ガニが子を産むだろう。どっちもやらねえと」

彼らは難しい顔で腕を組んで唸った。

どのくらいいるんだろう。一気に凍らせられる程度かな。

待てよ。僕は最大でどのくらいの広さを凍らせることができるんだろう。

僕も考えて、ううむと唸りながら腕を組んだ。

「とにかく、その巨大ガニってやつがどこにいるのか捜しに行くか。そいつを殺れば増えねえんだろ。だったら、それから片付けてまわればいいんじゃねえのか」

幹彦があっさりと言い、チビが、

「ミキヒコらしい意見だな」

と少々呆れたように言ってから、立ち上がってぶるぶると体を振った。

「そうとなれば、行くぞ。ボヤボヤするな。巨大ガニを倒してから雑魚ガニを倒して、それで飯なんだろう。早くしないと、かに味噌が遠ざかるではないか」

「うん。チビも相変わらずだよ」

僕は笑いながらも、

「じゃあ行こうか」

と立ち上がった。


そうして、小舟の上である。

「船酔いを克服しておいてよかった」

僕は心からそう思っていた。

ああ、風が気持ちいいと感じる余裕がある。

「わははは！　海はいいな！」

幹彦は船縁に片足をかけて、昔のジャケット写真みたいな格好をしていた。

「カニ味噌が私を呼んでいる！　刺し身も天ぷらも焼きガニもゆでガニも呼んでいる！」

チビはキリッとして船の舳先に立っているが、言っていることはただの食いしん坊である。

ピーコ、ガン助、じいは風で飛んでいかないようにカバンの中だが、さっきからずっと、かにの歌を歌っているようだ。

船の操船をする漁師が、

「兄ちゃんたち、大物だな」

と力なく笑っている。

と、その表情が引き締まった。

「そろそろ、目撃された海域だぜ」

船脚が落ち、僕たちは巨大ガニの姿を捜すように海面に目をこらし、幹彦とチビは気配察知を働かせる。

しばらくして、チビが小さく尻尾を揺らして言った。

「いたぞ――！」

見た目は何もない海面を、チビと幹彦は好戦的な目つきで睨んだ。

そこを見ていると、ぶくぶくと泡が立ち上ってくる。

「カニって、陸の上で泡を吹くんじゃなかったのかな」

「普通のカニじゃないからじゃないか。史緒、せこ――じゃなかった、小ガニもたくさん集まってるぜ」

セコガニと言おうとしたな。

「海面に上がってきて斬撃を飛ばして来る前に凍らせてくれ」

「わかった。どのくらいの範囲を凍らせられるかな」

だんだん泡が大きく、数が増えていくのを見ながら、僕たちは静かにその時を待った。

そして、幹彦が叫ぶように言う。

「水深一メートルから十五メートルに集中してるぜ！　今だ！」

「おう！」

僕はうきうきとして、魔術の規模を大きくするブローチも使って、遠慮無く魔術を放った。


そして、全員が沈黙していた。

「……ここは、北極圏か」

幹彦が言う。

「いや、まさか、こうなるとは……」

冷や汗が出る。

「活ガニのはずだろう、フミオ」

チビが尻尾を丸めてどこか寂しげに言う。

「ごめんって……」

海が、数キロの範囲に亘って凍り付いていた。

それを見る漁師たちも、別の意味で凍り付いていた。

「まあ、あれだ。瞬間冷凍で鮮度は抜群だぜ。な」

幹彦がそう言ってから咳払いをして、キリッとした顔をした。

「まあ、とりあえず回収しようぜ」

空間収納庫にカニや魚やエビを海水ごと収納した後で不要な海水だけを捨て去ると、無事に海産物のみが空間収納庫に残る。しかし巨大ガニは空間収納庫に入ることなく海中に残った。つまり、まだ死んでいないということだ。

「おお、いたぞ」

幹彦が楽しそうに海中を覗き込んで言う。

「怒ってるな」

チビも覗き込んで嬉しそうに言うと、二人で同時に振り返った。

「あいつは俺たちに任せろ、史緒」

「うむ。氷を割ってここまで上がってきたら、氷の上に飛び移って仕留めるぞ、ミキヒコ」

「うん。わかった」

僕はそう答え、頷いた。

「よし。甲羅は何か役に立ちそうだな」

「うむ。攻撃は斬撃と水弾らしい。弱点は腹と目玉だな」

そうして待ち構えていると、ミシミシという軋むような音がし始め、それがだんだんと大きくなる。そして、氷の破片をまき散らしながら分厚い氷の下から巨大ガニが飛び出して来た。

その直前に、幹彦とチビは船縁を蹴り、空中に躍り上がっている。

「おお！　大きいなあ」

巨大ガニの名に恥じない大きさのカニだ。甲羅の大きさだけで畳六畳分くらいはある。

種類で言うとワタリガニに近い。

「ああ、小さいのはズワイガニとかだったのに。タラバガニがよかったなあ」

僕は思わずそう言った。

それが気に入らなかったのかどうかはわからないが、巨大ガニは僕の方に向けて攻撃を放とうとしているように見える。

しかし、幹彦の刀が巨大ガニの腹を斬り、チビの爪が目を叩き飛ばした。

巨大ガニは無言で足をばたつかせ、割れた氷の上にひっくり返ってジタバタしていたが、幹彦が飛剣でもう一度腹を割ると、大人しくなって、動かなくなった。

「死んだ？　かにすき？」

「ああ、やりやしたね」

「これは、パスタとかが美味いかの」

カバンからピーコたちが顔を出して騒ぐ。

「よし！」

幹彦が握り拳を突き上げ、

「カニ祭りだぜ!」

と叫んだ。

村を挙げてのカニ祭りだ。一緒に凍らせた魚やエビ、小ガニもある程度出したが、ずいぶんな量だ。

「マグロとかカンパチとかイカとかタコなんかも泳いでいたらよかったのに」

それだけが残念だ。

「まあまあ。大漁じゃねえか」

幹彦はご機嫌だ。

「まあね」

「フミオ。小さいカニは、今度鍋とか刺し身とか焼きとかで食おうな」

チビは尻尾をぶんぶんと振っている。

それで、思い出した。

「こういう時、来そうなのになあ」

「何がでやんすか」

「トゥ――」

言いかけた時、誰かが空を指して何かを叫んだ。それで皆が空を見ると、ドラゴンが降りてくるところだった。

「ああ、あやつか」

チビがどこかガッカリしたように言う。

「トゥリスって、美味いものセンサーでもあるのか」

幹彦も真面目な顔で言う。

「確かに、うまいこと、ご飯や宴会の時に戻って来るんだよね」

僕は感心してしまう。

「セリフは多分、あれじゃろうな」

じいが言うのに、ピーコが続ける。

「お腹空いたー」

トゥリスは岩の向こうの地表近くで人化して着陸したらしく、無表情で近寄って来て、

「お腹空いた」

と、開口一番そう言った。

それに思わず噴き出す。

「想像通りだぜ」

「お帰り。さあ、食べよう」

どこに行ったのかと空にドラゴンの姿を捜す獣人たちも、目の錯覚と思い込むことにしたらしい。

宴会は、まだまだこれからだ。

色んな種類の海産物を食べながら、魔術って凄いとか、昔は精霊魔法が使えたのになどと話していた。

「精霊がいればねえ」

「そのためには神獣様が揃わないとな」

そんな話になった。

「今って、フェニックスとリヴァイアサンはいるんでしたよね」

そう訊く。

「ああ。あとはフェンリルとザラタンだけど、どうにか、ねえ」

食堂の女主人はそう言って苦笑しながら、

「まあ、それでも漁はできるし、美味しいものは作れる。別にいいよ」

と言って、大きな魚の塩焼きにかぶりついた。

「神獣かあ。興味はあるんだけどなあ。ザラタンっていうのが、どういうものか想像がつかなくて」

言うと、彼らはてんでに頷きながら言った。

「フェンリルやフェニックスと違って、ザラタンやリヴァイアサンは海の中だろ。姿をはっきりと確認できていないんだよねえ」

「デカいってことはわかってるんだぜ」

「まあ、大きなカメと聞いた事はあるな」

「あたしはウミへビって聞いたよ」

「ええっ。サイだろう」

そんなふうに宴は盛り上がり、僕たちは村を後にしたのだった。

二・若隠居のおつかい

進んできた道をそのまま歩き、僕たちは内陸部へ向かっていた。

そこにあった熊人族の集落に、最高のハチミツがあると聞いたのだ。

着いた熊人族の集落は、マスやヤマメなどの川魚の燻製も作っていたし、ハチミツを使ったお菓子やパンもあった。

ラドライエ大陸ではパンの実の中身をくりぬいただけのものを「パン」として食べているようだが、そのくりぬいたものにバターとハチミツを染みこませて、殻を容器代わりにしてそこに戻して焼いた物は、甘く、柔らかくなっていた。獣人は皆あの硬いパンを喜んで食べているのかと思っていたが、そうでもないようだ。

熊人族は穏健派で、僕たちが行っても友好的に迎えてくれ、居心地も良かった。トゥリスも珍しく、一緒にのんびりと過ごしていた。

そんないい集落で、生活レベルも低くないのに、なぜか集落の一部の住宅が激しく壊されたまま放置されていた。

「最近のようだな。まだ住人のにおいが消えていない」

チビがすんすんとにおいを嗅ぎながら言う。

「地震とか、手抜き建築とかかな」

太い柱も折れ、上からぺしゃんこに潰したような壊れ方をしている。

見ていると、熊人族が通りかかった。

「ああ、いたいた。なあ、あんたらって、冒険者なんだよな」

それに幹彦がにこやかに答える。

「はい、そうですよ」

そう聞くと、熊人族はホッとしてから、顔を引き締めた。

「じゃあ、集落から依頼したいことがあるから、族長のところに来てくれないか」

僕たちはどんな依頼かわからないまま、彼の後について族長の家へと向かった。

行くと、村の主立った人が集まっているらしく、真剣な顔でテーブルを囲んで会議をしていた。

僕たちもそこに加わるとハチミツ茶を出され、村長が話を始めた。

「実は、この集落は時々ドラゴンに襲われるんです」

お茶でむせかけた。

「若いドラゴンらしく、遊び半分のように家や我々を踏み潰し、ハチミツを舐めてどこかへ行くんです。それでまたしばらくすると、同じ事をしに来るんです。それで集落の場所を替えようとしたこともありますが、それでも集落を捜し当てて、やっぱり同じ事をするんです」

沈痛な顔と声で彼らはそう言った。

「ドラゴンは絶対的に強い。王者のように好き勝手に振る舞って、人を虫と同じくらいにしか考えていない」

他の熊人が言い、何かを憎んで睨み付けるような顔付きになった。

トゥリスは無表情のまま頷いた。

「ドラゴンはそんなもの。強いから、独り立ちできるようになったら基本一人。自分の興味のまま動くし、他の生き物は、人も動物も虫も変わらない。でも人は遊びの邪魔をするから、嫌う者もいる」

熊人たちは、まさかトゥリスがドラゴンだとは知らないので、彼女がドラゴンの心情を代表して語っているとは思ってもいないだろう。

「まさに、ドラゴンとはそういう生き物です。腹立たしい」

そう言って、族長はドンとテーブルと叩く。

トゥリスは何か言いかけ、結局黙った。

「それで依頼とは……」

まさかドラゴン退治だなんて言わないよな、と思いながら訊く。

「歴史書に、ドラゴンのうろこを唯一傷つけることができた剣と、攻撃に耐えることのできる盾が出てきます。ドワーフの作る特殊な剣と盾です。剣はあるので盾をドワーフに発注したいのです」

「熊人族はこれから忙しい時期に入るのと、そのドラゴンに襲われたときに少しでも対抗するためには、人数を減らせないんです。だから、村を代表して行く者が盾を持ち帰るまでの護衛と、素材集めの必要があったら協力してもらいたいのです」

確かに貴重な戦力を、ドワーフの所へ行くのにたくさん割くわけにはいかないだろう。

トゥリスの手前もあるので受けるかどうか迷ったが、どう考えてもそのドラゴンより熊人族に肩入れしたいので、依頼を受けることにした。

トゥリスも、

「別に構わない。討伐したっていい。私には関係ない」

と言う。

どこまで本心かわからないと思ったが、どうも本心らしいとわかり、それはそれで妙な気分だ。

明日の朝に集落を出発することになったが、トゥリスは夜のうちにどこかへ飛んで行ってしまった。

やはり思うところがあったのか、と考えてしまう。

「ドラゴンにドワーフか。ファンタジー感満載だぜ」

幹彦が明るく言い、僕たちは気を取り直して、代表のポポと一緒に出発したのだった。

同行しているポポは熊人族の族長の息子で、二十六歳だ。集落の防衛に残りたいと言っていたが、万が一の時には族長を継ぐ者が必要なことや、大金を持ってドワーフの所まで行って、偏屈なドワーフに盾を作ってもらい、それを無事に持ち帰るという大役は、やはりそれなりの者が行くべきだと言われて納得した。

ただ、早く早くと、気がせきがちだ。

それに合わせて、僕たちは急ぎ足でドワーフの下を目指した。

山を越え、谷を渡り、秘境と呼ぶべき大陸の奥地へと地図に従って進む。資源ダンジョンがこちらにもあるらしく、ドワーフの町はその資源ダンジョンのすぐ外にあるということだ。

幸いその町までは馬車が何本も出ており、スリや盗賊や魔物の襲撃にさえ気をつければ心配は無い。ポポも集落が心配ではあっただろうが、それなりに馬車旅を楽しむふりができる大人だった。

そうして馬車内での野営三回の後にその町に着いた。

昔は鍛冶をするドワーフは皆火の精霊と契約しており、品質もすばらしく、できあがりも早かったそうだ。

しかし精霊が姿を消し、ドワーフは自力で鍛冶をするしかなくなったが、そこで研鑽を積んで、再び品質をかつてのように上げることに成功したらしい。

そんな鍛冶の匠であるドワーフに武器などを依頼したいという人は多く、いつも商人や依頼人、武器を買いに来た冒険者などで賑わっているそうだ。

目指しているのは以前熊人族の宝となっている剣を作ってもらったドワーフの店らしく、ポポは看板を探しながら歩き、僕たちもそれに続く。

「ものすごく重くて頑丈なんだよ。人族とかは、使いこなすのは難しいんじゃないかな」

言いながらも、目は忙しく看板を探す。

と、やっと足を止めて、弾んだ声を上げた。

「あった、ここだ！」

看板は分厚くて硬い鉄板でできていて、そこに『モリムの店』と記してある。

「ドワーフか。会ったことないな。ワクワクするぜ」

「頑固な職人が多いんだよね。偏屈なのかな」

「酒好きの噂もあるぞ」

僕たちもドキドキしながら、ポポに続いて店に入った。

店の中には棚が並び、棚毎に、両手剣、ナイフ、槍、盾などと分かれていた。そして一番奥にはカウンターがあり、その向こうからは、金属を叩く大きな音がしていた。そこが作業場なのだろう。

ポポがカウンターで呼びかけてみたが、聞こえなかったのか誰も店に出てこない。

ふと幹彦が、カウンターの上に金槌と吊るされた鉄板があるのに気付き、

「これ、鳴らせって意味じゃねえかな」

と言いながら、金槌を鉄板に振り下ろした。

途端に鉄板がガタガタと揺れて、風鈴のようにその下に吊るしてあった金属片がぶつかってけたたましい音を立てた。

「鳴子か」

耳を押さえながら言うと、作業場の音が止み、のっそりと男が現れた。

小柄でずんぐりとしており、想像するドワーフの姿を彷彿とさせた。

ただし、ひげはない。

「ああ、何だ」

客商売という自覚がないような、「何をしに来た」と言わんばかりの顔付きだ。

ポポも気圧されたように口ごもるが、幹彦が愛想良く口を開いた。

「どうも。実はモリムさんに依頼したいものがあってお邪魔したんですが。モリムさんですか」

その彼は「面倒くさい」とありありと顔に浮かべながら、いやいや答えた。

「ああ、そうだが。今から手を離せんところに入るから、帰ってくれんか」

ポポは困ったような顔を強ばらせ、幹彦は朗らかに、柔らかい笑みを浮かべた。

「ああ！　その前にお目にかかれてよかった！」

「おい。聞いてるのか、若造」

じろりと僕たちを見るモリムに、僕は前職で知り合った、取っつきにくい刑事を思い出した。いつも不機嫌で、こちらが何か言う度に舌打ちをする人だったが、本当は涙もろくて被害者のことを考えて泣いてしまいそうになるからあえていつも不機嫌にしているのだとある時にわかり、苦手でなくなった相手だ。

元気にしているだろうか。

そう考えていると、ポポが頭を下げて大声でしゃべり出した。

「以前剣を作っていただいた、熊人族です！　お願いです！　盾を作ってください！」

モリムは顔をしかめて耳をほじり、嘆息した。

「熊人族ぅ？　盾ぇ？　今取りかかってるのは対フェニックスの剣だから、こっちの方がおもしろい。終わったら考えてやる」

それに幹彦は、すかさず言った。

「こっちは、対ドラゴンです」

モリムは耳をほじる手を止め、少し考えてから言った。

「ああ、あれか。ドラゴンの攻撃を盾でしのいで、巣から卵でも盗もうってはらか」

「違います！　ドラゴンが集落を襲ってくるので、何とか……！」

ポポが言うと、モリムはつまらなさそうな顔をする。

「ああ……ドラゴンのあれは、自然災害だ。諦めるしかねえな」

それに幹彦は、目を丸くして言った。

「俺たちは、きっちりと殺《や》る気だぜ。な、史緒」

僕も頷いて言う。

「もちろん。まだドラゴンは、食べたことがないからね」

それにチビも言った。

「うむ。焼いて、タレで食うぞ」

モリムとポポは目を見張って、僕と幹彦を眺めていた。

モリムは大笑いした後、

「気に入った！　いいぜ、おもしろそうだ。盾を作ってやろう」

と宣言した。

しかし、問題があった。素材だ。いくつか必要だが今はここにない素材があり、それを入手して来いということだった。

「ええっと。鉱石のアダマンタイトと、氷スズランのつぼみの中に溜まる液体、ドラゴンのうろこ、か」

メモを見て読み上げる。

「アダマンタイトは、そこの鉱山にあるのはわかっている。恐ろしく岩盤が固くて掘り出すのが大変なだけで、それさえどうにかなるなら、これは簡単だ」

幹彦がつるはしにしたサラディードでちょっと掘れば、出てくる気もする。

「氷スズランのつぼみって何だ？」

幹彦が訊くのに、モリムが答えた。

「極寒の山の頂上に咲く花で、つぼみの中には凍らずに水が溜まっているんだ。これは触媒として優秀だから入れるという意味もあるが、入れると氷属性が付く」

それを聞いた幹彦は、目を輝かせている。今度自分でもやってみる気らしいな。

「最後はドラゴンのうろこだね」

「ドラゴンのうろこは、上手く巣に入って採ってくるしかないな。砂浴びをする場所に行けばあるだろうが、見つかったらただじゃ済まんぞ」

モリムと同じようにポポも唸り、幹彦は目を輝かせていた。

「時間的にも急がないといけないしな。アダマンタイトの位置がわかっているなら、そっちをポポがやるのがいいだろうな。その間にドラゴンのうろこと氷スズランのつぼみをこちらで採りに行くのがいいのではないか」

チビが言いながらも、どこかそわそわと尻尾を緩く振っている。

こいつら……ドラゴンと戦いたいんだな、と僕にも嫌というほどわかった。

「まあ、それが妥当だろうな。それでいいか、史緒」

「いいよ」

まあ僕も、興味がないとは言ってない。

「決まりだな」

そうと決まればと、お互いに出発する。

ポポは頑丈なアダマンタイト専用つるはしを借り、坑道へと向かった。

僕たちもすぐに出発した。まずは気もそぞろになるから、ドラゴンからだな。

ドラゴンは巨体だ。その体は硬いうろこに覆われていて、圧力や熱にも強い。そして、ドラゴンの体自体が魔力を生み出しているとも推測されているそうだ。

そんなドラゴンだが、魔力が溜まりすぎるのも悪いらしく、たまに砂に体をこすりつけて余剰分の魔力を捨てるそうだ。それがドラゴンの砂浴びというものらしく、砂に残った魔素は徐々に時間が経つにつれて薄れていくらしい。

そんな事を調べた後、僕たちはドラゴンが砂浴びをした直後か、またはしそうなドラゴンを捜していた。

魔力量が異常に多くて動かない場所が砂場の可能性が高いということになるので、チビと幹彦が魔力をサーチする。

「あったぞ！」

幹彦が声を上げ、幹彦は前剣聖を倒して得た飛ぶマントを着けて飛び上がり、チビたちは合体して飛び上がり、僕は魔術で飛び上がり、幹彦の掴んだ高魔力の所へと急いだ。

砂漠の真ん中で、ドラゴンは体をくねらせ、尾で砂を巻き上げて自分の体にかけ、時々何かうめき声ともつかないような声を上げていた。

「あれって、風呂に入ってつい『あぁ』とか言ってしまう感じのやつか」

声を潜めながら幹彦が言う。

僕たちは近くの砂山の陰に隠れながら、砂浴びをするドラゴンを見ていた。

ドラゴンの魔術はヒトの魔術とは全く別物らしく、各々一つの属性の魔術に特化するらしい。

このドラゴンは赤竜の成体のようで、全身赤いうろこで覆われていた。調べておいた資料によると、火属性の攻撃をし、火属性の攻撃は無効化するという。

「最大出力の氷を僕とチビで叩きつけたらいけるかな」

そう言うと、幹彦はもうその気になって刀に左手をかけて立ち上がろうとする。

「いや。ドラゴンはそもそも魔術全般に耐性がある。効き目は落ちるぞ」

チビは獲物を狙う目をして答えた。

「もう。別のドラゴンなら丸焼きにしてやったのに」

ピーコが悔しそうに言うのを、ガン助とじいが、

「次は氷属性のドラゴンを狩るでやんす。その時は援護するでやんすよ」

「そうじゃ。睡眠ガスで眠らせるという手もいけるかもしれんの」

と慰めているのだが、うちの子たちは随分とドラゴンを殺りたがっている。

まあ、大国の王でも食べられないまま死んでいく人が多いというレア食材だ。かなり美味しいと文献に残っているだけで、以前から僕たちは、どうにかしてドラゴンを食べたいと言っていたのだ。

名声とか達成感とか素材とかそういうもののためではなく、食欲のためというのが僕たちらしい。

そんな事を考えていると、ドラゴンが砂の上で体をスッと起こした。

「おっ、終わったのか」

砂山の陰で僕たちは緊張した。

砂浴びの最中に近付くと、砂浴びに巻き込まれて、同じドラゴンですらもケガをしたり、幼いドラゴンだと死んだりすることもあるほど危険らしく、僕たちは砂浴びが終わるのを待っていたのだ。

砂の中に、剥がれ落ちたうろこがキラキラと光っているのが見えた。

これを素材にすれば防具や武器の性能が上がるので、もの凄い高額で売れる。

でもとりあえずはそれよりも、ドラゴンを食べてみたい。

「腕とかテールとか、肉質がしっかりしてそうだな。腹側は柔らかいのかな。顔は、アラ煮とかできるのかな」

「うむ。なるべく可食部は残したいな。どう攻めるか」

「ドラゴンと言っても、肺呼吸だろ。史緒がまず酸欠で失神させればいいんじゃねえか」

幹彦が声を潜めながら言うのを、意外だな、と思いながら訊き返す。

「幹彦が先に攻めてみたいのかと思ったけど」

「二回目はそうしたいぜ」

幹彦も、まずは食い気か。

作戦会議をしていると、ドラゴンは僕たちの気配に気付いたのか、こちらにギョロリとした目を向けて鳴いた。

「グギャアアア！」

それが戦い開始の合図となった。

ドラゴンを結界で囲み、酸素を抜き、それを維持する。でも、ドラゴンは大きく、力も抵抗する魔力も桁外れに大きく、楽ではなかった。

だがドラゴンは結界を破ろうと炎を吐き、それでますます酸素が減り、それがプラスに働いた。

「へへっ、悪いな！　美味しくいただいてやるぜ！」

ドラゴンが意識を完全に失ったので結界を解くと、幹彦がドラゴンの首まで飛んで、斬りつける。

その痛みにドラゴンは意識を取り戻しかけたが、反対側からチビが首を爪で切り裂く。

それで首は、骨と気管と食道を残して切れた。

「いかん！　ドラゴンの治癒機能が働いて傷が塞がってしまうぞ！」

チビが言うのと同時にドラゴンが怒って尾を振り回し、幹彦とチビはドラゴンのそばから飛びすさった。

「そうはさせるか！」

塞がろうとする傷に向け、カプセル型の魔術を撃つ。外を単なる魔素で覆った二段式の魔力弾で、着弾すると中に入り込み、そこで中に仕掛けていた本命の魔術式が解放される。魔力防御のある敵に有効な攻撃だ。

今回は中に風を仕掛けた。弾けたらそこで竜巻のようなものができるはずで、それで骨や気管、食道を切断できる予定だ。

「グギャアア⁉　ギャアアアア‼」

ドラゴンは苦しげにのけぞり、やがてその首がぼとりと落ちた。そしてそれに遅れて、その向こうにあった砂山が割れて崩れた。

「ああ……威力の調整が難しいなあ。やっぱり仕込むのは、爆発とか冷凍とか燃焼とかがいいかな」

僕は少し反省したが、皆で新鮮なドラゴンを取り囲み、歓声を上げた。

「ばんざーい！」

「夢のドラゴンステーキだぜー！」

「僕はローストドラゴンが食べたーい！」

「ドラゴンシチューがいいのう！」

「ドラゴンの唐揚げ食いたいでやんすー！」

「ドラゴンしゃぶしゃぶー！」

ひとしきり騒いで、はっと我に返った。

「忘れるところだった。うろこを採りに来たんだった」

「あ……」

僕たちはたった今の狂乱を隠すように、真面目な顔付きで咳払いをして、その巨大なドラゴンの死体と周囲に散らばったうろこを集めて空間収納庫や収納バッグに詰め込み始めたのだった。


次は氷スズランのつぼみだ。

それが生えている山というのは、辺境にある精霊樹から数キロ先にある。なのでとりあえず精霊樹まで転移し、そこから飛んで山へ行く。

荒涼とした大地に、ポツンと山があるのは妙な景色だった。その山の中腹には雪が積もっているらしいのが見えるが、山頂は雲に覆われていて見えない。

えっちらおっちらと登山する時間も体力もないので、このまま飛んで行く。

着いた山頂は雪と厚い氷が広がり、生き物の姿は見えない。

しかしその凍り付いた池の周囲に、雪にほとんど埋もれるようにして、小さな花とつぼみを付ける植物があった。

「あれか」

ベル形の花はまさしくスズランで、そんなに植物に詳しくない僕や幹彦でもわかった。

それでも異世界の植物だけあって、地球のスズランとは似て非なるものだった。

花の根元を掘り出そうと雪をかき分け、茎に触ると、花がしぼんで首を垂れる。つぼみが破れると、中から流れ出た液体は葉の上に滴り、なぜか煙を上げて葉が凍り付いた。

「うわっ！　これ、劇薬なんじゃないの？　もしくは液体窒素」

指に触れそうだったので、慌てて手を引っ込める。この程度の少量の液体窒素なら直に肌の上に垂らしても凍傷にならないが、反射的なものだ。

「どうやって採取すればいいんだ？」

幹彦は唸り、花をじっと見た。

「雪ごと大きく掘り返して収納してしまうとかかな。たぶん、振動とかに弱いのかも」

「うむ。こちらの大陸には、向こうの大陸とはまた違ったものがあるな」

チビも興味深そうに言って、ふんふんとにおいを嗅ぐように花のそばで鼻をうごめかした。

「じゃあ、やるか。そうっと、な」

幹彦と僕でやってみたが、気分は不発弾処理だ。慎重にもほどがあるというほど慎重になる。

それでも息を止めるようにして、花を何株か採取した。

「史緒。これ、地下室に移植したい」

「精霊王に言えば、喜んで極寒エリアを用意してくれるよ」

「ふむ。ミキヒコの鍛冶に役に立ちそうだな」

チビもそう言い、それで僕たちは、一気にドワーフの町まで転移で戻った。

ああ。帰りは楽でいいな。

「もう帰ってきたのか⁉」

案の定モリムとポポが目を丸くした。

「まあな。それより、そっちはどうなった」

集めてきた素材を出しながら幹彦が訊くと、ポポが頷く。

「ついさっき、戻ってきたところだよ」

モリムが集まった素材をじっくりと眺め、満足そうに頷いた。

「ああ、これでいけるぞ。質も分量も十分だ」

ポポはホッとしたように息をつき、モリムはもうほかの全てに興味を失ったかのように、素材を持って、いそいそと作業場に行く。

「できあがったら知らせる」

それだけは辛うじて言い残し、モリムは作業場に入ると、ドアをしっかりと閉めた。

「じゃあ、宿にでも入るか」

ポポはようやく疲れを感じだしたのか、肩をもみながら欠伸をかみ殺す。

「そうだな。そうするか」

幹彦が言うのに賛成し、連れだってポポが取った宿に行って、僕たちも一室取った。

この町はサウナが多いらしいが、サウナはチビたちが好まないので、日本の我が家の地下室温泉まで転移で入りに行き、風呂上がりに各々牛乳や生ビールを飲んでから部屋に戻った。

「はあ、やっぱり風呂はいい。しかも、風呂上がりは牛乳だな」

チビがごろごろと寝そべりながら言うと、ピーコは、

「わたしはイチゴ牛乳！」

と言う。

「おいらはフルーツ牛乳がいいでやんすね」

「わしは、コーヒー牛乳かの。でも、アイスもいいの」

ガン助とじいも言い、アイスは、バニラ、抹茶、チョコレート、イチゴ、ヘーゼルナッツなど、どれがいいか真剣に話し合い始める。

楽しそうなので放っておこう。

幹彦はウキウキとしながら、

「何がいいか。ナイフか、剣か。ああ、史緒のなぎなたの刃をそろそろ替えようぜ」

などと言っている。

ドラゴンのうろこは砂場で集めたものを数枚渡してあるので、ドラゴンそのものは僕たちでもらうことになっていた。それに、氷スズランも確保している。

「ああ、楽しみだぜ」

「そうだね。僕も、ドラゴン料理が楽しみだよ」

僕たちは、締まりなく笑い合った。


モリムから盾ができたと連絡があったのは、五日後のことだった。ドラゴン素材のほかにモリムの言うがままに高級素材を使っただけあって、注文を受けていたほかのものよりも早く、作ってくれたらしい。

受け取りに行くと、工房をあげて徹夜の末に作り上げたとかで、全員が目の下にクマを作り、ハイテンションだった。

それでもその出来は満足いくものらしく、ポポも決して安くはない料金に見合う出来だと興奮し、大喜びだった。

お互いに良い気分で別れ、僕たちは一路、熊人族の集落を目指した。

行きは心配そうな顔で余裕のなかったポポだが、帰りは上機嫌だ。

そんなポポをたまに出てくる魔物から守りつつ集落へ帰ると、集落は幸いにも、まだドラゴンの新たな襲撃に遭っていないようだった。

「ポポ、よくやった！」

「素材集めもやってくれて、ありがとうございました」

「襲撃に間に合ってよかったぜ。これで何とか攻撃を受け止めて、皆で殴りかかれば、どうにかかなる！」


集落の熊人族たちはそう言っているが、僕は内心首を傾げていた。

何とかなるもんかなあ。

道々ポポから聞いた話では、襲ってくるドラゴンは闇属性ということで、空中に黒い渦を発生させて、そこにこちらが射た矢や投げた石などを吸い込んでしまうらしい。

ブラックホールのようなものと考えればいいのだろうか。

あとは、爪による斬撃や尻尾や足によるなぎ倒しや踏み潰しらしい。

僕と幹彦とチビは、張り切って作戦会議をしている熊人族たちを横目に小声で話した。

「爪や尻尾をどうにか防げても、退却させるのは難しいんじゃないのかな」

「だろうな。ちょっと無理だと俺も思うぜ。チビからしたらどうだ」

「無理に決まっている。ドラゴンの大きさによっては、尻尾も防げるかどうか」

そうして、揃ってううむと唸り、もう少しこの集落に留まることにした。


その時は、意外と早くやって来た。

僕たちが集落に帰り着いた翌日、大きな強い気配が近付いて来ると幹彦とチビが言った——と思ったら、それが来た。真っ黒なドラゴンだ。

まだ若い個体と聞いていたが、赤竜より多少小さいかという程度で、爪の長さだけで一メートル近くありそうだ。首回るもしっかりと太い。

熊人たちは各々が武器を手にしてドラゴンを睨み付け、中でも一番体格のいい熊人二人が、片方が剣、片方が盾を構える。

ドラゴンはゆっくりとそんな熊人たちを余裕を持って見下ろしながら、集落の外れにある囲いの中に鼻先を突っ込んで、何かを舐めている。

「ああ！　またハチミツを！　巣ごと食うのはやめろ！」

一人が頭を抱えた。

「ワイルドだぜ」

「歯が丈夫なんだなあ」

「ミキヒコ、フミオ、そんなこと言ってる場合か。あれを舐め終わったら、こっちに来るぞ」

チビが冷静に言った。

「どうする。まずは熊人たちの様子をみるか」

「そうだな。頼まれもしないうちに手を出すのは、横取り行為と言われても仕方がないし」

そう言って、熊人たちを見守りながら、警戒だけはしておくことにした。

ドラゴンはバリバリと養蜂箱ごと噛んで、ぺろりと舌を出して口の周りをなめながら目をこちらに向けた。

「く、くそう！　いつまでもやられている俺たちじゃねえぞ！」

「おう！」

熊人たちは大きな声で気合いを入れるように声を出す。

ドラゴンはそんな彼らを眺めて尾を軽く振った。

その尾は緩く振られているようにしか見えなかったが、先頭で構えられた盾に当たると、盾を構える熊人をそのまま数十メートル吹っ飛ばした。

流石の威力だ。

しかしそれはわかっていたことらしい。

「おお、首も折れていないぞ！」

「流石だな！」

「よし、今度はこっちの番だ！」

叫びながら、一斉にドラゴンにかかっていく。

ドラム缶のような槌が振り下ろされ、厚みのある剣で斬りつけられる。だがどれもが、うろこに阻まれて傷一つ付けられない。

唯一集落にあった剣だけがうろこに傷を付けたが、うろこ一枚が割れただけで、ドラゴンにダメージらしいダメージはなかったように見える。

「だめだ、くそっ！」

下がって見ていた子供の熊人がそう言う中、ドラゴンに攻撃を仕掛けている熊人たちは手を止めずに、殴り、斬り付け、どうにかして一矢報いてやろうとしていた。

が、ドラゴンもダメージは無くともうっとうしいのか、次は熊人を踏み潰してやろうとでも思っているのか、体をぶるんと揺するように振った。

それで熊人たちは、

「うわあ！」

と声を上げて振り払われ、周囲に転がった。

「お父ちゃん⁉」

「きゃあ！」

悲鳴が上がる。

「さて。族長、いいですか」

「あのドラゴンに、俺たちが臨んでも」

族長は視線を忙しく動かし、言う。

「もう、討伐を依頼できるだけの資金がないぞ」

「いいですよ、その時はドラゴンをもらえれば」

言うと、幹彦は笑って頷く。

「ああ。十分だぜ」

それで族長は頭を下げた。

「よろしく頼みたい」

チビも大きくなってぶるりと体を振って言う。

「赤竜と食べ比べだな」

ピーコ、ガン助、じいも次々と大きくなる。

「楽しみ！」

「じゃあこれも、なるべくきれいに殺るでやんすね！」

「じゃあ、やるかの」

僕たちは食べる気満々で、前へ出た。


じいが霧のようなガスを噴射してドラゴンを包み込む。眠らせる効果のあるガスだ。

「む、いかんな」

だが、ドラゴンの近くに黒い渦が発生し、ガスはみるみるうちにそこに吸い込まれていった。

「あれが攻撃を吸い込む渦巻きだな」

「ふうん。あれがいわゆる闇属性の魔術か。攻撃もできるのかな」

そう言った時、渦巻きが僕たちの前に現れ、ぐんぐんと吸い込まれそうになっていく。

「巨大掃除機みたいだね！　ははは！」

「笑ってる場合かよ！」

僕は僕たちの重力を増すように魔術をかけて吸引に抵抗しながら、ドラゴンの足下の土を陥没させた。それでドラゴンの体が一気に沈み込み、高い位置にあった頭がすぐ目の前の高さになる。

その上ドラゴンはいきなり体が沈み込んだのに驚いたようで、渦が消え、ドラゴンも無防備に柔らかい喉元を晒している。周囲の土が邪魔になって手も動かせないので、爪の攻撃はこれで封じることができた。

それを確認した時には、もう幹彦やチビたちが飛び出していた。

ガン助は岩を吐いて右目を狙い、ピーコは火を吐いて左目を狙う。それらから目を守ろうとドラゴンはまぶたを閉じ、そのせいで接近する幹彦やチビに注意が行かない。

そういうところが、まだ経験の浅い若いドラゴンなのか。本格的に反撃されて危険な目にまだあったことがないのだろう。

チビが尾を氷浸けにして地面に縫い付ける。それを視界の端に入れながら僕は正面に回り、堪らずに開けた口の中に、爆発の魔術を放り込む。そして空へ逃れることもパニックになって思いつけないでいるドラゴンの首を、幹彦が魔力をまとわせた刀で一刀のもとに斬り落とした。

ズシンと地響きを立てて首が落ち、巨体が横倒しになる。

「ふう。経験のない若い個体で楽だったな」

チビが言って、「美味そう」と言いたげにぺろりと口の周りをなめた。

僕はとりあえず血抜きを急ぎ、その血液も高価なレア素材になるという話なので残らず集めておく。

レアなポーションなどの材料になるらしいが、ブラッドソーセージの材料にもなるからな。無論、赤竜のものも残さず集めて収納している。

「食べ比べ」

「食べ比べ」

「楽しい楽しい食べ比べ」

ピーコ、ガン助、じいは、楽しそうに歌いながらぐるぐる回っている。

「いやあ、楽しみだぜ」

「ラドライエ大陸に来たかいがあったな！」

僕たちはハイタッチをして、成果を喜び合った。

「史緒、これで防具を作ろうぜ」

今僕たちが探索、冒険の時に着ている服は、防具としての働きもある服だ。見た目は普通の服のように見えても、上級魔物素材をベースにミスリルやらたくさんの魔術式を付け加えており、物理耐性や魔術耐性の高さはもちろん、体温調節機能、湿度調節機能、防汚機能、破損修復機能まである、肌触りのいい特注品だ。

でも、その上級魔物素材も、ドラゴンには負ける。ドラゴンだと、上級というより特級だ。

「いいね。あ、こっちの黒い方がいいな」

「ああ。赤はちょっと派手すぎるからな」

幹彦も苦笑してそう返す。

「しかし、あれだ。こいつはまだ経験不足だったから簡単だったが、百年以上のクラスのドラゴンになると、こうはいかん。属性が違えば、また違うしな」

チビが真面目な顔で言うと、そばにいた族長が言い出した。

「我々もドラゴンに対抗するための剣と盾を手に入れたが、まだまだ修行が必要だな。一族をあげて取り組まなくてはな。もう一頭のドラゴンは、もう少し大きいからな」

それを聞いて僕は思わず言った。

「もう一頭ですか？」

それに熊人たちは頷き、悔しそうに口々に言う。

「二頭で順番に来てたな」

「ああ。ハチミツを巣ごと食って、またできた頃を見計らってもう一頭がな」

「順番にハチミツを食べる協定でも結んでいたのかもしれねえよな」

僕たちは顔を見合わせた。

大丈夫か、という心の中の言葉を出さなくても、幹彦も同じ事を思っているのがよくわかった。

その時、幹彦とチビが何かに気付いたように同じ方向を見た。

「何。幹彦、チビ、何。不安になるだろう」

僕はその予感が間違っていることを願いながら言ったが、現実は無情だった。

「大きな魔力のかたまりが接近してくるぞ」

「たぶん、ドラゴンだぜ」

全員が黙って同じ方向を見上げ、ポツンと浮かんだ点を見た。

その点はみるみる大きくなり、誰がどうみてもドラゴンにしか見えない形になっていく。もう、認めるしかない。

「もう一頭のドラゴンが来た！」

熊人たちは、叫んで慌て始めた。

「どうする史緒」

「まずは引きずり下ろして、さっきの要領かな。手強そうだけど」

「ま、やってみるさ」

幹彦はあっさりと言って笑い、刀を構えた。チビたちも大きくなって身構える。

ドラゴンは先ほどのものよりも確かに大きいのが目測でわかるほどだ。

「やるしかあるまい。が、恐らくあの若造とは違う。あれには魔術は効かんぞ」

チビが言い、とりあえず僕と幹彦は攻撃を始めた。

黒竜は上空に近付きながら口を開け、何か攻撃するそぶりを見せかけていたが、幹彦の飛剣で翼に傷が付いたところで僕がそちらの翼側の上の空気を冷やす魔術、反対側の翼の下の空気を暖める魔術の二つをぶつけると、急激に発生した上昇気流と下降気流、ぶつかってできた乱気流にグラリと体を傾がせた。

魔術を防御されると言っても、周囲の空気には干渉することができる。重力だけが、相手を引きずり下ろす方法じゃない。

そしてドラゴンをはじめとする飛ぶ魔物は、翼の大きさと体の重さの関係、飛んでいる時の翼の動かし方を見るに、飛行機のように物理法則のみで飛んでいるわけではないようだ。でも反対に、魔術のみで飛んでいるわけでもないらしい。

恐らく、受けたことのない攻撃で驚いたのだろう。意外と効いて、墜落し始めた。

「やったか⁉」

誰かが弾んだ声を上げた。

「グワアアア‼」

しかし、怒りまくったドラゴンの声がその返事だった。

「あ、もう一頭きたぞ⁉」

誰かが言って空を指す。

白いドラゴンが高速で飛来してきていた。

誰もが絶望の表情を浮かべる。

「うむ。黒いのは戦い慣れていて手強そうなのに、もう一頭か。まずいな」

チビが冷静に言い、どうしたものかと忙しく考える。

が、次の展開に目を疑った。

白いドラゴンが黒いドラゴンに突き刺さるように突っ込んでいくと、二頭はもつれ合うようにして落下して行き、山の向こうに消えた。

「え……どうするの？」

ピーコがこちらを見る。

「えっと、そうだなあ。まあ、様子を見に行こうか。確認しなければ、どうすることもできないし」

言いながら幹彦を見ると、幹彦も迷っていたようだが、よしと頷いた。

熊人たちにはこのまま残っていてもらい、飛んで行ける僕たちだけで行くことにする。幹彦はマントで、チビたちは合体で、僕は魔術で。

「頼みます」

「同士討ちしていますように」

「弱っていたらどっちも討伐できるんじゃないか」

色々な声を背中に、飛んで行く。

山を越えて草原地帯に差し掛かるが、ドラゴンは見えない。

「あんな大きなもの、見落とすわけもないのに」

呟いた時、幹彦が指さした。

「いた！」

幹彦を先頭にして付いて行くと、僕にも見えた。

「何やってるの？」

トゥリスと青年が向かい合い、何かを食べていた。

そばに降り、一応訊く。

「さっきの白いドラゴンはトゥリスでいいのか？　で、黒いドラゴンはそちらでいいんですか」

近寄りながらよく見ると、二人はもぐもぐとシュークリームを食べていた。

「え。これどうする？」

幹彦も少し困ったように言うが、僕もチビたちも困っていた。何せトゥリスも青年も、ただ黙々と食べているだけで、答える気がないようだからだ。

しかしほぼ同時に食べ終わると、くるりと大真面目な顔付きでこちらを見てきたので、思わず僕たちは気圧されたように一歩下がった。

「もう、ない。前にもらったものを、仕方がないから分けてあげた」

トゥリスが無表情で言う。

「そ、そうか」

「美味かった」

青年が笑顔を浮かべて言う。

「それは、よかったです」

今ひとつ状況がわからない。

するとトゥリスと青年はまた向かい合い、トゥリスが大真面目な顔で言った。

「これでわかった？　人間は美味しいものを作る。だから襲ったらだめ。美味しいものが食べられなくなる」

青年は深々と頷く。

「よくわかった。確かにハチミツは甘くて美味いが、こちらの方がいいな」

「甘い物だけじゃない。まだまだナザイは甘い。私はもっとたくさん美味しいものを知ってる」

トゥリスが胸を張る。無表情だが、少し得意そうに見える。

「まだあるのか！」

トゥリスが頷くと、ナザイと呼ばれた青年も頷いた。こちらはもの凄くいい笑顔だ。

「わかった。人は襲わない。人化して食べに行った方がよほど有益だ」

それで僕たちは、集まってこそこそと言い合った。

「もしかして、トゥリスが黒竜のナザイにシュークリームを食べさせて説得したのか」

幹彦が「嘘だろう」と言いたげに言うのに、チビが少し嫌そうな顔で答えた。

「そうとしか思えん。あの男からは、黒竜と同じ魔力が漏れているしな」

それにガン助が、

「シュークリームを持ってて良かったでやんすね」

と言えば、ピーコが首を傾げた。

「この前のおやつ？　トゥリスがどこか行く前にもらったの」

「よく、残しておけたの。あのトゥリスが」

皆で頷いて、トゥリスを見た。

「説得のために残しておいた。だから、食べ足りない」

トゥリスがそう言って、おかわりを要求してきた。

「いやあ、今はないよ。お腹空いたんなら、ホットドッグならあるけど」

取り出すと、トゥリスだけでなく、ナザイもチビたちも目を輝かせる。

「わかった。わかったから。皆の分あるから」

幹彦も笑い出し、

「いやあ、腹減ったぜ。おやつにしようぜ」

と言うので、

「ソーセージと、ナスの照り焼きと、卵もあるよ」

と言いながらコーヒーやジュースも出し、締まらない終わり方だと思わず笑い出してしまった。

三・若隠居とエルフ

黒竜は白竜とケンカになって一緒にどこかへ行った、という報告を熊人族にして、僕たちは集落を後にした。

トゥリスとナザイは、砂漠のバラが美味しかったとトゥリスが自慢するとナザイが悔しがり、あそこに咲いているはずだと、あそこがどこかは知らないが、二人で文字通り飛んで行った。

「熱心だねえ」

「これは、エスカベル大陸に付いて来たがったりしてな」

僕と幹彦は笑い合った。

道なりに歩いて行くと途中に森があって、そこにはエルフの集落があるそうだが、熊人たちは皆真顔で、

「絶対に近寄らない方が良いぞ」

と言った。

ここまで会う人会う人皆が「エルフはやめとけ」みたいなことを言うので、ここは素直に近寄らないでおこうと皆で話し合った。

しかし、その森には虹色のウサギがいるので、それだけを狙うつもりだ。

「まあ、奥まで行かなければ大丈夫だろう。幸い浅い所にもいるみたいだぜ」

幹彦がそう言い、僕たちはこちらの大陸でツノカクシと呼ばれるウサギを探しに森に分け入った。

このウサギ、味が非常に美味しいらしい。しかも毛皮は虹色で美しいため貴族の女性たちに大人気で、角は透明でこれまた高級インテリアとして人気な、全身が王侯貴族や高所得者に狙われやすいウサギだ。

そのため、エスカベル大陸では乱獲されて残念ながら絶滅したらしいと聞いていたが、ラドライエ大陸では生息しているそうで、是非食べてみたいと考えたのだ。

幹彦とチビが「絶対に気配を見逃すまい」という気迫で気配を探り、ピーコとガン助とじいは、少し離れて飛びながら探している。

少しでもガサリと音がすれば振り向き、気配がすれば息を殺して身構える。

そうして真剣に探し回っていると、幹彦とチビが動きを止め、手振りで前方を示す。

木々の間に何かがいた。白いように見えたと思えば緑がかっているようにも見え、パールピンクにも見える。

それでわかった。レインボーラビットだ。

ずんぐりとした体は相撲取りの横綱が「はっけよい」のポーズをとっているくらいありそうで、

かなり重量もあるのはまちがいない。額に透明な角があり、木漏れ日を受けてキラキラと光っている。

かなり目立つ姿をしており、敵に見つかりやすいのではないかと思うのだが、レインボーラビットもそれに合わせた進化をしている。姿を消せるらしい。

ただ、攻撃の瞬間だけは姿を現す事になるとかで、エスカベル大陸の貴族は攻撃を受けさせる人間とその瞬間を狙う人間に分けて、乱獲したと記録に残っているそうだ。

その分毛皮はきれいには残らず、コート一着分をとるのに何羽か必要になったりして、効率が悪かったようだ。

今回は、毛皮を少しも損なわないように、遠くから先制攻撃を仕掛ける。

つまり、結界で囲って窒息だ。我ながらこれは便利だ。ただし体が大きく、しばらく時間がかかって暴れるといけないので、じいの眠りを誘うガスを注入して抵抗をなくす。

そうして首尾良くレインボーラビットを仕留めてそれを空間収納庫に収めると、その先にもう一羽発見した。なので同様のやり方で仕留め、空間収納庫に収める。

それで周囲にレインボーラビットの気配がなくなったので、僕たちは安心して笑顔を浮かべた。

「あれだけ大きいんだし、食べ応えがありそうだよな」

「美味いらしいしな。楽しみだぜ」

「からあげ、ソテー、シチュー、ハム。もう何羽か探しておくか」

チビがそわそわと周囲を見回して耳をピクピクとうごめかせ、

「ん？」

と声を上げた。

僕も気付いた。こちらに向かって走ってくる人がいるようだ。

「三人だな。どうも、一人を二人が追ってるようだぜ」

幹彦が言い、そう間を置かずに、走ってくる若い三人が現れた。

三人とも耳が長いが、兎人族ではない。兎人族なら普通の耳とウサギの耳が付いていたが、あの三人は普通の位置にある耳が長いのだ。

噂のエルフに違いない。

逃げてきた一人は女性で、僕たちの前辺りで足を止めて振り返り、剣を構える。それに対して、追ってきた男女二人も少し離れた所で足を止め、片方は細い剣を、片方は弓を構えた。

「こんな事をして許されると思っているのか！」

追われていた方が言うと、追っ手の方は、

「我々が再び栄光を手にするためだ！」

「どうしようもない半端者なんだから、エルフの役に立つなら本望でしょう」

と言い、矢を射かける。

それで戦闘が始まり、僕たちはどうしたものかと迷いながら、じっと隠れて眺めるかっこうになってしまった。

追われていた方は革の防具を着けており、剣は幅広の片手剣を使っていた。キリッとした美人で、女性ばかりの某有名歌劇団の男役スターでも務まりそうだ。

追っ手の男も革の防具を着けていたが、どこかひょろりとした優男という印象を受けた。だが、細い剣を、一応は扱い慣れているように見える。

追っ手の女は勝ち気そうで、以前ダンジョンで見たローブの三人組と同じローブを着ていた。弓を構え、矢を射かけている。

「計画をもらされて全獣人会議に邪魔をされるわけにはいかない。ここで死ね」

男が言いながら剣を構えて突っ込む。追われていた方が払いのけると、それを隙と見たか、追っ手の女が矢を射る。

その矢を辛うじて避け、男を女の方へと蹴り飛ばす。

「こんなことをしても、精霊は戻らないし、戻っても精霊が私たちを許さない！」

女の叫びに、追っ手の女が憎々しげに唇を歪める。

「精霊の助けを借りなくても魔法が使えれば問題はないのよ」

「だからって！」

「全てはエルフのためだ。エルフはかつての力を取り戻し、この大陸を統べるべきだ。なぜそれがわからない！」

男は言って、剣を構えて飛びかかって行く。

「脳筋女もそろそろ毒が回って来たんじゃないの」

それに合わせて追っ手の女は矢を次々に射かけ、追われていた女はその対処に追われた。

斬りかかられるその瞬間、僕たちは躍り出た。

「おおっと、助太刀するぜ！」

幹彦は男の剣を弾いた。

チビは唸り声を上げて追っ手の女を睨み、ピーコ、ガン助、じいは緩く追っ手の男女を半円状に囲むようにして間に入る。

僕は追われていた女に近づき、視る。軽いマヒが効き始めているようなので、解毒と、肩の矢傷の回復治療を行う。

「お前たちは何者だ⁉」

「旅の隠居だ」

男がそう言うので、答える。

「冒険者も兼業しているがな」

これで分が悪くなったと思ったのか、男女は舌打ちをして、素早く踵を返して逃げた。

女はそれを見て安心して気が抜けたのか、その場に座り込んだ。

「ありがとうございます……くっ」

それをとっさに支え、「じゃあこれで」といかなくなってしまったのを、僕はひしひしと感じていた。

女騎士のようなエルフはエラリィ・ヘインツと名乗り、その場で丁寧に頭を下げて礼を言った。

ある種、聞いていたエルフ像から外れている。

それが伝わったのか、エラリィは苦笑を浮かべた。

「どうも今のエルフの中心一派はああいう礼儀のなっていない連中で、ほかの獣人族の皆からは、かなり悪いイメージを持たれているらしいですね。まあ彼らからすると、私は魔法復活に興味もない脳筋の変わり者だということらしいですが」

いい機会だと思ったので、訊いてみた。

「以前竜人族の集落近くのダンジョンで、頭と胸にネズミを移植されたおかしな獣人と会ったんです。その彼は結局死にましたが、その時、彼を取り押さえようとしていて、僕たちに気付くと姿を消した三人組がいたんです。さっきの彼らと同じローブを身につけていたんですが」

エラリィは眉を下げ、溜息をついた。

「彼ら、懐古派でしょう」

そう言って、エルフの集落の現状を話し始めた。

エルフも精霊がいない今は魔法が使えないのだが、その中で、どうにかして魔法を使えるようにしようという懐古派と呼ばれるグループと、現状に合わせて生きていけばいいじゃないかという革新派に分かれているらしい。

懐古派の中心であるクレスト・フィードは族長の長男で、エルフが大陸の覇者となり、そのトップに自分がつきたいという野望を持っているらしい。

革新派の中心であるリイライ・フィードは族長の次男で、獣人とも仲良くするべきであり、人族とも仲良くしたいという穏健派でもあるらしい。

この二人は兄弟ではあるが、性格が反対で子供の頃から仲が悪く、もう百年以上、用事以外で口もきいていないらしい。

「ちょっと待った。百年?」

幹彦がたまらずといったふうに訊き返すと、事もなげにエラリィは答えた。

「あ、はい。クレスト様は百五十歳、リイライ様は百四十歳ですから」

訊いてはいけないと思いながらも、目の前にいるエラリィの年齢が気になっていると、チビが訊いた。

「エラリィ、お主も若く見えるが何歳なのだ」

「あはは。私は若造ですよ。ほんの八十歳ですから」

チビ以外の皆は呆気にとられていた。

「お恥ずかしながら、懐古派は、ハーフを使って非人道的な実験を繰り返していたようなんです。魔物は精霊なしに魔法を使えるので、それを利用すれば魔法を使えないかと」

僕たちは真顔になって訊き返した。

「それで、移植ですか」

「はい、らしいです。私もそれを知ったのがついさっきで、知ったことが見つかって、こうして追われていたんです。ただ急いでほかの皆に知らせないと、ほかにもまだ捕まった人がいたので……」

「それは大変だ。あんなものを移植されて、無事に生存できるわけもない」

埋め込むことそのものはポーションで強引にできても、拒絶反応が出て当然だ。恐らく日本なら中学生でもその程度のことは思いつくだろうが、科学、医学が発展していないこの世界では、知られていない知識なのだろう。

「幹彦」

「わかった。どうにか助けたいな」

エルフの集落に深入りすることが決定してしまった。


エラリィが懐古派の実験に気付いたのは、たまたまらしい。エラリィが日課である剣の素振りをしていた時、やたらとコソコソとしてどこかへ行く者を見かけたという。

ちょうどその人物の恋人がエラリィの友人で、つい最近彼女から、

「浮気されているのかも」

と悩みを打ち明けられていたため、これは浮気の現場かもしれないと思ったエラリィは、現場を押さえるべく後をつけたそうだ。

すると彼は古い建物の中へと入って行き、こっそりと付いて行った結果、秘密の実験室と捕らえられた獣人や小型の魔物を見つけたらしい。

そこで懐古派の連中に見つかり、追われていたということだった。

「ほかの種族と、人族もいました。へたをすると停戦協定破棄、また戦争ですよ。それも、エルフ

だけが敵になる形で」

エラリィは青い顔でそう言って、体を震わせた。

「とにかく革新派に言えば、動いてくれるはず」

そう言って、エラリィは僕たちを先導してエルフの集落に向かった。

僕たちはエルフに関わる気はなかったが、事情が事情だけに、とりあえず捕まっている人の救出をと、エラリィに協力することにした。

エルフの集落は、昔は結界で隠されていたそうだが、精霊魔法が使えなくなった今は結界も維持できず、ただの森の奥の集落になっていた。

「ここがエルフの集落かあ」

秘境には違いない。そう思えば感慨深い気がして、僕と幹彦はそろって見えてきた集落を見た。

木と鋭いとげのある蔓植物が木製の家が立ち並ぶ集落を囲み、その一部だけが出入り口のように途切れ、その両脇に高い木が門のように生えていた。精霊魔法が使えた頃に造った塀と門らしい。

不意に幹彦が足を止め、僕を制するように腕を上げた。

それで足を止めると、風切り音がして、足下に矢が突き立っていた。

「待って！」

エラリィが大きく腕を振って合図を送ると、門のような木の上から弓を構えたままのエルフが二人姿を見せた。

「マルタ、エルザ！　ちょうどよかった！」

エラリィは安堵したような声を上げて彼らに近寄り、これまでの経緯を二人の門番に話した。

「何だと⁉」

「間違いはないの？　いくら何でも、そんなことまで……」

「いや、あいつらはやる。こうなってしまえば、我々エルフだけの問題じゃない。リイライ様に知らせなければ」

門番二人も真剣な顔でそう言い、慌てだした。

「それで、彼らは」

そこでやっとこちらへも注意を向けた。

「私と彼らとのやりとりを聞いているから、流石の彼らもシラをきることができないだろうと思って」

エラリィがそう言い、

「急がないと証拠を消すとかするかもしれないから、とにかく私たちは先に廃棄されている礼拝堂の地下に行くわ」

と続けると、門番二人は、

「わかった。すぐにリイライ様に知らせて、皆で向かう」

「時間稼ぎしておいて」

と言って身を翻した。

「よし！　行くわよ！」

エラリィを先頭にして、僕たちは懐古派の実験室らしき場所へと向かった。

それはほかの建物から離れ、ポツンと立っていた。枯れた巨木のそばにある大きな木造の建物で、ツタに周囲を覆われ、外れかかった窓は板で打ち付けられている。

「昔、精霊樹が生きていた頃はこの礼拝堂も使われていたんですが、精霊樹がこの通り枯れてからは、ここに近付く者は居なくなったんです」

その建物と巨木を見ている僕たちの視線に気付いて、エラリィが小声で教えてくれた。

「ここは精霊と友誼を結んで加護を得るための場所だったんですが、精霊がいなくなっては、無用の場所ですので」

「そこでこそこそと魔法のための実験をしているとは、皮肉な話ですね」

エラリィは苦笑し、厳しい視線を元礼拝堂に向けた。

「じゃあ、作戦を――」

幹彦が言うのに被せるように、

「突撃！」

と言うやエラリィが飛び出していき、僕たちは呆気にとられてそれを見送ってから、慌てて彼女を追いかけた。

「まじで脳筋だな！」

幹彦は呆れつつも、にいっと笑う。

「内部の構造とか人数とか聞いてない！」

僕もぼやきつつ追いかける。

「フン。向かってくるやつが敵だろう」

チビがシンプルなことを言って歯を剥いて笑うと、

「敵なら倒せばいいでやんすね」

「捕まっている人は保護するんじゃな」

「がんばって燃やす！」

とガン助、じい、ピーコが言いながら追いかけるので、

「燃やすのはなしだよ。火事になるから」

と釘を刺しておく。何せ、木造だ。

中に入ると教会の礼拝堂のような広間になっており、奥に学校の教室にある教卓のようなものが置いてあった。

そしてその台の横にある床下収納庫の扉のようなものを開けて、エラリィが中へと入っていくところだった。

地下へ下りる階段があるらしい。

エラリィに続いて下へ下りる。

地下は地面を掘ったもので、床と壁は土で、滑らかに固められていた。精霊魔法が使えた頃の礼拝堂らしいので、魔法で造ったものなのだろうと、その滑らかさからも察せられる。

廊下が延び、その両側には格子窓のついた石のドアが三つならび、奥に半開きのドアがあった。

そこからは光と焦ったような声がいくつか聞こえていた。

飛び込もうとするエラリィを幹彦が無言で押さえ、黙るようにと小声で言う。

「ここがバレたんですよ！　どこかに移さないと！」

「いや、良い機会だ。このまま族長の交代を迫って、計画をエルフの総意とすればいい」

「それは、クーデターということですか、クレスト様」

「族長たちは、長く生きて変化を恐れるようになっている。このままでは、エルフは緩やかに衰退するだけだ。お前たち。俺に付いてくると言ったことに、間違いは無いな」

「もちろんです、クレスト様！」

ドアの隙間からそれらを聞いていた僕たちは、そっと頭をひっこめた。

「クーデターの決起集会じゃねえか」

幹彦が眉をひそめる。

「それも大変だけど、捕まっている人は、この部屋の中ですか。ここまでの小部屋にはいなかったですが」

正確には、いた形跡はあったし、死体ならあった。

「そうです。私が見たのは三人でした」

「よし。じゃあ今度こそ作戦を――」

幹彦が言いきらないうちに中から声がした。

「誰だ⁉」

「……立てようと思ったのによ……」

幹彦は嘆息し、ドアを蹴破るようにして中へ躍り込んだ。

余談ながら、手でドアを開けると武器を構える邪魔になるので、これが理にかなっているようだ。

「へっ！　貴様らに名乗る名はねえ！」

「通りすがりの隠居の冒険者だ！」

僕と幹彦は各々言いながら中に入ると、さっと部屋の中を見回した。

こちらに向かって武器を構えているエルフは二十人ほど。全員若く見えるが、それが年齢を推測する手助けにならないことはわかっている。

そして、椅子にぼんやりと生気のない顔付きで座っている人族に見える人物が三人。彼らは首にお揃いの太い首輪をはめられ、簡素で薄汚れた衣服を身につけていた。

その三人の背後に、エルフが各々一人付いている。

「クレスト様！　また戦争を始めるおつもりですか！　しかも今度は、エルフ以外の全てが敵に回りかねませんよ！」

エラリィがそう言うと、真ん中で守られるようにして立っていた人物が、唇の片方を引き上げて笑った。

「かつてのエルフのプライドを無くした革新派も、現実を見ない族長たちも、黙って大人しく見ていればいい！　我々の開発したこの魔法兵器で大陸を統べるのをな！」

そう言ってそのクレストと呼ばれた男は余裕の笑みを浮かべ、僕たちは怪訝な表情を浮かべつつも、警戒感を強めた。

ぼんやりとした人の背後につくエルフが、太い首輪に何か液体を注入する。すると首輪がドクドクと波打ち、それと同時に、首輪をはめられている彼らは目を見開いた。そして次に恍惚とした表情になる。

その彼らの背後から、エルフが彼らに命令を下す。

「そこの男二人の足に向かって風をぶつけろ」

言われた被術者は、よだれを口の端から垂らし、定まらない目つきのまま、魔術を放った。

弱い風ではあったが、足を斬りつけて動きを止めるくらいはできる強さだ。

それをキャンセルすると、隣は同じように命令されて土の弾を飛ばして来、その隣は風を放ってきた。

それらを全てキャンセルする横で、エラリィが叫ぶように言った。

「人族⁉　人族まで敵に回したのですか！　戦争になりますよ⁉」

クレストはニヤリと笑った。

「冒険者に死はつきものだろう。ここまで調べに来ることもない」

僕はその間、じっくりと視ていた。

「どうだ、史緒」

幹彦が訊くのに、答える。

「あの首輪は、トレントの一種を使ったものみたいだな。そのトレントのことは前に図鑑で見たけど、動物を捕捉して支配下に置き、夢を見ているような状態にするらしい。それでその動物に樹液を注入することで、養分となる獲物を捕らえさせたり、その支配下に置いた動物そのものの栄養を吸い取ったりする性質があるんだって」

エラリィがそれに驚いた顔をした。

「ブラッディトレント！　じゃああの注入した液体はブラッディトレントの樹液か！」

クレストは自慢げに笑った。

「魔物を植え付ける実験は失敗したが、これは成功だな」

幹彦は嫌そうに、

「やっぱりお前らの仕業か」

と言う。

「頭と胸に魔物を移植していたのは、頭と心臓のどちらで魔術を使うのかわからなかったせいですか」

冷静に思い出しながら訊く。

「そうだ。魔石は心臓の近くにできるが、考えるのは頭だろう」

そう言ったのは別のエルフで、彼が実験の主導者なのだろう。

「どれも皆、暴走するか、体に不調を起こして死んだ。それで発想を切り替えた。人族の魔法を使える冒険者を意のままに扱えればいいとな。どうだ。驚いただろう」

幹彦が怒りをこらえるようにして言う。

「ああ、驚いたね。とんだ外道だぜ」

「あなたたち、心は痛まないのですか！」

エラリィが叫ぶが、彼らには届かないらしい。

「これは単なる魔法を撃つ機械だろう」

「そうだ。風も水も火も土も、属性を揃え、数を揃えれば、ほかの獣人族にも人族にも勝てる！　ははは！　天才だろう！」

クレストはそう得意そうに言って笑い、こちらは苦いものをこらえた。

「吐きそうだな」

「ああ。こいつはのさばらせておいてはいけないヤツだぞ、フミオ、ミキヒコ」

チビが唸り声をあげながらそう言って睨んだ。

「そうはさせない！　こんな実験、許されません。精霊が、二度と我らエルフを許しませんよ！」

エラリィが言った時、背後から足音が響き、門番を先頭にして数人が走って来た。

「兄さん、これは看過できません。大人しく投降して、裁きを受けてください」

そう、門番の後ろから出てきた人物が言うと、クレストは顔をしかめた。

「いつもお前は……！」

そして唇をかみしめ、下を向いてから、肩を震わせる。

「いいだろう。次期族長として、族長と話し合いをしよう」

そう言いながら、こちらへ足を踏み出して来る。

ちらりと幹彦が僕に目を向け、それに僕は小さく頷いた。

わかっている。捕まっている人の解放のために、解析をしろってことだな。

そう考えて首輪の壊し方を考えていると、クレストがすれ違いざまに片手を上げるのを視界の端で見た。その直後、首に何かが巻き付いた。

「ん？　これは前にも似たような……」

「史緒!?　違あう！　試してみるなと言ったんだぜ！」

幹彦が叫び、チビが唸り声を上げるのが聞こえる中、僕の首に、前とはデザインこそ違えど首輪が巻き付いているのがわかった。

「あ、ごめん。興味がわいて」

てへ、と笑う。

「お前が魔術士だろう。はっは！」

クレストが勝ち誇ったような笑い声を上げ、首輪からは小さな突起が出て皮膚の下に潜り込もうとしているのを感じた。

なるほど、そうか。この小さな突起を捕らえた動物の血管に刺して、エンドルフィンに似た物質でも注入するんだな。

僕はそんなことを考え、ブラッディトレントの生態の一部を解き明かしたと静かに興奮していた。

恐ろしい植物だ。これは絶滅させてもいいくらいの木だけど、これも生態系にとっては必要な木なんだろうなあ。じゃあ、勝手に絶滅を目指すのはまずいのか。

しかし、うかうかと時間をかけるわけにもいかない。ブラッディトレントの支配下に入り、クレストの兵器になるわけにはいかないからな。

僕はプツリという小さな刺激と、やや酩酊したような状態になってきたのを確認してから、魔術を発動させた。

まずは異常状態の回復、次に指先から風で細いカッターのようなものを出して首輪を切断、最後に首の後ろの小さな傷を回復。

ここまで十秒弱だ。

「さあ、こいつらをたたきのめせ！」

クレストが言って、首輪に小瓶を近づけた時には、足下に首輪が落下して転がっていた。

「壊し方もシステムも解析完了だよ！」

「だから、まず体験してみるっていうの、やめろって史緒」

「全く。危機感がたりないのではないのか」

幹彦とチビがぼやくように言い、クレストが、

「え？　何で？　そんなばかな」

と呆然と立ち尽くす。

その間に次々と捕まっていた人の首輪を切って外して回るが、背後に立っていたオペレーター役のエルフは、幹彦とチビとピーコに威嚇されて、ただ突っ立っていただけだ。

それで首輪から解放された三人はぐったりとして眠りに入り、ガン助とじいの背中に突っ伏すような形になった。

「回復できるだろうけど、後遺症で、麻薬の依存症みたいなものが出ないといいけどな」

要するに、違法薬物、麻薬を注射されたようなものだ。これまでどのくらい注入されたのかはわからないからはっきりとは言えない。

「貴様ら！　な、なんてことをしてくれたんだ！　せっかくの実験体を！」

懐古派の一人が叫び、剣を振りかぶるのに、幹彦は、

「お前らが何してやがるんだよ」

と言い、刀を振る。

そこからは、乱闘だ。

「よいしょっと」

ガン助とじいに声をかけて部屋の隅に寄り、三人の回復を試みる。

ドッタンバッタンと背後がうるさいが、ガン助とじいも覗き込み、回復していく。

三人とも目を開き、一瞬僕たちを見て警戒したが、

「大丈夫ですよ。助けに来ました」

と言うと、警戒しながらも体を起こし、ガン助の甲羅とじいの殻にもたれかかりながら、背後で

幹彦やチビ、ピーコ、エルフたちが乱闘しているのを見て、理解したらしい。

「人族ですよね。何があったか、覚えていますか」

訊くと、彼らは溜め息をつきながら言った。

「エスカベル大陸から、こっちにしかない薬草を採りに来て、迷子を捜す依頼を受けることになって……そう、ケガをしている人を見かけて話しかけたあとから記憶がないな。ああ、失敗した。あれって罠だったんだな」

「そっちは。まさか、俺たちの捜索依頼なんか出てないだろう」

「通りすがりの、冒険者をしている隠居ですよ。成り行きで、ね」

僕が肩をすくめた時、

「へっ！　口ほどにもねえな！」

という幹彦の言葉と共に、背後のドタバタも終了した。


旧礼拝堂の地下牢に残っていた遺体は数体で、獣人のハーフのものと、人族のものもあった。人族に関しては冒険者の身元保証であるドッグタグを所持しており、身元がわかった。

ハーフに関してはわからず、港町に運んで心当たりのある人に本人確認をしてもらうことになるだろう。

生きて救出できたのはトレントで兵器にされていた三人で、多少の衰弱はあるが、こっちは自然と治っていくだろう。

懐古派は、最初はハーフを使って魔物を移植する実験をしていたが、その実験は失敗し、方向転換を余儀なくされた。

それで次に考えついたのが、ブラッディトレントの習性を利用したものだった。

しかしそれには、魔術を使える人族が必要だ。そこで懐古派は冒険者の中で魔術を使える者を探し、だますなどして拉致して、実験に使ったのだという。

「ケガのふりをしたりしてか」

チビがやや呆れたように言うのに、ガン助が嘆息して言う。

「時々テレビの時代劇で出てくるあれでやんすね。『持病のしゃくが』っていう」

それにピーコとじいもくいついた。

「ならず者に襲われたふりもあるー」

「時代が変わっても国が変わっても、そういうところは変わらんの」

幹彦も僕も、全くだ、と頷いた。

「エルフとしては責任を持って彼らを港町まで送り、関わったメンバーは厳重に罪に問うことになります」

リイライはそう言い、

「族長も、これからのエルフの進む方向性について、皆で考えようとおっしゃっています」

と続けた。

そして僕たちは、エルフの集落を出ることにした。

「いやあ、寄らないつもりだったのに。旅にアクシデントはつきものだよね」

お礼にと、エルフ自慢の百年物のアルコールと珍しい薬草を根ごともらったのでホクホクだ。非常に効能の高い霊薬といわれるような回復ポーションの材料なので、地下室で増やそう。

「でも、エルフって寿命が長いんだろ。二百年とかって。娯楽もそうなさそうなのに、よく集落にこもっていられるぜ。退屈にならないのかな」

「それを嫌がって外に出たがるエルフは変わり者って呼ばれるらしいけど、エルフはそういう、変化を好まない姿勢が染みついてるのかなあ」

言いながら歩いていると、視界の隅で虹色の何かが動いた。

「幹彦！」

「おう、いたな！」

「早速、極上ウサギのバーベキューと行くか」

チビも張り切り、皆で先の茂みを見つめた。

ガサリと草が動き、透明な角と、七色に変化する丸い大きな体が見えた。レインボーラビットだ。

しかし今回は、結界を張る前に気付かれた。

にらみ合い、どちらも動けないでいたが、先に動いたのはレインボーラビットだった。いきなり新幹線並のスピードで跳んで来て、どうにか避けたものの、代わりにレインボーラビットがぶつかった木はへし折れた。

「あっぷねえ」

レインボーラビットは振り返り、足をタシタシとさせていたが、再び跳んで来た。

今度はチビが、うさぎの顔面を殴った。

「プギイ！」

空気の漏れるような声を上げて脳しんとうを起こしたところを、幹彦がすかさず刀で首に斬り付ける。それでレインボーラビットはウサギとは思えない重い音を立てて地面に落下し、コロリと遅れて頭部が転がった。

「解体、解体！」

毛皮に傷を付けないためにも、ここは魔術での解体に限る。

重そうな内臓と肉、虹色の毛皮と透明な角とに分かれて目の前に現れる。いい加減見慣れたとは言え、不思議な光景だ。

「ようし、昼飯にしようぜ！」

すぐさま、毛皮と角はしまい、肉を切り分ける。その間にガン助はいい大きさの岩を出して積み、幹彦は焼き網と木炭をセットし、ピーコが木炭に火を付ける。慣れたものだ。

「む？　食いしん坊ドラゴンが来おったぞ」

チビが空を見て言うと、じいは、

「いつもいいところで来るの」

と笑う。

程なくして、少し離れた所に二頭のドラゴンが舞い降り、トゥリスとナザイの姿になって近付いてきた。

「ただいま」

「砂漠のバラを採ってきたぞ。しかしそれは何だ」

相変わらずだと、くすりと笑いがこぼれる。

「レインボーラビットのバーベキューだぜ」

そそくさとトゥリスとナザイも火の周りに座り、皆で円になる。

毛皮は光の当たり方で色を玉虫色に変えるが、肉は普通だ。しかし、味はかなりいいと聞く。

「タレと塩、好きな方で食べればいいからね」

言いながら、ふと思う。

「集落に二百年引きこもる生活よりは、こうしてグルメ漫遊生活がいいな」

「ああ。俺たちは隠居だからな」

「隠居と言えば、やっぱり諸国漫遊と相場は決まっておるからな」

幹彦とチビが言うと、ピーコとガン助とじいが、有名時代劇の主題曲を歌い出す。

「じーんせーいーらーくーありゃあ、くーもあーるーさー」

騒がしくも楽しい家族、満ち足りた毎日だ。

四・若隠居と竜宮城

ラドライエ大陸もそろそろ一周し、残るは内陸部だけである。

ほとんどはただの山や砂漠で、それらの一部は通ってきたのだが、一カ所だけ行っていないところがある。

大きな湖だ。真水と海水の入り混じった汽水湖で、日本ならスズキなどが期待できるのだがここはどうだろうと思っていたら、立ち寄った狐人族の村で、美味しい透明アンコウやウナギ、人魚もいると聞いた。

ウナギはヌルヌルしている上泥臭いと評判が悪いが、日本人にとっては、耳を疑う話だ。

ウナギは年々価格が上昇しており、ウナギでお腹いっぱいなど、子供の頃以来したことがない。

去年は幹彦とチビと一匹ずつ食べたが、ここで獲っておけば、嫌というほど食べられるだろう。

「家にいた頃は、家族で二匹を分けて食ってたからな。一人三切れくらいか、細切りにしてひつまぶしにしてたかだな。部長が昼飯に会社近くの割烹にうな重を食べに行って、俺たち下っ端は、『偉くなったらうな重』って言ってたもんだぜ」

遠い目をして言う幹彦の言葉が、少し涙を誘う。

「うん。たくさん獲って帰ろう」

「おう！」

チビは、

「茶色くて平たくて、甘辛いタレが付いていたヤツだな」

と言うが、チビはスーパーの蒲焼きになったものしか見たことがないな。

「生のは、ヌルヌルで、にょろにょろと細長いんだよ」

チビは考えていたが、わからないのか首を捻った。

「つかめるのか、それは」

訊かれ、僕も幹彦も思わず動きを止めた。

「……まあ、やってみよう。いざとなれば、凍り付かせるとかできるし」

捌けるかどうかはわからない。解体で、開きにもできるのだろうか……。

「とにかく、獲るぞ」

しかしその為には、準備が必要だった。何せ、水中だ。動きも呼吸も、僕たちには向いていない。

そこに気付いて考え込む僕たちに、狐人族の冒険者が教えてくれた。食堂で隣り合った席に座ったのだ。

「あそこに潜るのは水棲獣人がほとんどだけど、それ以外が行くなら、人魚の涙っていう装備品がいるぞ。買うなら魔道具屋だが、いつもあるとは限らないし、数も揃っていないだろうな。自分で調達するなら、湖底の土から顔を出したりひっこめたりするミミズみたいな魚の中からレインボーカラーのやつを探して獲って、それをエサにして大きな貝を捕まえるんだ。その中に丸い白い球が入っていれば、それが当たりだ。エサも珍しい上に、人魚の涙を宿している貝も珍しいからな。悩みどころだな」

それを聞いて、僕たちは唸った。

「どっちにする？」

「幹彦の強運は、どこまで通用するかな」

「ミキヒコが潜れるならエサはすぐに見つかりそうだが、そのためには人魚の涙がいる。難しいな」

「一つだけ買うでやんすか」

僕たちは悩み、教えてくれた狐人族の冒険者に礼を言って、食堂を出た。


まず湖底までギンポのような魚を捕りに行くのは、ガン助とじいに決まった。

カメとカイだ。呼吸や動きに問題は無い。

「頑張ってくるでやんす！」

「腕が鳴るぞい」

ガン助とじいは言いながら、ぽちゃんと湖に飛び込んだ。

「がんばれよー」

「待ってるぞー」

「しっかりなー」

「気をつけてー」

僕たちは口々に言いながらガン助とじいを見送った。

覗き込んでいると、水中を動き回る生物の影が見える。その多くは水中で暮らしている人魚とサハギンだ。

地球では昔から、絵本や童話に人魚というものが登場してきた。それによると、上半身がヒトで下半身が魚という姿だというのが共通しており、アニメでもそういうことになっている。

しかし、そんな日本の子供がこれを見たら、泣き出すのではないだろうか。

全身がうろこに覆われ、魚のような顔をしている。そこに両手、両足が生えており、こう言ってはなんだが、ちょっと怖い。表情がないのが原因だろうか。

サハギンの方も同じで、全身がうろこに覆われ、両手、両足が生え、魚のような顔をしている。

人魚とサハギンの違いと言えば、人魚がどことなくマダイを思わせる形と色をしているのに対し、サハギンはブリやカンパチなどのあおものを思わせる色と形をしていることだろうか。

「見なければよかった……」

僕も幹彦もガックリと肩を落とし、波打ち際から離れた。

「あれは食えるのか」

「やめて、チビ」

「丸焼きにして手足をむしれば魚だよー」

「やめてくれ、ピーコ」

僕と幹彦は、耳を塞いだ。

そうして僕たちは、ガン助とじいを待ちながら、普通に釣りをしていた。今日は僕もちゃんと釣れていて、幹彦共々なかなかの好釣果だ。六十センチほどのスズキに似た魚や、五十センチほどのチヌに似た魚、テナガエビも獲れた。

「今日は大漁だな！」

バケツを覗き込みながら言っていると、じいが慌てふためいて戻ってきた。

「あ、じい！」

「おかえりー」

「あれ。ガン助は？」

言う僕たちに、じいは急いでこちらへと飛んで来て、慌てふためいた口調で言った。

「大変じゃ、ガン助が大変なのじゃ」

僕たちは表情を引き締め、何があったのかを訊いた。

ガン助とじいは湖底まで潜って行き、湖底を見渡した。

起伏のある砂地の湖底には小さな棒のようなものが突き立てられ、波で自然に揺れていた。その棒をよく見ると、しま模様の細長い魚、ギンポのような魚だった。

どれもこれも白と黒のしま模様だが、よく見比べると、しまの太さが違っていたりしている。

だが探すのは、白黒じゃない。レインボーカラーだ。

目立つはずだが、と思ってもっと近付いて行くと、スッと穴の中に引っ込んで逃げてしまう。

「岩をぶつけて追い出すでやんすか」

ガン助は過激なことを言い出す。

「待て、待て。わしが誘いだしてみるからの」

じいはそう言って、ガスを出した。それは水の中に混じりこみ、穴の中にも入り込んでいく。

と、フラフラと穴から出てきたものがある。レインボーカラーのギンポだ。

「そうれ、今のうちに捕まえるかの」

夢を見ているかのようなギンポをガン助とじいは片っ端から捕まえ、じいの殻の中に入れておく。

「今度は、貝でやんすね」

「そうじゃな」

ガン助とじいは意気揚々と、貝のいる場所へと移動した。

じいがレインボーギンポを一匹だけ少し殻の外に出すようにして、岩に擬態したガン助の上で休む。

すると砂の下から、勢いよく突撃してくる二枚貝が出た。

「来たでやんすよ！」

ガン助は素早く頭と手足を出し、その貝を捕獲した。そして殻をこじ開け、中を確認すると、真珠のような白い球があるのが見えた。

「当たりでやんすね！」

「ほっほう！　最初からこれは縁起が良いの！」

ガン助とじいはその球、人魚の涙を外すと、再び「岩と、レインボーギンポをくわえて休憩中の貝」になって、釣りを始めた。

そうして外れの貝も引き当てながら、どうにか目当ての数だけ人魚の涙を手に入れたガン助とじいは、これでよしと、戻ることにした。

「帰ったら昼ご飯でやんすね」

「この貝も焼けば美味そうじゃの」

「バターとしょうゆでやんすか」

「たまらんのお」

そんな話をしていて、警戒感が薄れていたのかもしれない。

何かがすうっと近付いてきたと思った時には、ガン助は人魚に掴まれていた。

「離すでやんすよ！」

「暴れるな。この魔力、間違いない」

人魚はガン助を掴んだまま素早い泳ぎで逃走し、岩の隙間の奥に入って行ってしまった。

「こ、これは大変じゃ」

そうしてじいは慌てて浮上したのだった。

「つまり、人魚がガン助を拉致したんだな」

確認すると、じいは殻を激しく揺らして言った。

「そうじゃ、間違いない。岩の位置も覚えておる」

「よし、取り返しに行こうぜ」

幹彦がすっくと立ち上がる。

「人魚の涙は集めてくれたし、問題なく行けるな」

チビは歯をむき出しにして唸る。

「燃やし尽くしてやるんだから」

ピーコも殺る気満々だ。

僕たちは人魚の涙を各々メッシュの小袋に入れて首からさげて、魔力を通した。これでいいはずだ。

「よし。行こう」

そう言って僕たちは、勢いよく湖に飛び込んだ。

透明度は高く、これがただのダイビングだったら楽しかっただろうと思う。

呼吸すれば普通に空気を取りこめるし、動くのに水の抵抗はない。意識次第で、湖底を歩くことも水中を泳ぐこともできる。

これは便利だ。今後ダンジョンで水中の場所があったら、さぞかし重宝するに違いない。

僕たちはじいの先導の下、急いでガン助を連れた人魚が姿を消した場所を目指した。

「あそこじゃ」

じいが指す……ような気のする方向を見ると、岩がごろごろとある場所だった。その岩の中に、細い隙間がある。

「ようし。あそこだな」

幹彦が言った時、その隙間から小魚の群れが飛び出して来た。

「うわ、何だ⁉」

小さい魚とは言え、数が凄い。数百とかいそうだ。それが体当たりし、小さいながらも何か砂とか小石とか貝殻の欠片などを飛ばして来るのは、地味にうっとうしい。

「こやつら……！」

「邪魔ーっ！」

ピーコが火を吐くが、当然のように、不発に終わった。

チビが爪で攻撃をするが、敵の数が多すぎる。

「こいつら、人魚の手先かよ」

目を庇いながら幹彦が舌打ちして言うのを聞きながら、僕は低く笑った。

「じゃあ、情けはいらないよね」

水に干渉して水流を操り、大きな渦を作る。

そこに小魚は巻き込まれ、湖の水面より上へと巻き上げられていく。

「地上では、水面で竜巻が起こって吸い込まれた魚が陸に降り注いでいるだろうね。そういうニュース、時々あるよね。いやあ、この辺り一帯の家、どこも今夜は魚だな」

それを見上げてすっきりした僕は、

「さあ、行こうか」

と皆を促した。

隙間に近付く。

すると今度は昆布が素早く出てきて、巻き付こうとする。

「今度は昆布が大漁だぜ」

幹彦がそれを片っ端から斬り刻む。

次はカニがハサミを振りかざしてぞろぞろと出てくるが、チビが、

「カニは間に合っておる」

とにべもなくひとかたまりに凍らせ、背後に放り投げると、ピーコが足でガシッと掴み、くちばしで突き、とどめを刺した。

今度はもう何も出てこないようだったが、岩が扉のようにその先を塞いでいる。

「やってられないね」

指先から集束魔術を放ち、穴を開けた。

「行くよ」

そうして穴を開けながら進んでいくと、空気のある広い空間に出た。

「お、ボス部屋だぜ」

幹彦が言って刀を肩に担ぐようにして笑うと、固まってこちらを窺うように見ている人魚たちが

震えだした。

「待ってたでやんすよー！」

ガン助が、大きなテーブルサンゴにくくりつけられた姿で手足をばたつかせている。

「ガン助！」

「よくも私の弟分を！」

ピーコが毛を逆立てて怒ると、辺りの水温が上がった。

「ま、待て。我々はやっと見つけたザラタンを、神獣にしようとしているだけだ」

人魚が慌てたように言うが、僕たちは鼻で笑う。

「ガン助は、カメだ。ザラタンではない」

チビがそう言って大きくなると、人魚たちは腰を抜かしたように硬直し、慌ててグルグルと無意味に回り出した。

幹彦がガン助の拘束を解く。

「仲間を返してもらうぜ」

ガン助はいそいそとテーブルサンゴから離れた。

「嘘だ！　その姿、大きさ、魔力。ザラタンだろう⁉」

「いい加減にしないか！」

チビが一喝し、人魚たちは呆然としたようにふわふわと漂うばかりになった。

「神獣になると思ったのに……」

「いや、できるでしょう。大きな魔力があれば、ザラタンでなくとも」

人魚のひとりが言い、彼らは目に狂気を宿しかけたが、チビが前足を振って立派なテーブルサンゴを砕き、ピーコが空気中に出た部分の岩の壁を焼いて真っ赤にする。そしてガン助は岩を吐いて灼熱の壁にぶつけ、たたき壊した。

「神獣は、誰かの都合で作り上げるものではない」

チビが重々しく言うのを、人魚たちは震えて聞いている。

それを見て、

「帰るか」

「そうだな。帰ったら昼飯だぜ」

と、僕たちはそこを後にした。


戻る途中でウナギも透明アンコウも発見して捕まえることができ、よしとした。

湖の周囲には小魚が落ちてびちびちとはねており、たくさんの人がそれを嬉しそうに拾っていた。

「何があったんだろう。何か見なかったか」

訊かれたので、

「竜巻が水面で発生したんでしょうね。その場合、水中の生き物を巻き上げて、こうやって落下させるんですよ」

と解説してやれば、そうなのか、と感心したように頷いていた。

ついでに小魚も拾っておこう。開きにしてフライにするとか、南蛮漬けもいいし、一口にぎり寿司でもいい。

そうしていきなりの小魚拾い祭りも終わると、ふと、気になってチビに訊いた。

「そう言えば、ザラタンってどんなものなんだ」

チビは魚臭くなった前足の臭いをかいで嫌そうにしてから答えた。

「大きなカニとかカメとか諸説あるな。元々ザラタンにせよリヴァイアサンにせよ、広い海に住んでいるのに個体数は少なくて、目撃例があまりないのだ。だから、数百年前に見られたザラタンの姿も、よくわからんな」

魔術で水を出して皆で順番に手を洗いながら聞いていたが、幹彦がふうんと言いながら継ぐ。

「その種族中で、一番魔力が大きくて、神獣の資格があるって個体が、神獣になるんだったっけ」

「そうだな」

それで、思い出した。

「あれ？　大きな、カニかカメ？」

全員、それを思い出していた。

「大きなカニを討伐しちゃったよな」

チビ、じいの目が泳ぐ。

「ま、まさか、の」

「う、うむ。あの程度のやつだぞ」

「そうでやんすよ。ねえ」

ガン助もおろおろとしたように手足をばたつかせ、助けを求めるように視線を飛ばす。

「食べちゃった？」

ピーコが恐る恐る言い、全員、しばし動きを止めた。

ややあって、幹彦が復活する。

「気にするな。なあ！」

「そうだな！　もう食べたし、気にしない気にしない！」

僕たちは無理に明るく笑い、昼ご飯にすることにした。


そんなラドライエ大陸周遊の旅も、終わりになった。一周したからだ。

だからエスカベル大陸へ向かう船に僕たちは乗り込んでいる。

転移すれば早いのだが、大陸から大陸へ向かう船に乗る時と降りる時には名簿に名前を書き、チェックするのだ。一応は停戦中でしかない大陸だから、用心しているらしい。それで、戻る船に乗船した記録がないと不自然になるので、船旅で帰ることになったのだ。

「なんだかんだで、楽しかったな」

「ああ。いろいろと収穫もあったし」

入れた液体を出し続ける水筒や、人魚の涙、数々の食材。

トゥリスとナザイは、ほかのドラゴンに「ヒトは美味しいものを提供できるから殺してはいけない」と知らせて回っているらしく、港町でも人化したドラゴンが料理を食べに来ていた。

グルメ大使になったようなものだ。

「またそのうち、遊びに来ようか」

「そうだな。ドワーフの所とか、もう一回行きたいぜ。ゆっくりと」

「それもいいな」

依頼で、急いでいたからな。

次からは、最初から転移で行けばいい。

「ま、悪くない旅行だったか」

チビが言い、僕たちは並んで、小さくなっていくラドライエ大陸を見ていた。

第四章

怒りと祈り

一・若隠居と荒れる海

　というわけで、デッキでのんびりと潮風に吹かれながら、小さくなっていくラドライエ大陸を眺めているところだった。

「色々あったなあ」

「ああ。砂漠のバラが見られて、食べられたのはラッキーだったたな」

　幹彦が思い出すようにしながら言う。

「砂漠のバラの天ぷらが美味かったたな」

　チビがそう思い出すようにして言うと、ピーコやガン助やじいも口々に言う。

「シャキシャキの和え物も好きでやんすねえ」

「虎人族の集落の酒が最高だったの」

「最後にいっぱい拾った小魚、楽しみ！」

　それに、にこにことして答える。

「天ぷらもフライも干物も南蛮漬けもするからね」

「ウナギもたんまりあるのがまた嬉しいぜ」

　幹彦がわくわくとして言う。

それで、蒲焼きは背開きか腹開きか、先に蒸してから焼くか蒸さずに焼くかで悩み出し、チビの食べ比べしてみたいという要望に贅沢ながらもそうすることを決めた時、誰かの焦ったような声とガンガンと鳴らされる警鐘が響き渡った。

「敵襲！　乗客はすぐに客室へ避難してください！」

のんびりとデッキに出ていた乗客が慌てて客室へ引っ込む。

反対に、船員と乗り合わせた冒険者がデッキに出る。

「どこだ？」

広い海を見渡すと、船の後方にナブラのようなものが見えた。

ナブラというのは、海面近くに浮上した魚の群れのことだ。大型の魚に追われて小魚が逃げ惑い、海面がざわつくことを、「ナブラが立つ」と言う。

普通なら釣り師は張り切る場面だが、この世界ではそうとは言い切れない。

長い距離をずっと船を追っているというのは、この船をターゲットにして追う魔魚の可能性がかなり高い。そして船員たちは経験から、それが何か知っていた。

「あれはボウフィッシュだ。海面から飛びかかって来て、頭やら腕やらを食いちぎっていったりしやがる。木の板程度じゃ突き立って穴を開けちまうから、あいつらのせいで沈没する船もいる、厄介なやつらだ。上手くデッキに転がったヤツは、食うと美味いんだけどな」

近くにいた船員がそう教えてくれ、周囲は緊張しつつ硬い盾を構え、魔術士はいつでも魔術を発動できるようにと身構えた。

もちろん僕たちは、決まっている。

「美味いのか」

「そいつはいいことを聞いたぜ」

「フミオ、昼ご飯にボウフィッシュが食べたい！」

「どんな料理がいいのか楽しみでやんすね！」

「わし、天ぷらがいいのう」

「ボウというからには矢みたいなやつかな。だったら、カマスみたいな魚かな。それなら塩焼きとか開きにして一夜干しとかが美味しいかな」

当然、こうなる。

「いよっしゃあ！」

幹彦はサラディードを棒にして構え、チビたちも攻撃の構えを見せる。もちろん僕も、なぎなたを構えながら、目を丸くして見ている船員や冒険者たちに、

「盾を出す人以外は、落ちた魚を拾ってください」

と言っておく。

言い終えたくらいで、攻撃が始まった。

水面から、勢いよく棒のようなものが飛びかかってくる。

それを、殴ってデッキの上に転がしていったり、盾で弾いたりする。

転がったものを見ると、ヤガラという名前の魚に似た、確かに矢のように長細い棒のような魚だ

った。

「ああ。ヤガラに似てるな。だったら刺し身、塩焼き、煮付け、鍋、天ぷら、ソテー、味噌汁、何でもいけるな」

それを聞いた他の冒険者たちも、目の色が変わった。盾で突進を防ぐのは同じでも、受け流しの要領でデッキに魚を叩き落としていく。あるいは、剣で斬って外に落とすのをやめて、峰打ちにしてデッキに転がす。それを、拾う係の者が片っ端から袋へと放り込んで行く。

船の上で、漁が始まった。

幹彦は鈍器にしたサラディードで殴り、チビは爪を引っ込めた腕で殴り、ピーコとガン助は羽根と岩を飛ばして空中で失神させてデッキに落下させていく。じいは水流を操って、獲物を逃がさない構えだ。僕はなぎなたは長いので邪魔になると早々に振り回すのをやめ、氷をぶつけて失神させるのに切り替えた。

そうして全員がほぼ目的を見失った頃に、ようやくボウフィッシュの数が減り、飛んでこなくなった。

「もう終わりか」

残念そうにチビが言うと、

「いやあ、大漁じゃねえか。こりゃあ、今日の飯はボウフィッシュ三昧だな」

と船員が嬉しそうに言い、じいの、

「もうほとんどいなくなって、これでおしまいみたいじゃの」

という終了宣言を聞き、腕を空に突き上げて歓声を上げた。

「全員、拾え！」

船長の号令一下、全員が笑顔でまだ転がっているボウフィッシュ拾いを始めた。

「ああ。船旅っていいな」

僕も笑顔で、ボウフィッシュを拾った。


時ならぬボウフィッシュの大漁ゲットにより、船の乗員乗客に、ボウフィッシュ料理が振る舞われた。

こちらでは塩焼きや煮物、ソテーが一般的らしい。味噌汁や鍋物や刺し身やフライやムニエルは、持ち帰って家で作ろう。

皆で傷む前に食べる分以外は、収納バッグなどがあって保存できる人で分けることになったのだ。

僕たちが一部を開いて塩水で洗い、デッキに張ったロープに通して一夜干しを作り始めると、興味を持った人たちが教えてほしいと言ってきたので、その人たちも一緒に作って、デッキは今、たくさんのボウフィッシュが天日干しにされて、漁船かというようなにおいがしている。

「これを炙って食べると美味しいんだよなあ」

「ああ、ビール、いや、焼酎飲みてえ」

僕と幹彦がうっとりとしていると、チビたちはよだれをたらさんばかりになって、潮風にはためく魚を見ていた。

「襲撃が嬉しかったのは初めてだ。これならまた来てもらいたいもんだぜ」

船長はそう言って、僕たちも一緒になって豪快に笑った。


それがフラグになったのだとは思いたくはない。

次の襲撃は、乾燥させたボウフィッシュの一夜干しを取り込んだ直後に来た。

「何だあれは⁉」

突然現れた小島に、乗客が目を丸くした。

「クジラだ！」

船員が緊張して言った。

「クジラかあ。ホエールウォッチングとか人気だよな」

「そうらしいね。僕は見たことはないんだけど」

僕と幹彦は呑気に言いながら、クジラが少し離れたところで背を海面に出すのを眺めていた。

「あれは食えんのか」

チビが興味津々に訊く。

「数が増えてきた種類のものは、刺し身や竜田揚げや鍋にしたりして食べるよ」

僕が言うと、幹彦も続ける。

「ほかに、ひげや脂を使ったりな」

それで僕たちはホエールウォッチングとしゃれ込んでいたのだが、クジラがこちらに近付いて来ているらしいことにチビと幹彦が気付き、それどころじゃなくなった。

「そう言えば、クジラに衝突して船が転覆する事故が地球でも多発しているとか……」

思い出した。

「やばいんじゃねえのか」

幹彦も顔を引きつらせてクジラを見る。

こんな船がクジラにぶつかったら、ひとたまりもないだろう。

「それにしても、あいつもこの船を狙ってきているようだな。まさかとは思うが、あの人魚ども、懲りていないのではないだろうな」

チビが低い声で言い、僕も幹彦も真顔でクジラを睨んだ。ピーコとガン助とじいも、殺気を漂わせてクジラを見ている。

「氷で追い払う程度でいいかと思ったが、そうとなれば話は別だ。フミオ」

チビが言うのに、頷く。

「任せて」

海面に顔を出す度にグングンと近付いて来るクジラに、歓声を上げていた乗客たちも、今は不安の声を上げ始めている。

「よし、いくぞ」

僕は、クジラが顔を出すタイミングを見計らって、その魔術弾を放った。

それはクジラに飛んで行き、頭に着弾した。傷は小さく、肉眼では見えないくらいだ。しかしそこから内部に潜り込んでいくと、冷却を開始する。

素早く、脳、血液と冷却を開始し、クジラが内部から凍り付いて冷凍クジラになるのに、そう時間はかからなかった。

それを見届けると、魔術でクジラまで飛んで行き、クジラを空間収納庫に収納して船に戻る。

「どうせなら美味しくいただかないとね」

笑うと、幹彦も笑って海に向かって言った。

「そうだな。何度来ても返り討ちにして、端から食ってやるだけだぜ」

水面にわずかに映った魚にしては大きい影が、逃げるようにして深いところへ潜って行った。

どうも、人魚で決まりらしい。

「まだ来るかな」

そう言うと、チビが憤然と胸を張る。

「返り討ちにしてやるだけだ。で、それはどうやって食う」

それに幹彦は笑った。

「流石にここじゃ狭くて出せねえだろう。捌いて食うのは、船を降りてからだな」

僕たちは不敵に笑いながら海を眺め、心の中でクジラ料理に思いをはせていた。

次の襲撃はいつかと身構えていると、その日の夜だった。これまで昼間ばかりだったのだが、こちらの隙を突いたつもりなのだろうか。

客室でくつろいでいた時に幹彦とチビが何か大型の魔物の接近に気付いたので、奇襲のつもりだったのならそれは失敗に終わった。

「でかいぜ」

「今度は何だ。海中から近付いてくるぞ」

チビが言って、

「人魚の涙があるから、水中でも後れは取らんがな」

と犬歯をむいた。

後れを取るような襲撃はないと言っても、いつまでも襲撃を繰り返されるのはストレスだ。

「数は？」

訊くと、幹彦が、

「大きいのが一体だぜ。海だしなあ。イカとかウミヘビなんかが定番かな」

と笑いながらサラディードを手にして立ち上がった。

その時、船がグラリと傾いた。

「まだ距離があるぞ⁉」

チビが言い、

「足を船に巻き付けたのか」

と幹彦が言うのに歯がみした。

船体が傾き、そこかしこから悲鳴が聞こえる。

「行くぞ！」

チビが開けたドアから廊下に飛び出し、それに僕たちも続いた。

船を圧壊させるわけにもいかないし、急がないといけない。

よたよたしながら出たデッキは真っ暗で、海面すらもはっきりと見えない。

明かりをひとつ海上に撃ち出す。

するとそこに見えたのは、巨大で丸いフォルムの足の多い黒っぽい軟体動物だった。

「こいつ、イカじゃねえ！」

幹彦がそれを見て言う。

「タコだ！」

僕がその後を引き取った。

太い足は大人の腕でも抱えられないほどあり、それが船体に巻き付いて船は軋んでいる。それはまるで、船の悲鳴のように聞こえた。

「イカは大きくなるとアンモニア臭くなるらしいけど、タコはどうかな」

ダイオウイカは、アンモニア臭がきついと聞いた。

「さあ、食ってみればわかるぜ」

幹彦が飛剣を飛ばす。その足はぞろりと動き、別の足が代わりに船に巻き付いた。

ぬめりも厄介だが、足が八本もあるので、交代がきいて面倒だ。

それでも片っ端から斬ればいいと飛剣を飛ばすと、微妙に体を動かして角度を変え、刃がヌメリに邪魔されて弾かれる。

「一気にいくか。もう夜中だしな」

僕は海面から顔を出して墨を吐こうとでもするかのようなタコを見ながら、腕を上げた。

「タコをしめるならここ！」

目と目の真ん中の少し下に、集束魔術とビームを撃つ。

ただし、ハサミのように二本を交差させて、だ。それで腕を水平に少し動かす。ちょうどハサミをチョキンと閉じたようなかたちになる。

その途端タコは体の色を薄くし、足が力を失った。活き締め成功だ。

重力を魔術で操ってタコをだらんと持ち上げるようにして吊るし、頭をくるりと裏返すと、空間収納庫にしまう。

それと同時に、じいが水流を操って海面を持ち上げ、足つきのグラスのようなものを作り上げると、チビがその足とグラス部分を凍らせた。

その氷の巨大なグラスの中から、悲鳴があがった。

震えている人魚が数人、氷のグラスのふちにしがみついたりグラスの底に突っ伏したりして震えていた。

かわいそうという気は起きなかった。

「いい加減にしてもらいたいんですが。それとも、絶滅するまでかかってくるつもりですか」

最初から睨み合いもなんだと思って、形式的に笑顔を浮かべてそう言うと、人魚たちはガタガタと震えながら引きつけのような悲鳴をあげた。

「こっちとしてはそれでも構わないんだがな。食費が浮く」

チビが大きくなった姿で恫喝する。

「だけど、関係のない人にまで迷惑をかけるのは本意じゃねえんだよな」

幹彦が言いながら、サラディードを見せつけるようにして肩に担ぐ。

「焼き魚？」

ピーコが言いながら空中から睨み付け、

「叩いて味噌を混ぜた料理もありでやんすね」

とガン助も空中に浮かびながら正面に陣取って睨み、

「人魚のなめろうじゃな」

とじいが事もなげに言う。

それで人魚たちは、半分が失神し、半分が泣き出した。

僕と幹彦は、少し脅しすぎたかと目で言い合いながら、嘆息した。

「えっと、神獣にしたいのなら、さっきのタコとかクジラでも良かったんじゃないんですか」

人魚の代表が泣きながら答えた。

「大きければいいわけではない。タコは大きいだけで魔力は多くはないし、クジラもそうじゃ。いや、そうです」

ガン助やチビたちに睨まれて、立場を思い出したようで、言い直した。

うんざりしたように幹彦が訊く。

「で、うちのガン助を拉致して、取り返されたから、もう一度拉致し直そうっていうつもりか？　それとも、俺たちに復讐しようという気か？」

人魚たちはチラチラと視線を交わし、恐る恐るひとりがそれに答える。

「その……不意を突いて仲間を消せば、と」

僕は大きく息をついてから、改めて人魚に言った。

「無理だとわかったと思います。それと、ガン助もほかの子たちも、別の役目を負っているのでこちらの神獣にはなれません」

「どうする？　まだかかってくるか？　だとしたら、こちらも全力で応えよう。絶滅する覚悟で来るのだな」

チビが大きくなってそう言いながら威嚇し、ピーコ、ガン助、じいも大きくなって威嚇して睨み付けると、人魚は流石に格の違いに恐ろしくなったのか、その場で這いつくばって謝りだした。

「も、申し訳ありませんでした！」

「二度と、二度とこのようなことは！」

チビはフンと鼻を鳴らした。

「今回は、なめろうの刑は勘弁してやろう。しかし、次はない」

そう言って氷を溶かして元の海水にすると、人魚たちは海にドボンと落下し、慌てふためいて深海へと姿を消した。

「まあ、あれだね。ザラタンが見つかるといいね」

少し申し訳なく思いながら僕は言った。

二・若隠居と嵐の孤島

人魚が姿を消すと、航海は穏やかなものになった。空は青く、波は高い。

ん？　高い？

そう言えば先ほどから、船がこれまでよりも更に上下左右に揺れている。

「あれえ。向こうの方、空に黒い雲がかかってるね」

そう言えば、チビはそちらの方を向いて鼻をスンスンとさせた。

「一雨ありそうだな」

すると通りかかった船員がそばで足を止めて呟いた。

「こりゃあ、まずいな。嵐が来そうだぞ」

そう言えば、台風の前のような風が吹いている。この世界では世界規模の天気予報や気象レーダーがないので、地球のような天気予報や台風接近情報はない。台風も、かなり近付いてからやっと気付くという程度だ。

「そういう時ってどうするんですか」

聞くと、船員は気楽そうに笑って答えた。

「心配いりませんぜ。こういう時は、ちょうど大陸の間にある小島に避難してやり過ごすってことになっていましたんで。小屋もあって、戦争前は人が常駐していたんですが、流石に今は無人島でね。風を避けることはできますんで」

その答えに少し安心して、僕が笑い返して空を見上げたら、黒い雲は、急速に広がって行く様相を見せていた。


夕食を摂ろうかという頃には波もかなり激しくなって、コップの水が飲めないほどになるどころか、椅子やベッドにいても転げ落ち、床に座っても寝ても、揺れに合わせて床の上を滑ってしまう有様だ。

最初は面白がっていた僕たちだったが、少しすれば飽き、早々に日本の家にしばらく避難することにした。

食事もおちおち摂れないし。

そうして、海鮮リゾットとアクアパッツァとサラダの夕食を摂り、デザートの抹茶アイスも連続ドラマも楽しみ、風呂まで入って、夜中過ぎに客室へと戻った。

その瞬間、船が持ち上がり、フワリと無重力になったかと思えば下へと急降下する。

「うわっ!?」

「俺、遊園地の空飛ぶ絨毯は苦手なんだよ！」

「何が起こってるんだ⁉」

じいもガン助もごろごろと転がり、ピーコは飛び上がるものの天井にぶつかりそうになったり床へ叩きつけられそうになったりし、チビと僕と幹彦は床に転がって床の上をザザザーッと転がされるがままになってしまった。

どうやら、日本に避難している間に、船は本格的に台風の影響下に入ったらしい。

「克服したと思っていたけど、吐く……」

「まずい、俺も何か気持ち悪いぜ……」

「しっかりしろ、お前ら！」

チビに叱られ、どうにか吐き気を我慢しながら廊下に出た。

ちょうど揺れの中を器用に走って来た船員が、そんな僕たちを見て波の音に負けないくらいに怒鳴るようにして言う。

「危ないからデッキに出ないでくださいよ！　できれば部屋の中で、万が一に備えて水に浮きそうなものを掴んでいてください！　もうすぐ小島に着きますんで！」

その言葉通り、しばらくすると驚くほど静かな海域へと船は入ったようで、凪の時のようにしか船は揺れず、あんなに大きかった波の音がやんでいた。

ほかの客室のドアも開き、ほっと安堵したような顔付きの乗客が顔を覗かせる。

「小島とやらに着いたのかな」

僕は言いながら、緊張をますます強めた。

「これ、小島というより……」

幹彦も、警戒感を強めて言う。

「ああ。気を抜くなよ。ここはダンジョンの中だな」

そう、チビが重々しく、ありがたくもない太鼓判を捺したのだった。


小島は三日月のような形をしており、その湾の中に入ると、驚くほど波が穏やかに凪いでいた。小島のほとんどは山になっており、湾に面した一部が砂浜になっている以外は、切り立った崖になっているそうだ。

その砂浜の真ん中に船が着けられるように人工の桟橋が造られており、船はそこに着けられた。見たところ、どこにも人影はない。

砂浜と山の境目辺りに小さい小屋が一軒立っていたが、戦争前はこれ以外にも小屋が数軒あって、ラドライエ大陸とエスカベル大陸の交易場となっていたそうだ。今も残っているのは管理人が常駐していた小屋で、戦争を機にここは無人島となって、お互いが領土と主張しながらも手を出せず、原則的に緊急事態以外は立ち入り禁止となっているそうだ。

緊急事態とはまさにこんな嵐や船の故障のことだ。

船に乗客と船員と半分の冒険者を残し、船長と冒険者の残り半分は船を降り、島に上陸した。

濃い魔素が満ちていることに、冒険者たちは経験から気付いて、警戒を露わにしていた。

そんな彼らと一緒に、とりあえず船の周囲から探ることになったのだ。

「あの管理人小屋にだけ、真水の湧く井戸があるんだが……」

少し心配そうに船長が言う。

ダンジョン化しているらしいというのは、皆に伝える以前に、気付いた冒険者が声高に叫んでしまったことで知れ渡ってしまっていた。乗客に勝手に船を降りて散策するなという注意が、反対意見のひとつもなく聞き入れられただけありがたい。

「真水が出るかどうかは大きいですからね」

僕は言いながら、周囲に注意を払っていた。

短い坂道の上に立つ小屋は風化した木製の小屋だが、一応、屋根も壁もドアも健在だった。そのドアが軋みながら開くと、テーブルが三つとカウンターがあり、一番奥に井戸があった。

石を積んだ円柱形の井戸で、井戸の上に木のフタがある。滑車はなく、足下のロープ付きの桶を使って水をくみ上げるようで、水面がどの程度かはわからずとも、重労働になりそうな予感がする。

船長がひょいと井戸を覗き、安堵したような声を上げた。

「ああ。水は涸れていない」

飲み水として変質していないかどうかは別問題だが、言いながら船長が汲み上げた水を視ると、真水と出たので、改めて、安全だと告げた。

「ふむ。水の心配はこれでせずに済むか」

チビが言い、冒険者チームが続ける。

「嵐が過ぎ去った頃を見計らって、ここを脱出すればいいんだろ。その間の食料なら、船の備蓄や、最悪でもこの島の動物や魔物で何とかなるだろ」

「この間のボウフィッシュもあるしね」

「干しておいて良かったなあ」

安堵したような雰囲気が広がる中、その辺に残った紙や本を見ていた僕と幹彦だったが、隣の管理人の居住用の部屋だったとおぼしき部屋へ入った僕は、それを見つけた。

「前任者かな」

それに、皆がぞろぞろと部屋を覗き、悲鳴をこらえたり足を止めたりした。

冒険者をしていて骸骨に悲鳴を上げるのは、新人以外にいないだろう。

木の椅子に深く座った姿勢の白骨死体は、男性用と見られる古ぼけた衣服を身につけていた。

そばに膝を突いて、軽く手を合わせてから診る。

「頭蓋骨と腰骨の形状からして、男性。頭頂部と歯の摩耗具合から見て、年齢は三十歳半ばから五十歳前後。ああ、食事事情からして、上限はもっと低いかもな。死因は不明。死後、少なくとも……十年以上だな」

硬いものを普段から食べる人は、当然歯の摩耗は大きい。この摩耗程度だと日本人の平均では五十歳前後だが、こちらの食生活では硬いものが多いので、それではかることはできない。

ほかに遺留品と言えば、膝の上に本のようなものがあったので、指の骨を折らないように気をつけながらそれを取り上げ、開く。

「日記帳か」

皆が興味深そうにこちらを見るので、終わりの方から読んでみた。

「最後のページは……はあ？」

素っ頓狂な声が出て、全員が軽く目を見張った。

「どうした、史緒」

「いや、最後のページが遺書になっているんだけどね。とんでもないことが書いてあるもんだから。

『ようこそ、呪いのダンジョンへ。この遺書を読んでいるということは、仕掛けが上手く作動したのだろう。帰れない絶望を思い知るがいい。そうして、故郷を思い、恨みながら、朽ち果てろ』」

それを聞いていた皆は、一拍置いて、

「はあ⁉　何だって⁉」

と異口同音に声を上げた。


しばらくして我に返った僕たちは、ほかに何か手がかりがないかと捜し回り、日記のそれより前の部分にも目を通した。

それによると、彼の名前はカイダリオ。クエントラという場所で暮らしていたらしいが、ある日勇者として突然異世界召喚されたそうだ。

呼び出したのはメトテラ王国で、当時は獣人との戦争のまっただ中で、背後からは元々険悪な仲だった隣国にも狙われ、かなり形勢が不利だったらしい。そこで禁忌と知りながらも秘密裏に勇者召喚を行い、一気に形勢の転換を図ったようだ。

しかしその矢先に獣人との戦争は停戦となり、それに伴って隣国も隙を突いて攻め入るということができなくなったので、勇者がお払い箱となった。しかも、異世界からの召喚がバレると大変なことになると、王国は密かにカイダリオを暗殺することを決定した。

カイダリオは、獣人に勝利すれば獣人の持つ秘宝で故郷に帰れると言われて信じていたのに、それが真っ赤な嘘だったことを襲撃のどさくさに知り、それ以前に、獣人が一方的に人族を襲っているというのも嘘だと知って愕然とした。そして、味方と信じていた王国の兵士に襲撃されて、辛くもこの小島に逃げ延びたという。

そこで、この湾内に一定以上の人数の乗った船が入ると発動してダンジョンとなる仕掛けを作り上げ、入り込んで来た兵士を片っ端から殺す事にしたらしい。

そもそも謎の塊であるダンジョンを造るなど、並大抵のことではない。そして、厳密に言えばこれはダンジョンもどきだ。数えるのも苦になるくらいの種類と数の魔術式を張り巡らせ、「ここに何者かが足を踏み入れたらこっちの魔術式が発動する」というように仕掛けを重ねていく。それで、現象だけを見ればダンジョンと同じに見えるダンジョンもどきこと人工ダンジョンを作り上げているようだ。

根気と時間と膨大な魔力と知識さえあれば理論上は可能だ。召喚された勇者として特別な能力と強い怨念じみた復讐心があればこそ、だろう。

解除の方法はコアを破壊することで、破壊するまでは、どうやっても脱出できないようになっているのだという。

「酷えな、メトテラ王国」

幹彦が吐き捨てるように言うと、船長が同じく吐き捨てるように答えた。

「停戦後すぐに内乱で滅んだってのも、天罰かね。いや、カイダリオってやつの呪いかもな」

試しにと湾の外に向けて幹彦が飛んでみたが、本当に壁のようなものに当たって、それ以上行けないようになっていたそうだ。

魔術を放って破壊できないかと試したが、魔術も魔力も、壁のようなものに吸収されて消えてしまった。

「これは、コアを破壊するしかこの島から帰る手段はないって事だな」

チビが言い、皆、重苦しい沈黙でそれに答えた。

「それならそれで、コアの破壊に向かう人員と船で待機しながら乗客を守る人員に分けて、動き出すしかないですね」

そう言うと、船長は嘆息して言った。

「わかった。一旦船に戻って皆にこの情報を伝えよう。それで協力を得ないと、騒ぎになるだろう。食料のことも、水のことも、コアの破壊に向かう人員のことも、決めることは山のようにあるな」

それで僕たちは、船へと向かって歩き出した。

僕たちの話を聞いた乗客たちは、驚きはしたが、腹をくくったらしい。

この船に乗るのはほぼ行商をしている商人か冒険者なので、どちらも、万が一のことは想定していたようだ。現代日本人には考えられないが、二百年程度遡れば、旅行というのはそういうものとされていたのだ。何かあればすぐに連絡できたり、遠距離でも短時間で安全に行けるのが当然という思いでいたが、それは恵まれたことだ。

それはともかく、コアを破壊しに行く人員を決めなければならない。

僕たちは旅の隠居を名乗っていたが、七大冒険者のうちの二人であるというのは、言わないまでもバレていた。チビたちを連れているのもあって、目立つらしい。

ほかの冒険者は、そこそこ強い者もいたが、チビが、

「船の周囲は安全地帯になってはいるようだが、その向こうにいる魔物を警戒しないわけにはいかんしな。それに、それを獲って食料にする必要もあるかもしれん」

というので、ここに残ることになった。

まあ僕たち以外がいると、連携だとか色々と面倒なことがあるので、いない方が気が楽だ。

「ふふん。私とピーコとガン助とじいもいるしな。心配はいらん」

チビが偉そうにと胸を張って言い、それで僕たちは早速山の中へ――いや、ダンジョンの先へと進むことになった。

水や食料を持って行くかと訊かれたが、断る。確かに試した結果、この島の外へは転移できなかった。なので、日本へ戻って料理をする、という手は使えない。それでも収納バッグや空間収納庫にはたくさんの食料があるし、現地調達という手もある。水も、魔力を込めれば湧き続ける水筒があるので、困ることはない。

テントや雨具だっていつも持っているし、準備に不足はない。

「じゃあ、行ってくるぜ」

僕たちは皆に見送られ、山の中に分け入った。


「しかし、カイダリオ？　彼の恨みも怒りも納得するけど、だからってこれはねえんじゃないかな」

幹彦は文句を言いながら、ブンブンと振り回されるトレントの枝を斬り飛ばした。

「一定以上の人数の船、ということは、兵士を乗せて運ぶのを想定していたんだろうけどね。もっと大型の客船だってできるかもしれないとか思わないのかな」

僕も言いながら、トレントを燃やし、飛んでくる実を叩き落とした。

チビたちもトレントを斬り、岩を叩きつけ、火で燃やして暴れている。

このダンジョンを進んで、今のところ出てきたのは、トレントや食虫植物などの植物系の魔物だった。まだ余裕がある。

もう動くものはないと確認して、転がった枝を拾い集める。薪にできるのはもちろん、太いところは木刀にも槍の柄にもなるし、幹だと家具や馬車の車体にもなる。

今回は薪にすることになるだろう。

「炭にしたら、備長炭を超えるらしいな」

幹彦が言うのに、ピーコが、

った。

「ヤキトリ、ヤキトリ！」

と騒いで、飛んでいたそこそこ大きい鳥の魔物を仕留めた。

これでヤキトリを食べたいということだろうか。

「流石はピーコでやんすね！」

ガン助が喜び、幹彦は苦笑を浮かべた。

「じゃあ、あと何羽か追加でいるな」

そうやっていつも通りに、僕たちは気負うことなく、それでも少しだけ急いで、奥へと進んでいった。

鬱蒼《うっそう》と茂る木々で薄暗い影になったところを歩いていると、幹彦とチビが何かが大量に群れになって近付いて来ると言ったので、全員で警戒して備えていた。

そうしていると、道が何だかモゾモゾとうごめいているように見えた。

「気のせいかな」

「いや、あれだな」

チビが少し憂鬱そうに言うので、僕も幹彦も目をすがめるようにして前方を見た。

それでやっとわかった。体長二十センチほどの小さいアリの大群が、道いっぱいに広がって近付いて来るのだ。ちょっと、ぞっとする光景だ。

「うわ、面倒くさそうだぜ」

幹彦が嫌そうに言い、チビが嘆息して頷く。

「その通り。ギ酸を飛ばしてきたり、骨くらいなら噛み砕いてしまうような丈夫な歯で噛みついて、肉を食いちぎるやつだ。あれの群れが通った後は骨も残らん。そのくせ外殻は硬いからきっちり関節を狙う必要がある。とにかく面倒で、私も、見つけても相手をせずに放っておいたくらいだ」

ガン助が、

「岩で閉じ込めるとかはできないでやんすか」

と訊くが、チビは首を振った。

「わずかな隙間から這い出てくるし、岩を砕いてしまうからな」

「燃やしちゃえば?」

ピーコが言うが、

「熱にも耐える。あいつらは溶岩の上でも平気だからな」

と信じられないことを言った。

「じゃあ、片っ端から正攻法でやるしかないようだの」

じいが言い、それを想像して全員でためいきをついたが、アリは目の前に迫ってきていた。

「仕方が無い。やるか」

幹彦が言って、僕たちはアリの大群に向かうことになった。

アリの巣ごと駆除する薬品とか、持っていれば効いたんだろうか。次はそういうのも空間収納庫に入れておこう。

そう思いながら、手当たりしだいにアリの首の付け根の関節を狙っていく。

ギ酸が飛ぶ前にしなくてはならないのが難点だが、ギ酸を吐く前に動きを止めて力むようになるので、意外とどうにかなった。

それでも辺り一面が黒く見えるほどのアリの群れだ。終わった時には精根尽き果てた気分だった。

「はあ、参ったな。ひとつひとつはたいしたことが無いのに、群れだと途端に難儀になる、見本みたいな奴らだったぜ」

幹彦が言うのに、深く同意する。

「さ、行こうか」

のんびりしているわけにはいかない。僕たちは先に進むことにした。

そうして歩いて行くと、どうも新たなステージに変わったらしい。生い茂った木々はいきなり消え失せ、辺りは一面の草原になった。

ラドライエ大陸のダンジョンでこれと同じような体験を初めてした時は、随分と奇妙に思えたものだ。しかしこれもダンジョンの不思議のひとつと言われれば、そういうものかで済んでしまう。

赤、黄、オレンジ、紫などのポピーに似た花が咲き、ピクニックでもしたくなるようなのどかな雰囲気である。

しかしここはダンジョンだ。どこかに魔物がいるのは間違いがない。どこにいるのかと探しながら歩いていると、咲き乱れる花の中に紛れ込むようにしていた何かが、ゆっくりと動くのが見えた。

大きくて、平べったくて、黒と白と黄色が入り交じったような何かだ。

「あ。ちょうちょ」

ピーコが言った時、それは羽を大きく広げて軽く飛び上がり、口元の長い管のようなものをくるくると巻き取るようにして縮めた。

大きさはともかく、それはまさしく蝶だった。

「一匹だな」

周囲を探って幹彦が言う。

よく見ると、蝶が留まっていたのは花ではなくイタチのような小動物だった。しかしその背中には小さな丸い穴が開き、体は干からびるようにしぼんでいた。どうやらあの蝶は、花の蜜を吸うのではなく、動物の血液を吸うらしい。

「燃やしておしまいにする？」

ピーコが張り切るが、慌てて止める。

「火は厳禁だからね。草に燃え移ったらあっという間に燃え広がって火に囲まれるって聞いた事があるから」

昔、河原で見つかった焼死体の解剖をしたときに、消防隊員から聞いた話だ。

「来るぞ！」

チビが言った直後、蝶は大きく飛び上がりながら羽を動かした。その羽からキラキラしたものが落ち、風に乗って広がりながらこちらへと迫る。

「何よ！」

ピーコがイライラとして言ったが、その風に中に巻き込まれ、次の瞬間、墜落した。

「わああ!!」

慌てて地面に激突する前に受け止めようとするが、近くにいたじいが素早くピーコの体を殻に乗せてそこから離れた。

「居眠りしておるぞ」

耳を疑ったが、そうか。

「あの鱗粉で眠らせて、管を刺して血液を吸うんだよ」

蝶は余裕を見せるように、ゆったりと宙に浮かんでいた。

そこから、もう一度羽を大きく動かそうとした。

「同じ手は食わないよ」

風を放ち、蝶の風を相殺する。その上で、威力を強めて暴風に巻き込み、蝶を地面に叩きつける。

同時に、鱗粉が散らないように羽を凍り付かせた。

「後は俺だな!」

幹彦は足をもがくようにしてうごめかせる蝶の胴にサラディードを突き立て、蝶は硬直したように一本の真っ直ぐな棒のようなものになった後で消え、ビー玉くらいの魔石と羽を四枚残した。

「羽?」

「何かステンドグラスみたいだなあ」

まあ一応ドロップ品だからと拾い上げ、収納する。

ピーコはまもなく目を覚ましたが、蝶の計略に引っかかったことに随分悔しそうに地団駄を踏んでいた。

「毒じゃなくてよかったよ。皆も気をつけていこうね」

言って、僕たちは足を進めた。

その後も僕たちは、色んな魔物に遭ってはそれを屠《ほふ》りながら進んでいった。

トレントや、子牛をまるごと呑み込めるような食虫植物や、種を飛ばして突き刺した相手で苗木を育てようとする植物が不定期で襲ってくる合間に、大群のアリや大群のヒルなどといった、単体ではたいしたことがないのに集まると面倒な相手というのが襲ってきた。

魔術で、一気に凍らせたり焼いたり吹き飛ばしたり叩き潰したりできるところはそれで片付けて、黙々と進んだのは、コアの破壊を急ぐせいだ。決して、面倒でうんざりしていたからでもイライラしていたせいでもない。

「コアってのはどこにあるんだよ」

その湖に辿り着いた僕たちは、辺りを見回した。ここは山の頂上といった感じのところで、広場のように開けていて、そこに直径十五メートルほどの湖があるばかりだった。

これまであった「次のステージへの通路」のようなものがなく、探ってみても、ここが最終地点のようだ。

「湖の底とか？」

湖のほとりにしゃがんで水面を見た。

凪いだ水面には青空と覗き込む僕の顔が映っており、透明ではあるのにあまり水中が見えなかった。

何か引っかかりを感じながらも、別のところを探ってみるかと立ち上がりかけた瞬間、水面の僕の顔がゆがみ、横に広がり、おかしいな、と思った時には後ろ襟をチビにくわえて引っぱられてその場から引き剥がされていた。

ザバァと湖水面が盛り上がって水の柱のようになったかと思ったが、よく見たら違った。プルンとしたゼリー状の巨大な何かが湖の中から姿を現したのだ。

いや、正確には、湖と思っていたがそのほとんどはこの巨大なゼリーで、水はほんの池程度の水量しかなかった。

「何だ、こいつ⁉」

少し離れた所にあるこの頂上の端から上空へと飛んで辺りを調べていた幹彦が、文字通り飛んで戻ってきた。

「スライムだな」

チビが落ち着いて答え、僕たちはそれを目を見開いて見た。

「スライム⁉」

「デ、デカイでやんすね」

ガン助が驚いたように言う。

色んなスライムがいるとは聞いているし、いくつかの種類は直に見たこともある。害のないぷよぷよも金属のように硬い球体もいたし、ゴミやトイレの処理をしてくれるような役に立つスライムもいれば、攻撃的で厄介なスライムもいた。しかしそのどれもが、大きくても直径一メートル以下という大きさだった。

「異常個体か？」

幹彦が言うのに、チビは体を低くして警戒しながら言った。

「国の存続を危うくするようなスライムもいると言っただろう。それがこれだ」

僕たちが揃ってそのスライムを見ている先で、スライムは体の動きを確認するかのように体をブルルンと揺らし、軽くゆらゆらと揺するような動きをし始めた。

「国の存続を危うくするって、ちょっと大げさなんじゃないのか、チビ」

大きいとは言え、これより大きい魔物はいくらでもいる。それこそドラゴンなんかは、大きさも攻撃力もこれを上回っているだろう。

しかしチビは、唸るような声を上げながら皆に警戒を促した。

「今は、目覚めたばかりなんだろうな。周囲のありとあらゆるものを取り込んで、際限なく大きくなっていくんだ、こいつは。転がって、それにつれて大きくなって、触れたものを根こそぎ取り込んでいく」

誰かの息を呑む音が聞こえた。僕のものだったのかもしれない。

「焼くとか、凍らせるとか」

ピーコが言うが、チビは首を振る。

「だめだ。こいつは大きいせいか攻撃がそもそも効きにくいし、おまけに回復が早い。それにあの体液は、聖剣だろうが魔剣だろうが軽く溶かしてしまうからな。物理攻撃すら不可能だ」

スライムの揺れが大きくなってきて、僕たちは、じり、と後ずさった。

「じゃあ、どうするんだよ。これまで、どうしたんだ、チビ」

「どこかの国はこいつに呑み込まれて消え、そのあとこいつは海に落ちてその後は不明だと聞いた」

「流石に海の水を吸収しつくすことはできなかったんでやんすかね」

「じゃあ、海にこいつを落とせばいいんじゃないかの」

「その前に色々と吸収して大きくなって、海に着く頃には、船の皆が逃げ切れないほどになっているかもしれんぞ」

相談している間にも揺れは大きくなって、今にもころりと転がり出しそうになっている。

「参ったな」

幹彦が言うが、本当に参ったよ。

三・若隠居とビッグスライム

スライムから目を離さないまま、チビに訊く。何となく声も潜めた方がいいような気がして、小さめの声だ。

「スライムということは、核を潰せばおしまいってことには変わりはないんだな」

「ああ。何か手でも考えついたか」

考えながら、思いつくままに言ってみる。

「例えば、表面からだけでも凍らせて、そこから薄く削いでいくとかは」

「ううむ。悠長すぎるな。凍らせる者と削る者が数十人ずついればましかもしれんが」

「重力で押しつぶすとか」

「飛び散った体液で周囲の人間がどうなるかわからん上に、ひょっとすると、飛び散った体液が触れたものを取り込んで、また大きなひとつになる可能性があるぞ」

「フミオのレーザーで核を狙うとかはどうだ。一点突破だし、物質でもないんだし」

幹彦も言うが、それには僕が首を振る。

「レーザーは液体の中では推進力が減衰するんだよ」

ガン助が勢い込んで言う。

「じゃあいっそ同じ液体ならどうでやんすか。水を細く、勢いよくして突き刺すような」

皆、その可能性を考えた。

「やってみるか」

チビの言葉に、作戦その一をスタートさせる。

「行くぞ」

「いつでもいいぞい」

僕とじいが水を細く勢いよくしたものをスライムに放つ。

スライムの表面に水流が突き刺さる。

しかしそこがぽよんとへこみ、次の瞬間には、内部に水が入り込んだ——かと思ったら、スライムが心持ち大きくなった。

「ストップ、ストップ!!」

「だめだ。これじゃあ、泥棒に追い銭だよ」

作戦は失敗した。

それどころか、その質量で動けるようになったのか、はたまたその刺激が原因か、スライムはゆっくりと転がり始めようとしていた。

「うわああ!!　まずい!!」

ガン助が岩をスライムの前に吐き出して障害物にしようとしたが、スライムはそれに一度はひっかかったものの、ゆっくりと乗り越えながらそれを内部に取り込んでいく。

「足止めもできないでやんすよ！」

飛剣を幹彦も飛ばしてみたが、表面にぼよんと当たって、揺れておしまいだ。

「くそ。いっそ、俺が中に切り込んで核を破壊するっていうのはどうだ。俺なら溶けても再生するだろ。たぶん」

何という恐ろしいことを言うんだ！

「馬鹿な事を言うなよ！　溶ける早さもわからないし、核の位置もわからないし、先に腕とか神経とかが溶けたら核を見つけても破壊できないだろう！」

そう言うと、幹彦は、

「たはは」

と笑って誤魔化したが、スライムが転がり始めたのを見て、

「あ、やべ」

と表情を引き締めた。

船の方向とは違う方へと誘導できないかと思ったが、ダンジョンの中だ。見た目の方向がその通りだという保証はない。

「これならドラゴンの方がましなんじゃねえのか」

「うむ、その通りだぞ、ミキヒコ！　よくわかったな！」

チビが褒めてくれるが、嬉しくない。

ゆっくりと転がるスライムを僕たちは焦った目で見ながら、とりあえずは重力をかけてその場に

潰れない程度に押さえつけて転がるのを止めた。

だが、永遠にこうしているわけにも当然ながらいかない。

「こんなピンチは人生で一番だよ」

「俺もだぜ」


ちょっと落ち着こう。

「核の位置がわかれば、まだやりようもあるんじゃないかな。それよりも、このスライムの中にダンジョンコアがあるのかな？」

それに、全員がじっとスライムを見た。

「スライムがコアを取り込んだのか？」

チビが疑わしそうに言い、

「いや、それならその時点でダンジョン化は解けているんじゃないのか」

と自分で否定する。

「じゃあ、カイダリオがスライムの中にダンジョンコアを仕込んでいるとか？」

幹彦が言うのに、ピーコが、

「溶けないの？」

と首を傾げる。

わからん。

「そもそも。カイダリオはどこでこんなスライムを手に入れたんだろう。これって、たまたまの産物じゃなくて、カイダリオの計画の一部なのかな」

言うと、皆が考え込む。

「ここに私たちが辿り着いたのを見計らったように動き出したしな。自然発生ではないだろう。カイダリオは、軍の兵士が、もっと言えばメトテラ王国の兵士がここに上陸したら全滅させようと目論んでダンジョン化計画を立てたんだろう。滅ぶ以前はメトテラ王国の領土だったらしいからな、この島は。ならば、ダンジョンコアを見つけて先に壊されれば困る。ならば、このスライムがカイダリオの用意したものであるというのならば、中にダンジョンコアを隠すのが一番安全だろうな。まあ、その憎いメトテラ王国は滅んでいたんだがな」

「仕掛けの発動を待たずに滅んでいたんだ。皮肉な話だぜ」

話している間にも、スライムはプルプルとしながら少しずつ触れている地面を取り込んで大きくなって、どうにか動き出す隙を窺っているように見える。

「試しにちょっと探ってみるか」

言って、幹彦とチビはスライムを真剣な目でじっと凝視した。

そして、ほぼ同時に飛び上がる。

「大きな魔力の塊が二つあるぞ！」

「片方が核で片方がダンジョンコアだぜ！」

だとすれば、それを壊せばスライムもダンジョンもカタが付くな。

そして、その方法をと考え、振り出しに戻る。

「やっぱり、フミオの全力ビームが一番じゃないか。その際、撃ち込む場所を私が凍らせば威力は保てるんじゃないか」

チビが考えながら言い、僕も考えてみた。

「そう言えば、全力のビームはやったことがないしな。やってみるか」

作戦その二が決まった。

「核とコアの位置ってどこ？」

訊くと、それもそうだと幹彦が頷いた。それで、チビが表面を浅く凍らせ、幹彦がビームを撃ち込む位置に画鋲をさして印を付けた。収納バッグに色んなものを入れていてよかった。

それが済むと、幹彦たちは少し離れ、まずチビがスライムを凍らせていく。凍ってもスライムが内部から溶かそうとするのでイタチゴッコでしかないが、元々凍らせて倒すのが目標ではないので、別に構わない。

魔術の威力を上げるブローチに魔力をかけ、集束魔術の威力を高めていくと、凍り付いたスライムの表皮に刺した画鋲目がけてそれを放つ。

眩しいとも、大音量に翻弄されたとも、何とも表現に困るものだった。

しばらくした後、体中の力が抜けたようなだるさと微かな頭痛がして、自分がぼんやりとした感じになった。

どうなったのかとスライムを見ると、地面を吸収して大きくなったスライムだが、相変わらず地面に張り付いたような形で広がっていたが、ぶるんと体を揺らすと、元に戻った。小さな穴が開いていたが、それも塞がってしまう。

「核とコアを内部で移動させたんだな、くそっ。弱点が動くってずるいな」

悔しがる幹彦だったが、僕はそれを見て考えていた。

「確かに、傷の修復が異常に早いからダメージを与えて核のある中心部まで到達させるのは難しいみたいだけど、一応中に攻撃は入ってるよな。だったら、内部から攻撃すればどうにかなるかもしれないぞ」

チビが気付いたように言う。

「魔力弾か」

「ああ。あれを何発か撃ち込んで内部の何カ所かから凍らせればどうだろう」

少し考えてみて、やってみようということになった。

それで、凍り付かせる魔術式を魔力弾で包んだものを適当にスライムに十発ほど撃ち込んでみる。

着弾のたびにスライムはぶるるんと体を震わせていたが、弾はゆっくりと内部に取り込まれていく。

そしてスライムは、何事もなかったかのようにゆっくりと転がり始めた。

失敗だったかと落胆したとき、変化が起こった。スライムの透明な体が内部の数カ所から濁り始め、それが急速に広がっていき、あれよあれよという間に全体が濁って、動きも止まった。

チビが近付いて、表面をさっと爪の先で傷つける。

するとと表面に線のような傷が残った。

「ミキヒコ、これで斬れるぞ！」

チビが言う通り、スライムはゼリーのような体を硬く変え、その特質を失っているようだ。

幹彦は大股でスライムに近寄ると、刀を一閃させる。

凍り付いて丸いオブジェのようになったスライムが両断され、見慣れた魔石とダンジョンコアが見えた。そしてわずかに残ったどろりとした体液があったが、幹彦が魔石を二つに斬ると、どろりと流れて、ただの水へと変わった。

残ったダンジョンコアも二つに斬ると、中から小さく簡素な笛が現れた。

「もしかして、故郷のものかな」

幹彦が言って持ち上げると、パキリと小さな音を立てて、二つに割れた。


小島のダンジョン化は解け、湾の外にはまだ波の高い海が見え、晴れ渡った空には強い風に流れる雲が見えた。

船に戻る道も当然ながら普通の山道になっており、頂上を目指すときには途中で二泊したのに、数十分で下りる事ができた。

船長やほかの冒険者にあったことを話し、割れた笛を見せると、彼らはなんとも言えない顔をした。

「まあ、ダンジョン化は迷惑な話だけどよ、気持ちはわかるわな」

船長が大きく嘆息して言う。

「勝手に異世界から誘拐まがいに連れてこられて、いらなくなったら、バレるのを恐れて口封じに殺されかけたんだろ。そりゃあ、恨むよ」

「故郷へ帰りたかったんだろうなあ」

冒険者たちもしみじみと言って、肩を落とす。

「まあ、そんなろくでもねえ国が内乱で滅んだってのは、滅ぶべくして滅んだってことかね」

「少しはスッキリしてればいいけどね」

しんみりと言い合い、笛と白骨化していた遺体とを一緒に小屋のそばに埋め、石を載せて簡素な墓を作ると、皆で手を合わせた。

そこで船長は手を叩いて空気を変えた。

「さて！　そうとなりゃあ、航路に戻るぞ。嵐も過ぎたようだしな。おい、お前ら！　真水を積み込め！　それと、エスカベル大陸に着くまであと十日はかかる。食料はどうなっている？」

それに船員たちが威勢良く返事をして、井戸の水を汲み上げて船の樽に積み込む作業に取りかかり、主計係の船員は思い出すようにしながら船長の問に答える。

「乾燥した干し肉や野菜が大人十食分ほど、この間のボウフィッシュの塩漬けが六十四と一夜干しが四十四、パンの実が八十個です」

それを聞いた船長が少し困った顔をする。

「ちょっと足りないな」

それに笑顔を見せたのは、冒険者たちだ。

「じゃあ、今から俺たちで狩りをしてくればいい」

それにはチビも同意した。

「うむ。アリや蝶の魔物を恐れて出てこなかった普通のシカやリスやイノシシが、巣穴から出てき始めたようだぞ」

「じゃあ、手分けして何匹か捕まえるか」

僕たち冒険者はチームで何かを一匹か二匹捕まえ、果物を見つけたら収穫してくることにして、島に散った。

それで僕たちは、

「魔物は食べられないものばっかりだったから迷惑でしかなかったし、何か美味しい大物でもいないかな」

などと言って、探しながら歩いていた。

「鳥の声が聞こえだしたな、そう言えば」

確かに、ダンジョン化しているときには聞こえなかった。島が元に戻り始めた証拠だろうか。

「山菜発見！　天ぷらにしても炊き込みご飯にしても美味しいよ。あ、こっちに自然薯《じねんじょ》がある！

これも美味しいんだよなあ」

「なに。うむ。では私も手伝ってやろう」

チビもいそいそと、自然薯を掘りはじめた。

僕も幹彦も笑いそうになりながらもそれを手伝っていたが、ふと、視線を感じて後ろを振り返った。

赤、黄、オレンジ、緑と派手な色をしたクジャクのような鳥が、動きを止めてこちらを見ていた。

「ゴクラクチョウか。あれは美味いぞ」

チビが嬉々として言った途端、全員が目の色を変えた。

「史緒、自然薯は逃げねえ」

「わかった」

僕も小さい声で答えながら自然薯から手を離した。

その瞬間、その原色の鳥はもの凄い勢いで走り出した。

「走った⁉」

「ダチョウかよ！」

驚く僕と幹彦をよそに、既に飛び出していたチビが猛追し、首に噛みついて引き倒す。ワイルドである。

そこにじいも追いついて、まだ反撃しようとするゴクラクチョウの頭をゴンゴンと殻で殴る。

「まだいた！」

ピーコの声がしたと思ったら、

「逃がさねえでやんすよ！」

とガン助の声がして、ガガガと岩を吐き出す音がする。

あれよあれよという間に、ゴクラクチョウが三羽、仕留められていた。

僕と幹彦は何もしていない。まあ、いいか。

「こいつは足がしっかりしていて美味いぞ。くりすますに食べたあれみたいなやつがきっと美味いぞ、フミオ」

「ああ、ローストチキンね」

「それだそれだ」

足が六本か。

「じゃあ、これは自分たちの持ち帰り用にして、ノルマ用の何かを探そうか」

幹彦が皆に念を押した。

「こいつのことは秘密な」

チビたちは真剣な顔付きで頷き、僕は噴き出しそうになった。

そのあと無事にシカを見つけて仕留め、山菜や果物や自然薯も採って船に戻り、ほかのチームの獲ってきた動物も合わせて解体して船の食料庫に入れ、船はまもなく小島を後にした。

恨みを抱いたまま亡くなった異世界の勇者は、ここで穏やかに眠れるのだろうか。異世界で命を落とした場合、魂というものがあるのならば、元の世界へ帰れるものなのだろうか。

小さくなっていく小島の異邦人の墓は、もう肉眼では見えなかった。

四・若隠居と殺人蝶

船は無事にエスカベル大陸の港に着き、乗船名簿で行きの名簿と突き合わせをしながらようやく手続きから解放されたのは、夕方になる頃だった。

そこで、人気の無いところに移動した僕たちは、日本の自宅に戻った。

いくら毎日家へ帰っていたとは言っても、気分が違う。

それに船が嵐に巻き込まれてからは、乗っている間に何かあれば困ると、なるべく船で過ごすようにしてもいたのだ。

大タコやボウフィッシュやウナギなどのお土産を幹彦の実家へ持って行って、顔を合わせた幹彦のお兄さんの雅彦さんと話をした。同じく剣道の師範仲間とチームを組んでいる探索者で、大抵、港区ダンジョンに潜っているのだ。

「そう言えば、港区ダンジョンに『アゲハ』っていうチームが来たんだけど、気をつけろよ」

ふと雅彦さんがそう言う。

「何かヤバいのか？」

幹彦が訊くと、やや眉をひそめた。

「三人組なんだけど、よく、新メンバーが死ぬらしいんだよ。それも新人だけでなく、臨時で組んだベテランもな。だから、もしヘルプの声をかけられても、組まない方がいいぞ」

僕と幹彦は顔を見合わせた。

「何だよ、そいつら。協会は何も調べないのかよ」

幹彦が言うのに、雅彦さんは首を振った。

「調べるにも、何せダンジョン内では機械類が使えないからな。聞き取り調査以外にはない。その上そいつらも、ここに来る前は大阪だったかな。その前は四国で、その前は愛知とか聞いたけど、とにかく一定期間で拠点を替えるらしくてな。尻尾を掴まれる前によそに移るらしい」

「それ、何かしてるって言ってるようなものですよね」

言うと、雅彦さんは頷き、

「だから、関わるんじゃないぞ」

と言った。

探索者は、自由業だ。家からの距離とかダンジョンにいる魔物によって、ホームグラウンドというのはできたりする。しかしそういうのを持たず、流れのようにダンジョンを渡り歩くという探索者もいないでもない。

外国には、日本以上にそういう探索者がいる。

そういう例からすれば、拠点を替えるというのはおかしくもない行為なのだろうが、そういう噂が付きまとう以上は、後ろ暗い事情があると見られても仕方が無いだろう。

「ありがとうございます。気をつけます」

僕も幹彦も殊勝《しゅしょう》に返事をして、チビたちも各々、頷いていた。

翌日、僕たちは港区ダンジョンへ来ていた。

「今日は牛肉と鴨肉がいっぱい獲れたな」

言えば、幹彦たちは、

「鴨鍋か。それとも燻製か」

「フライパンで焼いたのも捨てがたいぞ、ミキヒコ」

「腹が減ってきたでやんす」

「鴨南蛮もいいのう」

「どれも美味しそう。早く帰ろう」

と食欲に取り憑かれたようなことを言っているが、まあ、これが普通、元気な証拠だ。

「じゃあ、買い取りカウンターに行こうか」

そう言って歩き出そうとしたとき、ここに居ないはずのチームと目が合って足を止めた。

「クローバー？」

それは北海道ダンジョンのアイドルチーム、女子四人組のクローバーのメンバーだった。

以前会ったときは、彼女らのトラウマと思い込みから事実無根の噂を立てられて迷惑したのだが、誤解も解け、謝罪も慰謝料も受け取ったし、和解は済んでいる。

それでもチビは、どこか苦手そうに僕の足に体をくっつけるようにして座った。

「こんにちは！」

近付いてきながら朗らかに挨拶するのは、短剣二本を使うヨッシー。彼女らのリーダーで、明るくいつも元気だ。

「どうも」

そう言って少し気まずそうにするのは、剣を使うビビアン。ハーフの美少女ではあるが、人嫌いの気がある。

「お、お久しぶりです！」

相変わらず緊張しきりで、おろおろとするのが見て取れるのは、杖を抱えるマミー。魔術師ではあるが、回復魔術や防御魔術だけで、攻撃魔術はできないそうだ。

「……」

無言で頭を下げてくるのは、大柄な女子で、大きな鎌を使うイズミ。とにかく無口で、あまり声を聞いたことがない。

「やあ、こんにちは」

「どうしたんですか。北海道から遠征ですか」

僕と幹彦はそう軽く挨拶をした。

和解したとは言え、お互いに気まずくないとは言えない。だが、大人のこちらの方が何も屈託なく振る舞うことで、気まずい空気は消えてくれるだろう。

「いやあ、友人の結婚式がこっちであったんですよ。それに出席するついでに、こっちのダンジョンも経験しておこうかなって」

ヨッシーが明るく笑って答える。

「へえ、そうなんだ」

「そう言えばお二人って、いくつでしたっけ。もうご結婚されているんですか」

何気なく言われて、僕も幹彦も、固まった笑顔を浮かべて黙りこむ。それで察したらしい。

「あわわわ。えっと、随分と北海道とは違っているみたいですね」

慌てながらマミーが話題の転換を図り、わざとらしいそれに、全員が救われ、乗った。

「やっぱり違いますよね」

「アンデッドダンジョンも行ってみたか？　話のネタに一度はお勧めしておくぜ」

幹彦が笑って言うが、恨まれても知らないからな。

そうして笑顔も浮かべて話し始めたのだが、不意に、ビビアンの目が見開かれ、凍り付いた。

「うそ……」

僕たちは全員でビビアンの視線の先を追った。

そこにいたのは三人組の若い男性探索者で、大学生くらいの剣を持った男性探索者になにやら熱心に話しかけているところだった。

「あれって、もしかして……」

雅彦さんから聞いたばかりの、疑惑のチームではないだろうか。

「ビビアン、あれってそうだよね」

声を潜めながらヨッシーが言うのに、ビビアンは青い顔を強ばらせながら頷いた。

「話したでしょう。新人探索者や動物も囮に使って捨てるやつら。『アゲハ』。探索者を辞めさせることはできなくて、追い出すのが精一杯だった」

ビビアンは震えているが、それが怒りのせいなのか恐怖のせいなのかは、判断がつかなかった。

「あいつら、勧誘してるんじゃない？　まだ性懲りもなく！」

ヨッシーは怒りに拳を握りしめて声を絞り出し、マミーとイズミはビビアンの背中をさすってなだめていた。

「ふうん。証拠不十分をいいことに、同じ手口を繰り返してきたんだね」

「大丈夫だぜ。ここでもあいつらの噂は流れてて、気をつけるようにって言われてるらしいからな」

言いながら、誘われていたらしい探索者が断るように手を振って離れていくのを見て、小さく安堵の息をついた。

アゲハの三人はその大学生を見送って、今回は仕方が無いと判断したのか、三人でダンジョンの入り口へと入っていった。

それでビビアンはやっと体の力が抜け、大きく深呼吸した。

「危ないまねはしないようにね。何をしてくるかわからないから」

「そうだぜ。協会だって流石にこのままにはしねえだろうし」

そう言って僕たちは別れた。

クローバーのメンバーが僕たちと別れてダンジョンへ入って行ったのを見たけど、大丈夫だろうか。まさかとは思うが、アゲハに噛みついたりしていないだろうな。

そう考えていたら、幹彦も同じ事を考えていたらしい。更衣室へと向かいながら、浮かない顔で背後の入場ゲートを振り返った。

「なあ、幹彦。ちょっと行ってみないか？」

そう言えば、苦笑を浮かべた。

「ああ。まさかとは思うけど、あいつらだからなあ」

チビも嘆息をして頷いた。

「中で姿を見れば、大人しくしていられるかは疑問だな」

ピーコとガン助とじいは直接は知らないものの、話は聞いて知っている。

「行ってみた方がいいでやんすね」

「何かあったら後味が悪くなるー」

「捜そう、捜そう」

それで僕と幹彦とチビは頷きあい、回れ右をして再びダンジョンに入場した。

クローバーは、ここが初めてだと言っていたので、一階から順番に駆け足で捜しながら進む。一本道に近いところならまだしも、分岐の多いところでは困る。

顔見知りに会えば「こうこうこういうチームを見なかったか」と訊けるが、それでもなかなかクローバーには会えないでいた。女子四人組というのがそう珍しいものではないのも原因だ。

それでもここの低階層なら、僕たちが足を止めて相手をするほどの魔物は出ない。僕たちは急ぎ足で、クローバーが早まったことをしていないことを祈りつつ、先を急いだ。

＊＊＊

アゲハの三人はいくらか魔物を狩って魔石を拾うと、階段の手前のちょっとした安全地帯で、休むことにした。

「ドロップ品も出ねえし、カモは見つかんねえし、ついてねえな」

リーダーのクロウが舌打ちをして言う。元半グレだが、少しばかり火の攻撃魔術が使えることがわかって探索者になった。武器は身の丈ほどもある大剣で、そこそこ強い。クロウというのは本名の烏山丈志からついたものだ。

「ここも潮時かな。というより、手口が広まっているみたいだな。新しい手口を考えないと」

そう言って考えるのは、ジョウ。チームの頭脳係というところで、見た目はいつもにこにことしていて人当たりも顔もいいが、そんな見かけを利用して、子供の頃から陰でいじめや恐喝を主導してきた。また次々と女子と関係を持ち、飽きたらほかの男に回したり、ごねた女子は表に出せない写真を撮るなどで黙らせてきた卑劣な男だ。武器は剣を使うが、盾の魔術と風の魔術を使える。クロウの幼なじみ、いわゆる子供の頃からの悪友だ。

「もっと遠くに拠点を替えるとか？　九州とか、沖縄とか」

そうウキウキと言うのは、マサ。短剣使いで、明るいムードメーカーという役割だ。半グレ時代はクロウの腰巾着で、クロウとジョウが探索者になるというので、一緒に探索者になった。

三人はこれまで、バレないように他人をうまく利用してやってきた。

しかし、誰かを囮にしたり強敵と戦わせたりして漁夫の利を得るやり方が疑われているらしく、この関東地区では、警戒されて全くうまくいっていなかった。

その証拠なのか、ここに足を踏み入れたチームが、アゲハの三人が休憩しているのをみると、避けるように先へと進んでいったのだ。

「ソロの女、いねえのか」

クロウが言って辺りを見回した時、今し方来た通路の向こうに、女性四人のチームがこちらを窺うようにして立っているのを見つけた。

「あれ、落として来いよ、ジョウ。マサでもいいや」

そんなクロウのセリフに、ジョウが嘆息して言った。

「覚えてないのか、クロウ。あれは以前、囮に使ったやつだ。生き延びたんだな」

「口封じしてねえのか」

「人嫌いでロクに他人と会話できない根暗女、しかも新人だったからな。俺たちの名前の方が上だし、問題ないと思ってな」

アゲハを見張ろうと追いかけてきたクローバーなので、首尾良く見つけ、こうして見張っているところだった。

しかし、この会話を聞いて、恐怖がよみがえって震えていたビビアンも怒りが恐怖を上回り、震えは怒りのために変わった。

「み、見つかってしまったけど、どうしましょう⁉」

マミーが慌てるが、怒りのボルテージが上がったビビアンと、正義感故に元々怒り狂っているヨッシーは、忠告も何もかも忘れて足を踏み出した。

「よくものうのうと、探索者を続けていられるわね。とぼけようったって、そうはいかないわ。私が証人になるもの」

ビビアンが言うと、アゲハの三人は顔を見合わせ、肩をすくめて笑い出した。

「自分が弱かっただけなのに。ヘッ」

クロウはせせら笑う。

「逆恨みして他人のせいにするんじゃねえぞ、コラァ」

マサは凄んで見せる。

「怖かったんでしょうね。他人のせいにしたいというのはよくわかりますよ。撤退の合図に遅れて取り残されたのはあなたなのにね」

ジョウはさげすむような目をしながら、同情するように言った。

それにクローバーの四人共が怒った。

「よくも……！」

「白々しい、卑怯者！　そうでもしないと、あんたたちなんて全然攻略が進まないくせに！」

ヨッシーが言い返すと、今度はアゲハの三人が薄笑いを消した。

「……ピーチクパーチクとうるせえんだよ、メスが！」

クロウが言って指を突き出すと、ジョウが聞こえないほどの小声で詠唱を始める。

「言いがかりをつけてどうなるかわかってんだろうな、ええ⁉　訴えてもいいんだぜ、ゴラァ！」

マサが肩を怒らせて固まって立つクローバーに怒鳴りつけ、マミーは硬直したように震えた。

その怒鳴り声にかき消されて聞こえなかったが、ジョウとクロウの詠唱が蔭でなされ、クロウの指先でこぶし大の炎が生じ、それがジョウの送った風に増幅されて伸び、クローバーの四人を包み込んだ。

「キャアア‼」

炎はそう強くもなかったが、四人の周囲を取り巻くようにして燃え、それはマサが投げたタオルに燃え移って、四人の衣服に燃え移ろうとした。

「キャアア‼」

「ちょっと、何すんのよ！　誰か‼」

慌てて火を消そうとするクローバーの四人は、アゲハに構う余裕もなくなって、アゲハの三人がとどめを刺そうとしていることに気付けないでいた。

＊＊＊

急いでクローバーのメンバーを捜しながら追いかけていた僕たちは、美味しい魔物にも脇目も振らず、ひたすら急いでいた。「誰か」を捜すのはともかく、「個人」を識別して捜すという便利なサーチはない。ひたすら捜すのみだ。

しかしその甲斐もあって、クローバーのメンバーを先に飛んで先行していたピーコが見つけてきてほっとした。

しかしピーコ曰く、

「変なやつらと言い合いしてた」

とのことで、更に急いでそこへと行くと、とんでもない光景が目の前に広がっていた。

アゲハのメンバーと対峙しているクローバーは火にまかれ、見ているアゲハのメンバーは、クローバーのメンバーにとどめをさそうとしているところだったのだ。

クローバーのメンバーに水の弾を投げつけ、首から下を水球で覆うようにすると、同時にチビと幹彦が僕の両脇から飛び出して行く。

幹彦の刀が今にも振り下ろされようとしていたクロウの大剣を払いのけ、チビがマサの短剣を持つ腕にジャンプして噛みつくと、ガン助の吐き出した岩がジョウに向かって飛ぶ。

それをジョウは避けたが、完全に体勢が崩れていた。

幹彦たちがアゲハの三人を押しやるようにして攻撃するのと同時に僕も水球を解く。

「ごめん、火を消さないとって思って。ケガはない？　火傷は？」

クローバーの四人は、濡れ鼠になりながらも安堵のせいか座り込んで、大丈夫というようにブンブンと何度も頷いた。

「ガン助、じい、ピーコ、ここを頼むね」

ガン助とじいは彼女たちとアゲハとを遮るようにして彼女たちの周囲に陣取り、ピーコは火傷がないかと、彼女たちの間をせわしなく飛び回った。

幹彦はクロウと打ち合っているが、力任せに振り回すだけのクロウの大剣の方が劣勢なのは、素人でもわかるだろうと思った。

チビはマサを既に押さえつけ、首元に軽く牙を突きつけて脅している。

ジョウはどうにか立ち直って詠唱を始めようとしているらしいが、その魔術式に干渉して発動を止めてやった。

ジョウは、

「あれ、何でだよ!?」

と焦ったように言いながら、再び詠唱を始める。しかし、同じだ。キャンセルする。

「詠唱なんてしてたら、何をするか丸わかりじゃないですか」

「くそう！」

悔しげに言ったジョウは、やっとそれをしたのが僕だとわかったらしい。

「お前ぇ！」

剣で斬りかかってきた。それで、付き合ってやるかと僕もなぎなたで応戦し、剣を巻き上げて飛ばし、首元に刃を突きつけた。

その頃には幹彦も遊びをやめてクロウの腕を軽く斬って大剣を振るえないようにしていた。

しかしクロウはすぐに殴りかかっていったが、幹彦はそれをいともたやすく避け、もう片方の肩を打って制圧していた。

それで三人とも、わめいたり睨みつけたりしていたが、構わずに縛っておいた。

「こいつらが先に訳のわからないことを言って襲ってきたから、自衛しただけですよ！」

ジョウがそう言うが、それが通ると思っているのだろうか。

「ま、詳しくは協会の職員に言えよ。俺たちは俺たちで、見たことを言うから」

幹彦がうんざりしたように言い、チビたちは三人をさげすんだような目で見ていた。

「信じるかどうかは疑問ですけどね」

僕は肩をすくめて言い、クローバーの四人を改めて見た。

四人は震えながら立ってアゲハの三人を睨み付けていたが、マミーがはくしょんとくしゃみをしたことで全員が毒気を抜かれたようになって、それで僕たちは彼らを連れてロビーへと向かうことにした。


それは大きな騒ぎになった。

ダンジョン内という証拠の集まりにくい場所が犯行現場なので危ぶまれたが、少なくとも今回は「自衛」には見えなかったと証言した事と、ヨッシーとビビアンは剣を抜いてもいなかったことが水に濡れたのが武器の外側だけだったということで証明され、そこから連鎖的にこれまでの証言や状況証拠で追い詰めた。それで諦めたらしく、アゲハは全てを認めた。

ビビアンは初め呆然とし、涙を流して我に返り、クローバーの四人で抱き合って泣いていた。

犠牲になった人がどのくらいいるのか聞きたくもないが、アゲハにはきっちりと罪は償ってもらいたいものだ。そして協会には、どうにかして、再発の防止策を考えてもらいたいと思った。

チケットの都合もあって翌日にはもう帰らないといけないらしいクローバーは、屈託無く、明るい笑顔で手を振りながら北海道に帰って行った。

お礼のカキと鮭にチビたちが狂喜乱舞し、北海道へ行きたいとピーコたちにねだられて、是非今度行こうと約束させられるのも、そこで地球の脅威となり得る種族と出会うのも、また別の話である。

［特別書き下ろし番外編］

皿洗いのススメ

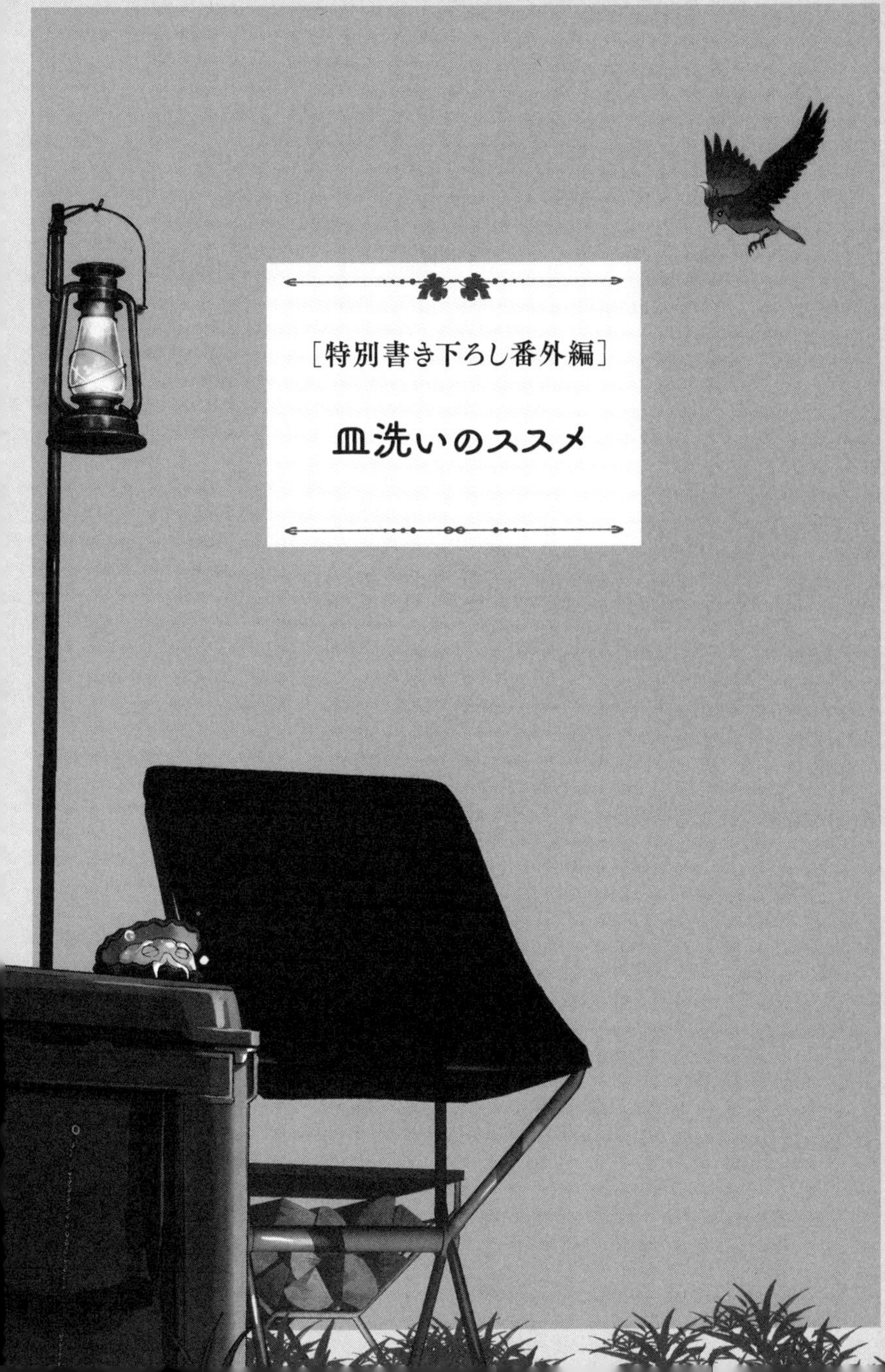

この港町はラドライエ大陸との唯一の窓口とあって、ずいぶんと賑わっているし、色々な土地の食べ物や衣服などがあり、店を冷やかしながら歩いてもなかなか飽きない。

時々チビがお薦めしてくる食べ物を買ったり、目を引いた物を買ったりして、買い物を楽しむ。

少し休憩しようと、噴水の縁に座って、僕たちはそれらの賑わいを眺めていた。

「やっぱり国を越えて色んな地方の人が集まってくるからか、雰囲気がエルゼや首都とも違うね。開放的というか」

言うと、幹彦も頷いた。

「そうだな。活気も凄くあるよな」

チビは少し顔をよそに向けて言う。

「その分、小さなもめ事も多いから、憲兵は忙しそうだな」

確かに、スリやひったくり、万引き、強引すぎるナンパなどが起こっているらしく、今もチビの視線の先では、憲兵に捕まった若い男が連れて行かれるところだった。

それを何となく見送って、さてと立ち上がる。

「そろそろ食堂も空いてきただろ。飯にするか」

昼時はあまりにもどこの店も混んでいたので、ぶらぶらして待っていたのだ。

ここには名物があると聞いているので、食べてみたいじゃないか。

そういうわけで、一番繁盛しているように見えた店へ戻る。

ここはラドライエ大陸へ行く前にも寄った店で、店員のサービスもよく、美味しく、良心的な価格だったのだ。それに前は名物の片方しか食べられなかったので、もう片方を今回は食べようということにしていた。

タイミングよく昼食の客は一段落つきかけたところのようで、外に並んでいた客はおらず、店内のテーブルは、ちょうどひとつ空いたところだった。

ここがテイムされた動物も入店可の店だというのはもうわかっているので、その空いたテーブルへと向かう。

「いらっしゃい！」

テーブルを拭いていた店員がそう声を上げ、僕たちはテーブルに着いた。

ここのお薦めは、シーフードパスタか、ミズブタのソテーか、お好み焼きともピザともクレープとも似ていてどれとも一致しないカットゥという食べ物だ。

「カットゥを六つ」

幹彦が言うと、見覚えのあるその店員は、少し済まなさそうな顔をして言った。

「はい、カットゥ六つですね。前払いとなっておりますので、先に五千四百ギスいただきます」

別にそれでもいいのだが、ラドライエ大陸へ行く前には後払いだったので、ややキョトンとした。

「あれ。変わったんですか」

幹彦が財布を出しながら言うのに、店員が申し訳なさそうに言う。

「そうなんです。実は最近、食べ終わってから当たり前のように『お金はない』というお客様が、どういうわけか多いので……」

それに僕たちは、へえ、と驚いた。

「食い逃げはせんのか」

チビが言うと、店員は頷く。

「はい。さも当然の如く、『じゃあ、皿を洗おう』と。これ、どういうことなんでしょうかねえ」

一緒になって首を傾げた。

僕と幹彦で半々にして料金を支払い、料理が来るのを待つ。

「カットゥ、楽しみねえ」

ピーコが機嫌良く尾をピコピコと上下に動かして言うと、ガン助とじいも、

「どういう味でやんすかね」

「いい冥土の土産がまたできたの」

と笑う。

余談ながら、じいの冥土の土産は、じいが神獣になって以来、もの凄い数になっているように思う。

「お好み焼きとピザとクレープの合体したような見た目の料理だもんな」

「まあ、デザートでは無さそうとだけはわかってるんだけどね」

楽しみでどきどきしながら待っていると、すぐに店員がカットゥを六つ運んできた。

「お待たせしましたぁ！」

「おお！」

湯気が立っているカットゥは、直径が三十センチ少々もある、平べったい円形の食べ物だった。

生地は小麦粉がベースだろうか。その上にソースがかかり、肉や海鮮などの具材がのっている。

ナイフとフォークが付いていたので、ナイフで放射状にカットして、フォークで突き刺して食べた。

「何か、おもしろい味だな」

生地は全体的にもっちりとしているが、三層からなっていて、真ん中にチーズの層を挟んでいる。上にのせられているのは野菜と魚とエビとソーセージで、それらにかけられたソースは、甘くて辛くてどこか酸っぱい味がした。

「これは、タイの料理にありそうじゃねえか」

幹彦の言う通りだ。

「そう言えば、ここの料理は、辛いか甘いか酸っぱいかだもんな」

「それが合体したものが、これなんじゃねえのか」

幹彦の発見に僕はなるほどと頷く。

世界は広い。

食べ終えて外に出たところで、その光景に出くわした。

「今日も皿洗いだと？　ふざけるなよ。毎日それでただ飯を食わせる店があると思うのか」

そう言って飲食店から叩き出されるトゥリスがいた。

「何やってるの、トゥリス」

呆然とする僕たちに、トゥリスは平然として言った。

「久しぶり」

「おう、久しぶり――じゃねえよ、何やってるんだ」

幹彦もそう言うと、トゥリスは小首を傾げて答えた。

「ご飯を食べに来たんだけど、なぜか断られた」

僕たちの頭の中を、さっきの店員の言葉や今トゥリスを叩き出していた店主の言葉がよぎる。

「もしかして、お主、どうやって料理を食べようとした？」

チビが半眼になって訊くと、トゥリスがキョトンとして答える。

「皿洗いで」

それに僕たちは声を揃えて言う。

「なんで⁉」

「皿洗い⁉」

「あれってトゥリスが原因だったのか」

「世間は広いようで狭いでやんすね」

しかし驚いているばかりでもいけないと、理由を訊くことにして、とりあえず屋台で僕たちは飲み物を、トゥリスにはテイクアウトの揚げパンを買って、噴水の縁に座った。

「で、どういうこと？」

揚げパンに無表情ながらも夢中な様子のトゥリスが、半分ほど食べて落ち着いてきたころを見計らって訊く。

「あれからほかのドラゴンを緊急集会で呼び出して、人の作る料理の美味しさを教えた。そうしたら、まずはそれを食べてみようってことになった」

ふんふん。なるほど。

「で、それでまずは、知り合いを連れて人の町へ行った。それで店に入って、お薦めを頼んでみたら、皆美味しいって喜んで。それで、人や人の国を襲うことはドラゴンとして禁止ってことになった」

「おお、それはよかった」

「ああ、そうだな」

僕たちはふんふんと頷いた。トゥリスも頷き、続ける。

「私たちは、がんばってみたけど、やっぱり料理ができないみたいで。器用な者がやっても、生か、凍り付くか、粉々になるか、丸焼けになったから」

皆、それを想像して遠い目をした。

「だから皆、方々の町へ食べに行くことになった」

それで続きを待つのに、トゥリスは「おしまい」という顔でこちらを見ている。

「皿洗いはどうした」

チビが言い、トゥリスは「なぜわからない」という顔で答える。

「最初に行ったとき、食べた後店を出ようとしたらお金と言われた。それで無いって言ったら、皿洗いをしていけって言われた。だから、食べ終わったら皿洗いをちゃんとするように皆に教えた」

胸を張って言うトゥリスだが、僕たちは頭を抱える思いだった。

「ああ、そういうことかあ」

「そこまで、教えておくべきだったかあ」

「無銭飲食で捕まるやつはいなかったのか」

「だめでやんすよ」

「これは、騒動になるんじゃないかの」

「なりかけてると、私は思うの」

僕は幹彦と顔を見合わせ、頷き合うと、トゥリスに言った。

「トゥリス。重大な伝えるべき事がある。もう一度皆を集められるか。そうでないと、二度と料理を食べることができなくなるかもしれないから」

トゥリスは世界の終焉《しゅうえん》が近付いてきたと聞いたみたいに愕然とした顔付きでこちらを見返し、

「わかった」

と頷いた。


そうして、ドラゴンの本拠地といえる場所まで、トゥリスの背に乗せられて急いで向かった。ラドライエ大陸の真ん中あたりの荒れ地だが、ドラゴンが大量に集まるとあって、ダンジョンの奥かと思うくらいに魔素の残存量が高い。

そして、緊急集会の知らせを出してもらう。

集まってくるまでしばらく時間があるというので、僕たちはその間に相談をしなければならない。

「お金か」

「人化して働くのはだめなのか」

チビの言うことはもっともだが、懸念がある。

「器用なドラゴンでも、加減がヘタみたいだしな。それに、人間の常識がわかってないから、いきなりは難しいんじゃないかな」

時給とかも、ぼったくられるとかしそうだ。それにトゥリスだけかどうかわからないが、トゥリスはかなり、行動が自由だった。

「じゃあ、ドラゴンでもお金を稼ぐ方法を考えるのか」

「うろこをはいで売るとかしたら、素材が値崩れしそうで怖いな」

幹彦が心配するが、もっともだ。

「じゃあ、魔物を捕まえてきてギルドに売るとかはどうでやんすか」

「乱獲しそうで怖いな」

その様子が目に見える。

「いっそ、会社を経営してもらうのはどうかな」

それに、全員が胡散くさい顔をする。

「会社ぁ？　トゥリスだぜぇ？」

「全てのドラゴンがああとは思わんが、トゥリスを見ていればなあ」

幹彦とチビがそう言ってトゥリスを見ると、トゥリスは少しムッとしたように頬を膨らませる。

「皆、失礼」

「本当に失礼だぞ。ほかのドラゴンが聞いたら怒るぞ」

「フミオも失礼」

「え？　あ、ごめんごめん。つい」

あははと笑い、顔を引き締めた。

「会社ね。輸送会社とかならできないかな。馬車で輸送するのは護衛が冒険者の仕事になっているから、その仕事を奪うのはよくない。でも、生鮮食品とか急ぎのものなら、ドラゴンなら速く安全に輸送できるだろ。鮮度の問題で諦めていることも、これなら売れるだろうし、収納バッグを使って運ぶものは、鮮度は保てても、高くなりすぎて貴族とかしか買えない値段になる。販路が増えれば、生産者も買い手もどっちにとってもいいだろう。ギルドとそういう輸送の契約でもしたら、そうおかしな金額になることもないだろうし、それをしているうちに、人間の常識とか経済というものもわかってくるだろう。そうなれば、個々に人化して働きに出ても大丈夫だろうし」

それについて、幹彦やチビたちがううむと考え始めた。

「問題は、ドラゴンがちゃんと目的地に運べるかどうかだな」

それについては、不安もある。

「最初は人族か獣人が一緒について行って、場所を覚えてもらうしかないかな」

言いながら、トゥリスを見ると、トゥリスはこっくりと頷く。

「大丈夫」

「じゃあとは、それをほかのドラゴンにも了承してもらえるかどうかと、ギルドへの売り込みだな」

そう言って幹彦を見ると、幹彦は力強く頷いた。

「任せろ。久しぶりのプレゼンだぜ」


ドラゴンが集まる景色は、壮観だった。次々と色んなドラゴンが集まってくる。

普段のドラゴンは個人主義だとトゥリスも言っていたが、一大事に関してはこうして集まることになっているそうだ。

一大事の内容がこれでいいのかとは思うが。

「凄いでやんすね」

「大きいのう」

「負けないもん！」

「ピーコ、ケンカを売るなよ」

チビが皆をまとめているが、やはり舐められないようにというものなのか、チビたちも本来の大きい姿になることにしたようだ。

僕と幹彦は、大きくはなれない。だから、そんな期待を込めた目で見ても無理なものは無理なんだよ、トゥリス。

そうして前代未聞の、人族が進行役を務めるドラゴンの全体会議が開催された。

まあ、結果的には、ドラゴンは乗り気だった。

やはり各所で、最初から皿洗いで食べる気で行くのは問題になりつつあり、中には、無銭飲食で捕まりかけた者もいるらしい。

一部の変わり者という扱いの者だけが人の社会に時々でも交じって過ごしていただけらしいが、それ以外の者は、お金というものを見たことはあっても、関心はなかったし、用途も知らなかったそうだ。

ドラゴンの中の、その少ない変わり者が『ドラゴン配送便』の取締役やらギルドとの営業役になって、会社の運営をしていくことになった。

そこでエスカベル大陸の港町、このライゼリックのギルドへ変わり者ドラゴンと一緒に行き、今度はそちらへの売り込みだ。

試しにと、ラドライエ大陸にある摘んだらすぐにだめになる花を摘んでいって見せたら、輸送スピードに納得はしてもらえた。

商業ギルドは一気に乗り気になったが、やはり懸念は、確実にそこに届けることができるかどうか、だ。

だが、定期便として数カ所の町に絞る形にして、最初は冒険者が同行してでも場所を覚えてもらえば大丈夫ではないかということになった。

「これで、食い逃げや、最初から皿洗いで食事をしようというドラゴンがいなくなる」

ギルドマスターは、しみじみとそう言った。

どうやら、かなり食堂から報告が上がり、頭を悩ませていたようだ。

「これで、食べられる」

トゥリスは頬を上気させている。

首都、エルゼ、ここライゼリック、ラドライエの港町、フロスタ、ツインゼバーグ、ブルストリア。まずはここが拠点だ。

各々名物があり、ドラゴンではなくとも、行ってみたい。

ドラゴンは各々のルートに班分けされて、慣れるまでは同じルートで飛ぶことになるそうだ。

どのルートになるか、各地の名物をきいて、早くもドラゴン同士の争いとなっているらしいが、そこまでは知らない。変わり者ドラゴンの仕事だ。

「さて。僕たちも次に行こうか」

「フロスタはお菓子の有名な町らしいし、ツインゼバーグは乳製品が豊富らしいぜ」

「色んな種類のチーズとかがあるのかな」

「ブルストリアワインの名産地だとか聞いたぞ」

「いいね。こっちで見たことはないけど、ヌーボーもあるかもしれないよ」

僕たちも、そちらへも行ってみたいと盛り上がった。

「ああ。本当に、世界はまだまだ知らないものばかりだよ」

あとがき

皆様、こんにちは。ＪＵＮです。驚きと発見と挑戦の間に、無事に三巻発刊となりました。応援してくださった皆様、関係者の皆様のおかげです。ありがとうございました。

今回は新しい場所に舞台を移しての隠居旅で、新しい仲間もお目見えしました。またも、ＬＩＮＯ様のかっこよくもかわいいイラストに翻弄される想いです。新しい仲間のイラストも素敵で、これで登場を終わりにするのは惜しいと、心からそう思いました。楽しそうな隠居旅に、混ざりたいとも。

コミックも計画が進んでいるそうで、こちらも楽しみです。

どちらにも言える事ですが、小説は文字だけですので、読んだ方が頭の中で想像する姿形は、それぞれです。どんな風に想像してくれているのだろうという楽しみもあり、イラストやコミックは、それを知ることができる手段で、とても楽しみです。今もＬＩＮＯ様のイラストにすっかり参り、眺めてはニヤリとしたりと、ひとりで百面相している次第です。

とても他人には見せられません。

まだ見ぬ土地というのは、ワクワクするものです。私たちも初めて行く場所へ旅行するのは、期待でいっぱいになります。

ただし彼らの場合は、ガイドブックもなければ、便利な乗り物もなく、ホテルもあるかどうかわからない、地図すらない。しかも危険な魔物もいるという旅です。ドキドキの種類も程度も桁違いでしょう。

それでも、頼れる仲間と楽しめる余裕があれば、どうということもないようです。魔物も食料品にしか見えていないありさまです。

皆様も史緒たちと一緒に、新しい大陸のグルメツアーを楽しんでいただければと思います。

華麗なイラストで彼らを活き活きと魅せてくださっているLINO様。細やかにチェックをし、この物語を本にしてくださっている宮尾様はじめ関係者の皆様。そして、いつも支えてくださっている読者の皆様。本当にありがとうございます。この物語のまだ見ぬ真っ白なページの上に、これからも一緒に足跡を刻んで、冒険の旅を満喫していただければ嬉しく思います。

最後に改めてもう一度、ありがとうございました。

NOVEL
次巻予告
若隠居のススメ
4
ペットと家庭菜園で
気ままなのんびり生活。
の、はず
WAKAINKYO
no
SUSUME
JUN
ill. LINO

魔王同士の争いに巻き込まれ…
若隠居、魔界大戦争に飛び入り参戦!?
ダンジョンの奥に魔界が…!?
魔人も甘いもの好きなんだな!
コミカライズ企画進行中!
2024年夏発売予定!

若隠居のススメ 3
～ペットと家庭菜園で気ままなのんびり生活。の、はず

2024年4月1日　第1刷発行

著　者　JUN

発行者　本田武市

発行所　TOブックス
〒150-0002
東京都渋谷区渋谷三丁目1番1号　PMO渋谷Ⅱ　11階
TEL 0120-933-772（営業フリーダイヤル）
FAX 050-3156-0508

印刷・製本　中央精版印刷株式会社

ISBN978-4-86794-110-2